林꺽정

벽초 홍명희 소설

10

화적편 4

사계절

일러두기

1. 이 책은 본사에서 펴낸 1985년 1판과 1991년 2판, 1995년 3판을 토대로 하였고, 이미 2판과 3판에서 시행한 조선일보 신문연재분과 1939년, 1940년에 나온 조선일보사본, 1948년에 나온 을유문화사본 대조작업을 한번 더 거쳐 나온 것이다.
2. 표기는 원문의 느낌을 최대한 살리는 선에서 현행표기법에 따라 바로잡았다. 지문에서는 표준말을 원칙으로 하였으나 표준말이 없는 것은 그대로 놔두었다. 대화에서는 방언이나 속어를 살리되 현행 한글맞춤법에 맞도록 표기하였다.
3. 원전에 나와 있는 한자 가운데 일반적인 것은 더러 빼기도 하고 필요한 한자는 더 보충해 넣기도 하였다.
4. 독자들이 읽기에 편리하도록 현재 흔히 쓰지 않거나 꽤 까다로운 말은 뜻풀이를 첨부하였다.
5. '자모산성 상'은 1991년 2판 작업시 책임 교정을 맡았던 정해렴 선생이 발굴한 것이다.

차례

008 자모산성 上
156 자모산성 下
162 저자 홍명희 선생의 말
167 해제—벽초 홍명희와 『임꺽정』・임형택
192 용어풀이

자모산성 上

꺽정이는 전날 길 떠날 준비를 다 시켜서
이날 첫새벽 떠났건만 내행이 많은 까닭으로 길이 마냥 늦어져서
사주리도 훼 없으면 캄캄하여 못 올 뻔하였고
산성은 밤이 삼경이 다 된 때 들어왔다.
백손 어머니가 산후탈로 못 오게 되어서
해산 구원하는 애기 어머니도 못 오게 되고
애기는 어머니와 같이 온다고 아니 오고
백손이는 어머니 옆에 있으라고 못 오게 하고
의원 허생원과 십부름할 졸개 내외를 남겨두고
또 이춘동이의 가족 세 식구를 그대로 남아 있게 하여
열 명이 줄어서 상하 소솔이 육십여명이 되었다.

자모산성

上

　명종 십오년 경신庚申 십이월 임진삭壬辰朔 초일일에 상上이 정원에 전교를 내리어서 삼공, 영부사, 병형조 당상, 좌우포도대장을 고병조古兵曹에 모이도록 밀유˚하라 하고 뒤에 봉서˚를 내리었는데, 그 봉서의 사의는 대개 이러하였다.
　"내가 덕이 없는 사람으로 외람히 대위를 계승하여 주소晝宵 전전긍긍하게 지난 지가 지금 십육년인데 그동안 여러 해 연거푸 흉년에 유리표박˚한 백성이 많아서 해서의 도적이 성함은 들은 지도 이미 오래나 조처가 엄하지 못한 까닭인지 점점 더 기탄없이 횡행하여 심지어 전옥서도 깨치려고 하고 지방관도 해치려고 하였다는 말이 있어 듣기에 해연하기˚ 짝이 없는데 이번 별견別遣 선전관 정수익의 계사를 받아본즉 부장 연천령이 도적에게 죽고 금교 역마도 도적에게 뺏겼다니 이런 변이 어디 있을까. 전자에 도적을 경성에서 놓칠 때도 관군이 무참히 봉패하고 증왕에도 이러한 일이 한두 번이 아니었는데, 이번에 또 이러하여 국위가 땅에 떨어지고 국기國紀가 해이하니 이 아니 한심한가. 근본을 돌이켜 추구하여 보면 나 같은 불민한 군주가 위에 있어 교화가 밝지 못하고 혜택이 아래 미치지 못하는데다가 더구나 열읍 수령이 침학으로 일을 삼고 또 군적軍籍의 일이 다단하여 백성이 생업을 즐기지 못하고 흩어져 도적이 되어서 목전의 사는 것만 다행히 알고 마침내 형벌을 면치 못할 건 생각지 못하니, 아, 슬프다! 나의 백성이 여기 이른 것이 일변으론 불쌍하고 일변으론 부끄럽도다. 다만 일월이 오래된 동안에 도적이 이미 국가의 대환大患이 되어서 심상히 조처할 수 없는 것을 토포討捕하는 방책이 매양 인순고식*에 흘러서 효과가 없으니 특별한 큰 거조를 내지 않으면 완악한 무리가 무엇으로 징계되어서 금즙* 될까. 나의 생각에는 무신 중에 지용智勇이 구비하고 군사軍事에 숙달한 자들을 택하여 대장을 삼아 황해, 평안, 함경, 강원, 경기 각도에 한 사람씩 차견*하여 오로지 포도 직무를 맡게 함이 좋을 듯하나 어떠할지 제경諸卿은 상의하여 회주하라."

대신 등이 봉서를 받들어 뵈온 후 서로 합의하고 위에 회주하기를

"도적이 없는 세상은 없사오나 오늘날같이 심한 것은 전고에

- 밀유(密諭) 밀지. 임금이 비밀리에 내리던 명령.
- 봉서(封書) 임금이 종친이나 근신에게 사적으로 내리던 서신.
- 유리표박(流離漂泊) 일정한 집과 직업이 없이 이곳저곳으로 떠돌아다님.
- 해연(駭然)하다 몹시 이상스러워 놀랍다.
- 인순고식(因循姑息) 낡은 관습이나 폐단을 벗어나지 못하고 당장의 편안함만을 취함.
- 금즙(禁戢) 어떤 일을 하지 못하도록 금하거나 방해함.
- 차견(差遣) 사람을 시켜서 보냄.

없는 일이오며 오늘날 도적이란 심상한 서절구투가 아니옵고 궁흉극악한 반국역적叛國逆賊이다. 부장을 활로 쏘고 칼로 찌르는 일이 전후에 이어 있다시피 하와 국가에 욕됨이 이에서 더할 수 없사온즉 불가불 이 기회에 근절되도록 소탕하여야 하올 일이온데 다만 황해, 평안, 함경, 강원, 경기 오도五道에 각각 대장을 정하여 내보내오면 민심 소동될 염려가 없지 않사오니 병조에 명하사 종이품 무신 중에 재간 있는 자 두 사람을 택하게 하와 순경사巡警使란 칭호로 황해, 강원 양도에 내려보내옵서 양도 방백과 동사할 뿐외라 타도 감류와도 협력하여 도적의 도탈할 길을 방비하고 기어이 체포케 하옵시고, 도성 안에 국법이 무서운 줄을 모르고 장물 동분同分하는 이利를 탐하여 적당을 거접시키는 자가 허다히 있다 하오니 형조에 명하사 저저이 사출査出하와 적당이 듣고 공동되도록 엄형 치죄하게 하옵시고 외방外方의 적당을 은닉하고 두호하는 자는 방백에게 명하사 비밀히 수탐하와 조율照律 엄치嚴治하게 하옵시고 적당의 종적을 탐지하여 고관*하는 자와 계책을 내서 적당을 잡아 바치는 자는 중상을 주게 하옵시고 적당의 후회하고 자수하는 자는 양민이 되어 편히 살도록 조처하게 하옵시고 이외의 미진한 조령條令은 병형조와 순경사와 같이 의논하여 마련하게 하옵신 후 팔도에 하유下諭하심이 어떠하올지."

　이때 좌의정 이준경은 병으로 의논에 참예치 못하여 집에서 따로 헌의*하였는데, 대체 의론은 중의衆議와 별로 다름이 없고 다만 별견 선전관을 중히 치죄하고 선전관과 동사한 수령들을 감사시켜 결벌決罰하되 공을 세워 속죄하게 하자는 의론이 끝에 더 붙어 있었다.

병조에서 순경사의 망단자를 위에 올려서 황해도에 이사증李思曾과 강원도에 김세한金世澣이 각각 수망˚으로 낙점˚을 물었다. 위에서는 오도 대장을 내리고 하다가 대신들의 말을 좇아서 양도 순경사만 낸 것인데 사헌부에서는 양도 순경사를 낸 것도 너무 과한 거조로 여겨서 순경사가 임명되자 곧 대계가 일어났다.

"문무 겸전한 방백이 열읍 수령을 신칙하와 일심으로 도적을 잡으려 드오면 잡지 못할 리가 없을 것이온데 구태여 순경사를 내보내서 흉년에 민폐되게 할 까닭이 무엇이오니까? 금년의 황해, 강원 양도 흉년이 타도보다 우심하온 터에 순경사가 나가오면 등대, 지공에 분주하올 무리가 다 굶주린 백성들일 터이온즉 백성들의 입에서 차라리 도적을 만날망정 순경사는 만나고 싶지 않단 원성이 날까 저어하옵니다. 순경사 내보내는 것은 그냥 중지하옴이 마땅하오나 일이 정히 중지하기 어렵사오면 순경사 대신으로 당하 호반 중에 강장強壯한 자를 택하되 포도장이라 칭하와 가서 수령들과 일을 같이 하게 하옴이 가할 듯하외다. 그리하옵고 정수익, 이의식, 장효범, 이흠례, 강려 등은 다 용서없이 율律에 비춰 치죄하게 하옵소서."

- 고관(告官) 관청에 고함.
- 헌의(獻議) 윗사람에게 의견을 아룀.
- 수망(首望) 조선시대에, 벼슬아치를 임명하기 위하여 이조와 병조에서 올리는 세 후보자 가운데 한 사람.
- 낙점(落點) 조선시대에, 이품 이상의 벼슬아치를 뽑을 때 임금이 이조에서 추천된 세 후보자 가운데 마땅한 사람의 이름 위에 점을 찍던 일.

위에서 대계 차자*를 감한* 후 곧 비답을 내리었는데 그중에 대신과 해조該曹에 물어서 다시 처리하겠다는 말씀이 있었으나 이것은 겉으로 간쟁諫諍을 용납하는 성도聖度를 보일 뿐이고 실상 대계를 좇아서 순경사를 변경할 성의聖意는 없었다. 대체 대간臺諫의 버릇이 계를 한번 시작하면 임금이 성가시어 못 견디도록 그치지 않는 일이 종종 있지마는 이때 사헌부에서도 꺽정이가 국가의 대환인 줄 뻔히 알며 순경사를 중지하라고 지재지삼 임금을 성가시게 하기는 어렵던지 재율 한번에 그치고 말았다. 대계가 그친 뒤에 신임 순경사들이 비로소 궐하에 하직을 고하고 각각 떠나는데 병조에서 위에 품하고 순경사 한 사람에게 정병 오십명씩을 주었다. 군사는 지방에 가서 얼마든지 조발하여 쓸 수 있는 까닭에 더 많이 줄 것도 없거니와 흉년의 민폐라는 대계를 참작하여 아무쪼록 민폐가 덜 되도록 군사를 적게 준 것이었다.

좌변포도대장 김순고가 서림이를 포청에 두고 보니 황해도 순경사에게 주어 보낼 생각이 들어서 순경사들 떠나기 전에 서림이를 한번 불러서 저의 뜻을 물어보았다.

"이번에 황해도와 강원도에 순경사가 난 것을 너 아느냐?"

"네, 포교들에게 이야기를 들었소이다."

"내가 너를 황해도 순경사에게 천거해줄 테니 따라가보려느냐?"

"소인은 아직 영감마님 수하에 있기가 소원이올시다."

"네가 서울 있어 무어할 테냐. 이런 기회에 나가 공을 세워서 속죄를 해야 하지 않느냐?"

"포교들의 말을 듣사온즉 황해도 순경사 이병사 영감께서 자부自負가 과합셔서 남의 말을 들으시는 법이 없다구 하오니 소인 같은 것이 천려일득˙으루 좋은 계책을 내서 바치온들 들어주실 리 있겠소이까. 소인은 영감마님 수하에 있숩다가 이다음 기회에 나 속죄하오려구 생각하옵네다."

"이번에 순경사가 나가서 꺽정이를 잡으면 이다음 무슨 기회에 네가 공을 세울 테냐?"

"먼젓번에는 접전을 안 하구두 꺽정이를 잡을 수 있었습지요만 이번은 먼젓번과 달라서 꺽정이를 잡자면 접전을 안 할 수 없을 것이옵구, 접전하면 관군이 꼭 득승할는지 마치 모를 일이외다."

"접전 안 하구 잡을 수가 있었으면 접전해서 낭패를 봤겠느냐."

"관군이 마산리루 몰려간 까닭에 아니 날 접전이 난 줄 아옵네다."

● 차자(箚子) 신하가 임금에게 올리던 간단한 상소문.
● 감(鑑)하다 어른이 살펴봄을 높여 이르는 말.
● 천려일득(千慮一得) 천번을 생각하여 하나를 얻는다는 뜻으로, 어리석은 사람이라도 많은 생각을 하면 그 과정에서 한 가지쯤은 좋은 것이 나올 수 있음을 이르는 말.

"마산리를 가지 않구 꺽정이를 잡을 수 있었단 말이냐?"

"꺽정이의 소굴 청석골 근처에 관군 일대가 가서 곧 들이칠 기세를 보이오면 청석골서 급보가 꺽정이에게루 갔을 것이옵구 꺽정이가 급보를 받으오면 주야불분하구 쫓아왔을 것이온즉 꺽정이가 청석골루 쫓아올 때 길목에 사수를 많이 매복시켰다가 불의에 엄습하였사오면 꺽정이와 그 도당이 다 만부부당지용이 있사와두 화살 아래 죽거나 중상하와 접전은 고사하옵구 항거두 별루 못했을 줄 아옵네다."

서림이가 말하는 계책을 듣고 김포장은 별안간 역정을 내며

"그런 계책이 있으면 진작 말할 것이지 어째서 일이 다 그릇된 뒤에 말하느냐. 네가 진심으루 귀순한 것이 아니라 속에는 아직 두 딴맘이 있구나."

하고 서림이에게 꾸지람을 내리었다.

서림이가 성복 후의 약방문과 같은 소용없는 계책을 말할 때 소망이 저의 모사하는 재능을 김포장이 알아주기 바랄 뿐이었는데 김포장의 꾸지람 속에 저의 계책을 신통히 여기는 의사가 역연하여 소망에 어그러지지 아니하므로 꾸지람을 듣고 속으로는 은근히 좋아하며 겉으로만 가장 황공한 체하고

"요전 선전관 행차는 소인이 미리 아옵지두 못하였숩거니와 설사 미리 알았숩더라두 소인이 무슨 재주루 앞일을 내다보구 계책을 생각하였사오리까. 지금 말씀 아뢴 되지 않은 계책은 선전관이 낭패 보신 이야기를 듣자온 뒤 우연히 생각이 난 것이올시다."

발명하는 말이 근리하여 김포장은 역정을 더 내지 않고

"지난 일은 고만두구 이번 순경사가 나가서 꺽정이를 잡는 데 좋은 방침이 있거든 말해라."

하고 온언순사로 말하였다.

"소인의 생각을 기탄없이 아뢰오면, 강원도 순경사께서는 꺽

정이의 그림자두 구경 못하실 것이옵구 황해도 순경사께서 꺽정이를 만나실 것이온데 계책으루 잡으셔야지 힘으루 잡으시려구 하오면 먼젓번 선전관보다 더 큰 낭패를 당하시기 쉬울 것이외다."

"꺽정이가 마산리서 어디루 도망한 것을 너는 대강 어림하느냐?"

"마산리서 도망한 곳은 아옵지 못하오나 지금 있는 곳은 청석골일 줄로 아옵네다."

"순경사 난 소문을 듣구두 청석골에 가만히 있을까? 어디 다른 데루 도주하지 않구?"

"소인의 요량에는 다른 데루 도주할 리 없을 듯하외다."

● 역연(歷然)하다
분명히 알 수 있도록 또렷하다.
● 사관청(仕官廳)
조선시대에 포교가 포도대장의 사가 근처에 머물면서 공무를 보던 곳.

"전에 황해도서 체포하려구 하면 으레 강원도나 평안도루 도주한다는 놈이 어째 이번에는 도주하지 않겠느냐?"

"꺽정이는 전에두 항상 도망할 생각보다 항거할 생각이 많았사옵는데 더구나 지난번에 칠팔명 적은 수효루 관군 오백여명을 대적한 끝이오라 기가 높아져서 도망할 생각은 염두에두 둘 리 없을 듯하외다. 어제 사관청˚에서 여럿의 말이 순경사 두 분께서 황해도, 강원도 각군을 순행巡行합시리라구 하옵기에 소인이 그 이유를 문사온즉 꺽정이가 목하 어느 곳에 가 숨어 있는지 알 수도 없거니와 설령 청석골에 돌아와 있다손 잡더라두 순경사들 나가신다는 선성을 들으면 거처없이 도망할 터이니까 순경사께서 각군을 순행하시며 종적을 염탐하실 수밖에 없으리라구 하옵디다. 청석골 내성과 꺽정이의 성정을 모르오면 누구든지 이렇게 생각하기 쉽사외다. 그러나 황해도 순경사 이병사 영감께서 황해도 초입 금교역말에 가서 유진하시구 황해도 각군에 관자하셔서 군사를 조발하여다가 청석골을 들이치시면 꺽정이를 잡구 못 잡는 것이 여기서 판단이 나올 줄루 소인은 생각하옵네다."

"청석골 적굴이 첩첩산중이라지. 통로가 험하겠구나."

"통로라구 길다운 길이 없사온 까닭에 목표를 모르구 들어가 오면 첩경 산속에서 헤매기가 쉽사외다."

"도둑놈들이 도망할 틈이 없두룩 적굴을 에워싸구 들이치자면 군사가 대개 얼마나 들겠느냐?"

"군사를 잘 쓰오면 삼사백명으루 넉넉하옵지만 잘못 쓰오면 천명 이천명두 부족할 것이외다. 지금 관군과 꺽정이패를 비교하여 보오면 꺽정이패는 거개 청석골 지리에 익숙하와 어둔 밤에 불 없이라두 드나들 수 있삽는데 관군은 그렇지 못하옵구 꺽정이패는 모두 불패천 불외지하는 것들이 되와 목숨을 아끼지 않삽는데 관군은 그렇지 못하온즉 관군이 적굴을 철통같이 에워싸구 들어가옵더라두 꺽정이와 그 도당은 좀처럼 잡히지 않을 듯하외다."

"아까 네 말이 계책으루 잡으면 잡을 수 있다구 했지?"

"네."

"네가 생각한 계책이 있거든 말해라. 어디 들어보자."

"꺽정이와 그 도당보다 그놈들의 처자를 먼저 잡는 것이 한 계책이 될 듯합네다."

"여러 놈의 처속은 청석골에 있지 않구 다른 데 있느냐?"

"아니올시다. 청석골 안에 같이들 있소이다."

"같이 있으면 먼저 잡구 나중 잡구 할 것 없지 않으냐?"

"청석골을 쳐들어가올 때 개성부 가까운 동쪽이나 남쪽 일면은 틔워두옵구 군사를 구 대나 십 대에 나누어서 사면 중 삼면으루 쳐들어가오면 꺽정이 이하 두령이란 것은 거의 다 출동하게 될 터이온데 각 대에서 다같이 지는 체 쫓기는 체하와 아무쪼록 멀리 끌어내가게 하옵구 그 틈에 틔워둔 쪽으루 정병 일대를 쫓아 들여보내와 소굴에 남아 있는 그 처자들을 몰수이 잡아다가 개성부 옥중에 가둬두오면 꺽정이가 반드시 개성부를 침범하러 올 것이옵구 개성부를 침범할 때 만일 잡지 못하구 놓치옵거든 그 처자들을 서울 전옥에 갖다 가둬두오면 꺽정이가 필시 전일의 무모한 계획을 되풀이하러 올 것이온즉 그때 서울서 잡기는 용이할 것이올시다."

서림이의 꺽정이 잡을 새 계책을 김포장이 신통하다고 칭찬하는 말은 없을망정 역시 신통하게 여기는 듯 듣고 나서 고개까지 몇번 끄덕이었다.

김포장이 서림이에게

"너를 황해도에 보내구 안 보내는 것은 내가 이순경사 영감과 상의해서 작정할 테니 그리 알구 있거라."

하고 말을 일러두고 그 이튿날 포청 공사를 마친 뒤 황해도 순경사 이사증을 만나러 그 집으로 찾아왔다. 순경사들이 이날 사폐˚하고 다음날 발정하기로 작정이 되어서 이순경사 사랑에 작별하러 온 손들이 많았는데 김포장이 오는 것을 보고 일어서 가는 손도 더러 있었으나 김포장과 친분이나 면분이 있는 손들은 그대로 남아 있어서 자리가 조용치 못하였다. 김포장이 다른 손들 가기를 기다리다 못하여 주인을 보고

"여보 영감, 내가 포도 공사에 관해서 조용히 상의할 일이 있소."

하고 말을 내었다. 다른 손들이 일제히 일어나려고 하는 중에 이순경사가 김포장더러

"강원도 순경사가 떠나기 전에 의논해둘 일이 있어 온다구 했으니 오거든 셋이 앉아 상의하십시다."

하고 말하는 것을 김포장은

"김순경사하구 셋이 같이 상의해두 좋지만 주장 영감하구 상의할 일이오."

하고 대답하였다. 다른 손들은 다 가고 김포장 혼자 남아서 이순경사와 단둘이 마주 앉은 뒤 이순경사가 먼저

"상의하실 일이 무슨 일인가요?"

하고 물어서 두 사람 사이에 조용한 수작이 시작되었다.

"영감, 이번 길이 책임이 중한데 적괴를 잡을 성산成算이 있

소?"

"아직 아무 성산두 없소."

"적당의 모주˚ 서림이란 자가 귀순한 건 아시지?"

"네, 알지요."

"그자가 모주 노릇하던 놈이라 모책謀策을 내는 것이 제법입디다."

"그놈이 영감께 무슨 헌책˚을 합디까?"

"내가 어제 그자를 불러서 적정敵情을 여러가지 물어보는 중에 그자가 적괴 잡을 계책을 말하는데 그 계책이 바이 맹랑치 않을 것 같아서 영감에게 말씀하려구 하우."

하고 말한 뒤 김포장이 서림이의 계책을 자세히 이야기한즉 이순경사는 이야기를 다 듣고도 왈가왈부 말이 없었다.

- 사폐(辭陛)
먼길을 떠날 사신이
임금께 하직 인사를 드림.
- 모주(謀主)
일을 주장하여 꾀하는 사람.
- 헌책(獻策)
일에 대한 방책을 드림.

"그자의 계책이 영감 생각엔 어떻소?"

"영감은 어떻게 생각하시구 그 계책이 맹랑치 않다시는지 나는 모르겠소. 우선 청석골을 칠 때 일면은 틔워놓구 삼면으루 친다니 병법의 허실을 조금이라두 아는 놈이 있으면 틔워놓는 방면을 더 방비할 것이구, 그렇지 않으면 그놈들 도망하기에나 편할 것이니 되지 않을 말이구 또 그놈들의 처속을 잡아다가 가둬두면 그놈들이 빼가러 온다니 무지막지한 도둑놈들이 무슨 인정과 의리가 있어서 저의 몸이 위태한 때 처속을 생각하겠소? 그것두 역시 되지 않을 말이오."

"지난 구월에 그놈들이 무엄막심하게 전옥을 타파할 계획까지 한 일이 있었다니 처속을 빼가러 온단 말은 근리하지 않소?"

"서림이란 놈의 횡설수설 지껄인 초사를 어떻게 믿을 수가 있소. 나는 그걸 순전한 거짓부리루 아우."

"내가 알아보니까 지난 구월 초닷샛날 꺽정이패 여러 놈이 장수원에서 모인 것두 사실이구 다른 데서 청해온 패의 괴수 두 놈을 죽인 것두 사실입디다. 나는 그걸 터무니없는 거짓말루는 알지 않소."

"그것이 거짓말인 증거를 내가 말씀할게 들어보시우. 전옥에 갇힌 죄수는 빼가기가 어렵구 형조에 매인 비자婢子는 빼가기가 쉬운데 어려운 일을 계획했다는 놈들이 어째 쉬운 일은 계획하지 못하우? 그게 거짓말이 환하지 않소?"

"글쎄, 그렇게 의심하면 그럴 듯두 하우."

"그럴 듯두 하다니 포도대장 말씀으루는 좀 모호하신데."
하고 이순경사가 웃어서

"포도대장이 모호해서 도적이 심한지두 모르지."
하고 김포장도 고소苦笑로 웃었다.

서림이의 위인이 미덥지 못한 것은 김포장이 이순경사보다 더 잘 알지만 꺽정이를 잡는 데 유용한 인물로 김포장은 확신하는 까닭에 이순경사더러 데리고 가서 잘 조종하여 써보라고 말하러 왔더니 이순경사가 소견이 부족하여 미덥지 못한 것만 생각하고 유용한 것은 생각지 못하는 모양인데, 게다가 고집이 세어서 자기 소견을 좀처럼 고칠 리도 없으므로 김포장은 숫제 서림이 데리고 가란 말을 입 밖에도 내지 아니하려고 생각하다가 공사를 위하여 온 본의를 돌쳐 생각하고

"서림이 같은 적당의 내정을 잘 아는 놈이 적당을 체포할 때 소용이 될 듯한데 영감 생각엔 어떻소?"
하고 데리고 가란 운만 떼어서 물으니 이순경사 입에서
"쓰기에 달렸지만 쓸데가 있다뿐이오."
하는 대답이 나왔다.
"그럼 서림이를 영감에게루 보낼 테니 데리구 가시겠소?"
"영감께서 서림이를 맡아가지구 계시기가 주체궂어서 내게다가 전장하실* 생각이시오그려."

이순경사는 실없는 말을 하며 웃는데 김포장은 정색하고

* 전장(傳掌)하다 전임자가 후임자에게 맡아보던 일이나 물건을 넘겨서 맡기다.

"나는 포도 공사루 알구 의논하는데, 영감 그게 무슨 말이오."
하고 책망하니 이순경사가 잠시 무료하다가 곧 얼굴빛을 고치고
"내가 가봐서 서림이를 쓸데가 있으면 곧 영감께루 기별할 테니 그때 보내주시우."
하고 말하였다. 김포장이 상의하러 온 일은 이로 끝을 막고 작별 인사나 하고 일어서려고
"영감, 내일 어느 때쯤 떠나시겠소?"
하고 물었다.
"우리는 오늘 곧 떠나두 좋겠는데 병조에서 군사 겨우 오십명

주는 것을 오늘 해전에나 뽑아주겠다구 해서 못 떠났으니까 내일은 일찍 떠나게 되겠지요."

"내일 일찍 떠나시면 모레는 금교역을 들어가시겠소."

"먼저 해주 가서 황해감사하구 대개 방침을 의논해놓구 그러구 각군을 순력할 작정이오."

"먼저 금교역에 가 앉아서 적괴가 청석골 소굴에 있구 없는 것부터 기찰을 시키는 게 득책이 아니겠소?"

"그놈이 타도루 내빼지 않구 황해도 경내에만 있으면 설마하니 못 잡겠소. 소굴에 들어 엎드렸으면 들어가서 잡을 테구 다른 곳에 가 파묻혔으면 그곳을 쫓아가서 잡을 테니까 감사를 만나보구 수탐하기 시작해두 늦지 않을 것이오."

"영감이 어련히 잘 생각하셨겠소. 어떻게 하든지 정선전이 끼쳐놓은 국가의 수치를 영감이 쾌히 설치하구 오시우."

"해서 적환을 평정해서 특별히 위임하신 상의上意를 만분 일이라두 보답할까 생각하우."

"양도 순경사가 일시에 동서루 떠나는데 누구는 나가보구 누구는 안 나가볼 수 없어 전송하러 나가지 않을 테니까 오늘 이렇게 작별하겠소."

"영감, 약주 한잔 잡수시려우?"

"아니, 나는 곧 일어나야겠소."

"왜 어느새 가시려구 그러시우?"

"가다가 김순경사를 좀 보구 가겠소."

"좀더 기시다가 김순경사가 오거든 아주 보구 가시구려."

"떠날 때 전송두 못할 텐데 집에까지 안 가볼 수야 있소."

김포장은 이순경사 집에서 김순경사에게로 오고 김순경사는 자기 집에서 이순경사에게로 가다가 서로 만나서 둘이 다같이 탔던 말 위에서 내려 노상에 서서 수어 수작하고 이내 작별인사까지 주고받고 서로 헤어졌다.

김포장이 바로 자기 집으로 돌아간 것은 다시 말할 것 없고 김순경사가 이순경사에게 왔을 때 좌정도 채 하기 전에 이순경사가

"좌포장이 영감께루 간다구 지금 막 갔는데 길에서 교위가 된 모양이구려."

하고 말하여

"지금 오다가 노상에서 잠깐 만났소."

하고 김순경사는 대답하였다.

"포도 공사루 상의할 일이 있다구 다른 손들까지 쫓아놓구 급히 말하는 것은 꺽정이의 모주 노릇하던 서림이란 놈을 나더러 데리구 가란 말입디다."

"그래 그놈을 데리구 가기루 했소?"

"데리구 가구 싶은 생각이 적어서 고만두었소."

"왜 데리구 가구 싶지 않소?"

"그놈이 말할 수 없는 반복소인˙이라는데 그놈을 데리구 갔다가 도둑놈들의 내응이나 해주면 긁어부스럼을 만드는 격 아니오?"

● 반복소인(反覆小人)
줏대없이 언행을 이랬다저랬다 하여 그 마음을 헤아릴 수 없는 옹졸한 사람.

김순경사는 이순경사와 소견이 달라서 적당의 내정을 샅샅이 잘 아는 서림이를 데리고 가는 것이 좋을 줄로 생각이 들었으나 김포장이 하후하박˚으로 이순경사에게만 말을 하고 자기에게는 말을 안 한 데 심사가 틀려서 서림이 안 데리고 가는 것이 잘한 일이라고 이순경사의 소견을 찬동하여 말하였다.

이러한 곡절이 있어서 서림이가 순경사들 나갈 때 수행하지 못하고 좌포장 수하에 그대로 있게 되었다. 이것이 청석골 꺽정이패에게는 한 가지 불행중 다행이었다.

꺽정이와 두령 여섯과 모두 합하여 일곱 사람이 마산리서 관군 오백여명을 대항하고 무사히들 청석골로 돌아온 뒤 승전을 축하하기 위하여 대연을 배설하자고 여러 두령이 공론들 하는 것을 꺽정이가 처음에는

"승전이 무슨 놈의 승전이냐. 간신히 목숨들 도망한 것을 승전이라구 잔칠 하잔 말이냐. 창피스럽다. 그따위 소리 하지들 마라."

하고 꾸지람으로 내리눌렀다. 다른 두령들은 감히 다시 개구를 못하였으나 그중에 오가는 자기가 먼저 큰 잔치를 하자고 발론을 하였을 뿐 아니라 다른 두령들이 대장의 허락을 받으라고 내세우는 까닭에 꺽정이를 따로 와서 보고

"대장께선 마산리 쌈이 승전이 아니라구 잔치를 말라신다지요? 홀 일곱 분이 배루 치면 칠칠이 사십구 칠십 배가 훨씬 넘는

대적과 접전해서 그 기세를 꺾구 용맹이 무쌍하다는 오위부장을 한칼에 벤 것이 어째 승전이 아닐까요. 우리는 훌륭한 승전으루 알지만 대장 말씀을 좇아서 승전이 아니라구 하구요, 그러구라두 우리 도중의 우두머리 일곱 분이 사지死地에 들어갔다가 무사히 들 나오신 것이 도중의 막대한 경사가 아닌가요. 이런 경사에 왜 잔치를 못하게 하실까요. 대장께서 정히 도중 잔치를 못하게 하신다면 내가 좀 주제넘지만 수양딸에게 물려주려구 아껴둔 사천으루 일곱 분을 위해서 한번 위로연을 떡 벌어지게 차릴 테요. 이건 허락하시겠지요?"

하고 수다를 떨었다. 오가가 일자 상처한 후로 수다도 잘 떨지 않고 너스레도 잘 놓지 않고 흔감과 수선도 잘 부리지 아니하여 거의 딴사람같이 되었었는데 이날 수다가 의외라

● 하후하박(何厚何薄) 누구에게는 후하고 누구에게는 박하다는 뜻으로, 차별하여 대우함을 이르는 말.

"나는 오두령 수다가 다 없어진 줄 알았더니 그래두 좀 남았구려."

하고 꺽정이가 웃었다.

"오십여년 동안 떨 대루 다 떨구 조금 남은 수다는 속에 간직해두었다가 저세상으루 가지구 가려구 생각했더니 저세상에 가선 그나마 떨지 못할 것 같아서 이 세상에서 마저 떨어버리구 갈 작정이오."

"저세상에 갈 날을 언제루 받아놨소?"

"갈 날을 내 손으루 받지 않아서 똑똑힌 모르지만 그다지 멀진

않겠지요."

"저세상에 가면 마누라님을 다시 만나볼 줄루 아우?"

"마누라쟁이를 꼭 다시 만나볼 줄만 알면이야 지금 당장이라두 이 세상을 하직하구 가지요. 가다뿐이오."

"죽은 마누라 생각 고만하구 젊은 첩이나 하나 얻을 생각하우. 내가 얻어주리까? 소원만 말하우. 양첩良妾이 좋소, 기생첩이 좋소?"

"그런 심려는 두었다 하시구 도중 잔치나 얼른 허락해주시우."

"도망질해와서 잔치했다면 청문聽聞이 사나워서 말라구 했더니 오두령 청으루 허락하겠소."

꺽정이가 마침내 대연을 배설하라고 명령을 내리어서 두령으로부터 졸개까지 다들 좋아하였다.

돼지 잡고 소 잡고 떡 만들고 술 걸러서 도중 상하가 사흘 동안 연일 진탕 먹고 즐겁게 놀았다. 잔치 끝날은 한통속으로 지내는 근처 사람들까지 청하여 먹이었는데 그때 송도 김천만이가 들어와서 경군京軍이 청석골을 치러 내려온다는 주위들은 소문을 전하여 꺽정이가 진적한 조정 소식을 알려고 잔치 끝난 뒤 곧 황천왕동이를 서울로 올려보냈다. 서울의 연락 맺고 지내던 곳이 거진 다 끊이었으나 남대문 밖에서 객주하던 치선이 김선달은 서림이의 동티로 객주를 떠엎고 아직 윤영부사 댁 도차지 손동지의 작은집에서 곁방살이를 하는데 곁방살이하는 중이라도 서로 연신을 끊지 말자고 그 처남 된다는 사람을 전위해 보내서 기별한 일이 있는 까닭에 황천왕동이가 서울 가서 조정 소식을 물어보려고 장대고 가는 사람은 곧 김치선이었다.

　황천왕동이가 서울 오는 길에 혜음령 고갯길을 도드밟아서 마루턱까지 거의 다 올라왔을 때 보행인 하나가 마루턱에 서서 내려다보며

　"청석골서 오십니까?"

하고 알은체하여 황천왕동이가 혜음령패의 망꾼이 보행인으로 차리고 나섰거니 짐작하고 선뜻

　"그래."

대답한 뒤 그 사람 앞에 올라와서 이목을 살펴보니 당초에 낯모를 사람이라 황천왕동이가 그제는 두 눈을 휘둥그렇게 뜨고

　"댁이 누구요?"

하고 곱지 않은 말씨로 물었다.

　낯모르는 사람이 알은체하는데 황천왕동이도 속이 좀 떨떠름하였지만 그 사람은 섣불리 말 한마디 붙였다가 경치는 줄 알고 겁이 났던지 슬금슬금 뒤로 물러섰다.

　"댁이 대체 누구요?"

　황천왕동이가 재차 물어도 그 사람은 얼른 누구라고 대지 않고 서슴는 말로

　"서울 김선달 아시지요?"

하고 물었다. 김선달이란 치선이 말인 듯 황천왕동이는 속으로 짐작하면서도 짐짓

"서울 허구많은 김선달에 어떤 김선달 말이오?"
하고 채치니 그 사람이 그제는
"남대문 밖에서 객주하던 치선이 김선달 말입니다."
하고 똑똑히 명토를 박아서 말하였다.
"김선달 알구 모르는 건 왜 묻소?"
"녜, 그이가 내 매형입니다."
"매형이라니?"
"누님의 남편이에요."
"녜, 그렇소?"
황천왕동이의 말소리가 비로소 부드러워졌다.
"내가 칠팔일 전에 한번 갔었지요. 그때 마산리들 가시구 안 기시든구먼요."
"다녀가셨단 말은 들었소. 그런데 전에 김선달 객주에서 나를 봤습디까? 나는 본 생각이 안 나는데."
"전에 뵈인 일은 없지만 어림에 그런 듯해서 여쮜봤지요."
"어림잡는 재주가 용하구려."
"축지법 아신단 선성을 높이 들었는데 지금 고갯길을 올라오시는 걸음이 여느 사람 내려가는 걸음보다 더 빠르신 걸 보구 어림이 났습니다."
"그렇소. 그래 지금 어딜 가시는 길이오?"
"매형의 글월을 가지구 또 청석골을 가는 길입니다."
"나는 당신의 매형님을 만나러 서울을 가는 길이오."

"지금 서울 가셔두 매형을 만나보시기 어려울걸요."

"어째서 어렵소?"

"그동안 서울서 야단이 났습니다."

"무슨 야단이오?"

"청석골과 연락이 있을 듯한 사람들을 형조에서 잡느라구 지금 한참 야단입니다."

"잡으면 형조보다두 포청에서 잡겠지."

"아니요. 형조에서 잡습니다. 들리는 말은 상감 처분이 형조루 내렸답디다. 우리 매형두 요전에 포청에서 잡으려구 하던 것은 그동안 손동지의 힘으루 그럭저럭 어떻게 묵주머니˙가 되었는데 새판으루 형조에서 이름을 지적하구 잡으려구 해서 그래 몸을 피했는걸요."

● 묵주머니 말썽이 일어나지 않도록 잘 달래고 주무르는 일을 비유적으로 이르는 말.

"당신 매형님을 만나볼 수 없으면 나는 서울 가두 소용없소. 당신에게 서울 소문이나 좀더 들읍시다. 경군이 청석골을 치러 내려온단 소문이 있으니 그런 소문이 서울두 있습디까?"

"순경사들이 오늘 떠난다더니 오늘은 어째서 못 떠나구 내일 떠난답디다."

"순경사가 무어요?"

"그동안 황해도, 강원도 순경사가 났습니다."

"순경사가 경군을 거느리구 내려올 사람이오?"

"네."

"내괴, 이 고개 주인들이 눈에 뜨이지 않더라니, 요새 풍색風色

이 좋지 않아서 꿈쩍들 못하구 들어앉았는 모양이로군."

"황해도, 강원도에는 어디든지 다 그럴걸요."

"나는 한 시각이라두 빨리 도루 가야겠소. 당신이 맡아가지구 오는 편지를 내가 가지구 먼저 갈 테니 당신은 뒤에 찬찬히 오시우."

"그럼 나는 청석골까지 가지 않구 서울루 도루 갈랍니다."

"편지 전하는 것 외에 다른 부탁은 받은 것 없소?"

"네, 다른 부탁은 받은 것 없습니다."

"그렇거든 편지만 나를 주구 돌아가시구려."

황천왕동이가 혜음령에서 우연히 김치선이의 처남을 만나서 청석골로 전하러 오는 편지를 중간에서 받아가지고 그날 해진 뒤에 돌아왔다.

여러 두령이 저녁밥들을 먹고 꺽정이 사랑에 모여 앉았다가 황천왕동이가 들어오는 것을 보고

"웬일이오?"

"웬일인가?"

"웬일이냐?"

모두 웬일이냐고 물었다. 황천왕동이가 꺽정이를 보고 중로에서 돌아온 곡절을 말하고 품에 지니고 온 편지를 내서 드리니 꺽정이가 받아서 옆에 앉은 이봉학이를 주고 읽으라고 하였다.

"서울 소식은 달리도 들으셨으려니와 가는 아이의 구전口傳으로 자세히 들으실 듯 모두 줄이오며……."

이봉학이가 편지 비두에 적힌 사연을 읽은 뒤 황천왕동이를 바라보고

"서울 소식 이야기할 사람을 서울루 돌려보내구 왔네그려."
하고 한마디 말하자 다른 두령 오륙 인이 그 뒤를 이어서

"편지 가지구 오는 놈을 여기까지 왔다 가랬으면 낭패 없을 겐데 중간에서 보낸 게 잘못일세."

"중간에서 보낼라면 서울 이야기나 다 듣구 보낼 게지."
황천왕동이를 책망하는 사람도 있고

"김선달이 처남인지 첩처남인지 보낼 때 서울 이야기를 가서 자세히 하라구 일러 보냈을 텐데 그 자식이 와서 이야기할 생각 않구 그대루 간 겔세그려."

"고놈의 자식이 다리품 팔기가 싫어서 가라니까 웬 떡이냐 하구 간 모양이오."
김치선이의 처남을 욕하는 사람도 있고 또

"치선이두 치선이지. 지금 우리가 서울 소식을 어디서 들으리라구 '달리두 들으셨으려니와'가 다 무어야."

"우리가 달리 들을 데 없는 걸 그 사람이야 알 까닭 있소?"

"그러구 편지를 안 하면 모를까 이왕 할 바엔 대강은 편지에 적구 자세한 건 편지 가지구 가는 사람에게 들으라구 해야지 그저 덮어놓구 줄인단 말인가. 그렇게 줄일라거든 숫제 편지를 하지 말구 사람만 보냈으면 좋을 것 아닌가."
김치선이를 탓하는 사람도 있었다. 여럿이 제가끔 지껄이는 통에

이봉학이가 편지를 읽지는 못하고 혼자 보기만 하여 꺽정이가 여러 두령더러 지껄이지들 말라고 소리지르고 이봉학이를 돌아보며
 "그 아래 적힌 사연이 다 무언가 어서 읽어보게."
하고 편지 읽기를 재촉하였다.
 "좌포청 사건이 생긴 뒤 제가 손동지에게 통심정通心情을 다 하고 그의 힘을 보는 중이온데 어젯밤 그의 소실의 집에서 약주를 먹는 중에 동지가 저를 보고 너의 상전 댁이 이번에는 뿌리 빠지리라 웃음의 말씀을 하옵기 저 역시 웃으며 그것이 무슨 말씀인가 묻사온즉 좌포장 댁 청직廳直 한 사람이 무슨 청할 일이 있어 석후에 찾아와서 담화하던 끝에 서림이 이야기 났었는데 그 사람의 말이 저의 주인 영감께서 서림의 지혜 많은 것을 신통히 보시고 특별 고호˚ 하시므로 이번 순경사 나가서 쓸 계책까지 서림을 데리고 의논하시고 또 서림을 황해도 순경사에게 딸려보내실 의향이 계시다 하더라. 서림이 황해도 순경사를 따라가면 더 말할 것 없고 설사 따라가지 않더라도 아무개의 모사가 아무개 잡을 계책을 내어 바쳤으니 그 계책이 범연하랴. 아무개가 이번에는 마산리에서와 같이 도망도 못하고 잡힐 터이니 두고 보라. 손동지의 말이 이러하더이다. 저의 생각에도……."
 "서림이란 놈이 제 요공하려구 우리를 잡으러 나온다? 그놈 참 죽일 놈이다."
하고 꺽정이가 별안간 볼멘소리를 하는 바람에 이봉학이는 편지 읽던 것을 그치고

"그놈이 우리를 잡으려구 하거나 안 하거나 우리가 그놈은 잡아 없애야지 후환이 없겠소."
하고 말하였다. 곽오주가 이봉학이의 말끝을 달아서
"잡아 없애야지. 그놈의 불여우를 세상에 남겨두면 사람의 오장 깡그리 다 빼먹구 말 게요."
하고 말을 그만 그쳤으면 좋을 것을 짓궂이
"대장 형님, 불여우한테 속은 게 인제 분하지요?"
하고 꺽정이를 오금박다가
"아가릴 찢어놓기 전에 가만히 닥치구 있거라."
꺽정이의 호령을 듣고 목을 음충맞게 움츠러뜨리며 픽 웃었다. 곽오주의 웃는 꼴이 꺽정이 눈에 거슬려서

● 고호(顧護)
마음을 써서 돌보아줌.

"꼴 보기 싫다. 여기 앉았지 말구 나가거라."
"밖에 동댕이치기 전에 냉큼 못 일어서겠느냐."
하고 연거푸 천둥같이 호령하는데도 곽오주는 꿈질거리고 있는 것을 박유복이가 쫓아가서 등을 밀어서 밖으로 내쫓았다.

꺽정이는 서림이가 조정에 귀순한 줄을 안 뒤에도 서림이에 대하여 아직 용서성이 많았다. 서림이가 마산리 모임을 고발한 것은 용서하기 어려운 죄나 약한 위인이 혹독한 단련을 받고 본의 아닌 소리를 지껄였거니, 서림이가 처자를 그대로 두지 않고 꾀바르게 빼간 것은 괘씸한 짓이나 저의 죄를 처자에게 연좌 쓸까 겁내기도 용혹무괴한 일이거니, 꺽정이가 이렇게 너그럽게 생각한 것은 서림이를 자기의 제갈량諸葛亮으로 알아서 아니 들은

말이 없고 아니 쓴 계교가 없도록 종시 신임하였으므로 서림이 제 비록 조정에 귀순하였을지라도 자기의 은의恩義는 잊지 아니하려니 믿었던 까닭이다. 그런데 자기 잡을 계책을 내고 자기 잡으려는 관군을 따라온다니, 이것은 분명 자기를 잡아서 저의 공명을 삼자는 것이라 걱정이가 통분하기 짝이 없어하는 판에 눈치 코치 모르는 곽오주가 분을 더 돋워서 분이 꼭뒤까지 났다. 아랫입술로 윗입술을 떠받쳐서 입술 위아래 수염이 꺼칠하게 일어나고 숨 쉬는 소리까지 씨근씨근하는 것 같았다. 다른 두령은 다들 입을 함봉하고 앉았는데 오가가 출반좌하고 좌중을 돌아보며

"오주는 서림이더러 사람 아니구 불여우라구 하지만 오주 저 두 사람은 아니야. 미련은 곰새끼구 우악은 억대우˚구, 오주가 우멍한 눈을 끔벅끔벅하는 걸 보면 나는 언제든지 탑고개에서 뜸베질당하던 생각이 나네. 사람 치구 그따위 무지하구 미욱하구 용통하구˚ 데퉁궂구 열퉁적구 별미없구 변모없는˚ 위인을 우리 사위 양반은 무엇에 반했는지 처음부터 이날 이때까지 꼭 데리구 들어온 자식 두남두듯 속살루 은근히 두남두느라구 애를 부둥부둥 쓸 때가 많으니 그게 아마 전생에 오주의 빚을 지구 이생에 와서 갚는 모양이야."

하고 너덕거리었다. 오가의 너덕거리는 말도 우스운데다가 이봉학이가 오가더러

"오주가 웬 직함이 그렇게 많소."

하고 실없는 말을 정당한 말 묻듯 하는 것이 우스워서 여러 두령

들이 혹은 소리내고 혹은 소리없이 웃는 중에 꺽정이도 숨을 한 번 크게 쉬고 나서 손으로 수염을 쓰다듬기 시작하였다. 화가 나거나 분이 날 때는 수염에 손을 대지 않는 것이 꺽정이의 버릇이라 수염을 쓰다듬는 것이 곧 분이 가라앉은 표적이었다.

황천왕동이는 아직 저녁밥을 먹지 못한 까닭에 꺽정이를 보고
"가서 밥 좀 먹고 오겠습니다."
하고 말하니 꺽정이가 고개를 끄덕이었다. 황천왕동이가 밖으로 나간 뒤 얼마 아니 있다가 곽오주가 들어와서 두 팔 짚고 엉거주춤하고 엎드려서 고개를 뻣뻣이 치켜들고 꺽정이를 바라보며
"대장 형님, 날 들어오라구 부르셨소?"
하고 물었다.
"나는 부른 일 없다."
"모두 여기서 여러 이야기들 하는데 나 혼자 등 너머루 넘어갈라니까 걸음이 안 걸립디다. 그래 치운 밖에서 몸이 꽁꽁 얼었소. 천왕동이 형님이 나와서 하는 소리가, 대장 형님이 굵은 지겟작대기 같은 매를 해가지구 들어오라신다구 합디다. 고만 들어오라구 부르시는데 거짓말을 보태서 날 놀리는 줄 알았더니 백줴˚ 터무니 없는 거짓말을 했구먼요."

곽오주의 주워 지껄이는 말을 꺽정이는 듣는 체 만 체하는데 오가가 너털웃음을 웃으며
"여게 오주, 자네가 지레짐작한 것만두 매는 좀 맞아야겠네.

● 억대우
매우 덩치가 크고 힘이 센 소.
● 용통하다 사람이 변변하지 못하고 하는 짓이나 됨됨이가 어리석고 미련하다.
● 변모(變貌)없다
남의 체면을 돌보지 아니하고 말이나 행동을 거리낌없이 함부로 하는 태도가 있다.
● 백줴 '백주에'의 준말.

어서 가서 작대기 한 개 가지구 오게. 내가 대장 몸받아서 때려줌세."
하고 말하니
"내 대신 작대기 가지구 와서 맞아보구려."
하고 곽오주가 대꾸하였다.
"저것 봐. 둘러씌울 줄까지 아네. 자네 재주가 점점 느네그려."
"그동안 좀 조신하더니만 요새 왜 또 희룽희룽˙하우?"
곽오주의 말을 오두령이 받기 전에 꺽정이가 곽오주를 보고
"지껄이는 소리 듣기 싫다. 네 자리에 가서 아가리 가만히 닥치구 앉았거라."
하고 소리질러서 곽오주는 얼른 네 대답하고 먼저 앉았던 자리에 다시 가서 앉았다.
곽오주가 그럭저럭 꺽정이의 용서를 받은 뒤 오가가 이봉학이를 보고
"곽두령의 훼방이 인제 끝이 났으니 치선이의 편지두 마저 끝을 내시는 게 어떻소. 편지 끝에 또 무슨 말이 있나 들어봅시다."
하고 말하니 이봉학이가
"끝에는 별말 없습니다."
하고 대답하며 옆에 접어놓았던 편지를 다시 펼쳐 들고 먼저 읽다 그친 구절에서부터 내리읽었다.
"저의 생각에도 서림이와 같은 도중 내정과 산중 지리를 잘 아는 자가 순경사를 도우면 큰일이올 듯 염려 적지 않사외다. 조변

석개하는 조정 일이 오래갈 리 없사오므로 순경사는 불과 몇달 안에 소환되올 듯. 그동안 어디로든지 피신들 하심이 득책 아니오리까. 염려되는 맘에 말이 넘난 데까지 미쳤사외다. 제가 처자들 몸 붙여 있는 방에 와보온즉 마침 처남아이 와서 있삽기 한번 걸음 더 하라 이르옵고 등하燈下에 수자 적사오며 내내 첨위˚의 천금귀체千金貴體를 만만 보중하심을 축수 바라나이다."

"편지가 어느 날 난 게요? 연월일두 좀 보시우."
하는 오가의 말에

"경신 납월˚ 초삼일야라구 했으니까 바루 어젯밤에 쓴 것이오."
하고 이봉학이는 대답하였다.

꺽정이가 이봉학이의 접어주는 편지를 받아서 머리맡 손궤 위에 놓아두고 여러 두령들을 둘러보며

"김치선이는 지금 이리저리 피신해 다닌단 사람이 우리게 기별해줄 걸 잊지 않았으니 고마운 사람이다. 아니 김치선이는 의리가 있는 사람이다."
하고 김치선이를 의리 있다고 칭찬하는 말에 서림이는 의리 없는 놈이라고 타매하는˚ 뜻이 나타났다. 이봉학이가 꺽정이의 말뜻을 받아서

"서림이 같은 의리 없는 놈이 천하에 또 어디 있겠습니까."
하고 말하니 다른 두령들이 그 뒤에 연달아서 서림이를 죽일 놈

● 희룽희룽
버릇없이 자꾸 까부는 모양.
● 첨위(僉位) 제위.
'여러분'을 문어적으로 이르는 말.
● 납월(臘月)
음력 섣달을 달리 이르는 말.
● 타매(唾罵)하다
아주 더럽게 생각하고 경멸히 여겨 욕하다.

살릴 놈 하고 제각기 한두 마디씩 말하였다. 이때까지 서림이 말을 몹시 안 하던 오가가 천참만륙하여 마땅한 놈이라고 큰 소리로 떠들 뿐 아니라 여럿이 떠들 때 흔히 잠자코 듣기만 하는 박유복이와 서림이 위인을 잘 알지 못하는 이춘동이까지 다 말참례를 한몫 들었다. 그런데 말 한마디라도 지독하게 모지락스럽게 해붙일 듯한 배돌석이가 평일의 박유복이 대번代番을 보는지 잠자코 듣기만 하더니 여럿의 떠드는 것이 한 거품 꺼진 뒤에 비로소 꺽정이를 보고

"서림이놈을 속히 잡아 죽일 도릴 생각해야지 죽이느니 살리느니 헛소리만 해서 무어합니까. 우리가 백날 입으루 죽인다구 서림이놈이 죽습니까? 그러구 여기 있는 서림이놈의 자식은 지금 당장이라두 죽여버립시다."

하고 말하는 것을 꺽정이는 듣고 한참 있다가 고개를 가로 흔들었다.

"내 말이 어디가 그릅니까?"

"서림이 자식은 아직 볼모루 두구 그놈의 애두 태워주려니와 이다음 그놈을 잡는 날 그놈 보는 데서 죽일 테다."

곽오주가 별안간 손뼉을 딱 치고

"대장 형님 소견이 내 비위에 꼭 맞소."

하고 소리를 지르니 박유복이가 눈을 흘기었다.

여러 두령 중에 한온이는 임진대적을 하기는 고사하고 구경조차 한 일이 없는 사람이라 위험한 일을 겪어보고 싶은 맘도 바이

없진 아니하나 안전한 것을 좋게 여기는 맘이 더하여서 김치선이 충고대로 피신들 하기를 바라는데 피신하자는 의논이 나지 않는 게 답답하여

"김치선이 말이 유리한 말인 듯한데 어떻게 생각하십니까?"
하고 꺽정이의 의향을 물으니 꺽정이는 마침 시침 떼듯

"무어가?"
하고 되물었다.

"피신을 하란 말이 유리한 말이 아닐까요?"

"피신할라니 할 데가 있어야지."

"광복산은 여기와 어떤가요?"

"강원도에두 순경사가 났다니까 광복 있는 아이들을 다 이리 오라구 해야겠다."

● 미경사(未經事)
아직 경험해보지 못함.
또는 그런 일.

"광복은 그렇겠구먼요. 평안도에두 피난처를 여러 군데 만들어두셨다지요?"

"우리 도중 상하 다솔이 지금 평안도를 갈라다간 길에서 낭패 보게."

"그럼 순경사가 나오면 어떻게 하실랍니까?"

"어떻게 하긴 무얼 어떻게 해. 접전하는 게지."

"접전하면 승산이 있을까요?"

"승부는 접전을 해봐야 알지 그걸 어떻게 미리 알 수 있나."

꺽정이는 한온이를 미경사˙ 소년으로 알아서 묻는 말에 일일이 대답하여 주는데, 그 대답이 다 수월스러웠다.

한온이와 꺽정이의 문답이 끝난 뒤 박유복이가 꺽정이 나중 말에 말끝을 달아서
 "접전해서 이길 건 미리 알 수 없지만 이기두룩 준비는 미리 해야 하지 않습니까?"
하고 말하는데 박유복이의 의사는 그럴 리가 만무하지만 언뜻 듣기에 흡사 꺽정이의 말을 책잡는 것 같아서 꺽정이는 미간을 잠깐 찌푸렸다가 다시 펴고
 "준빌 누가 안 한달세 말이지."
하고 박유복이의 말에 대답한 뒤 곧 이어서
 "준비할 것이나 잘 생각해서 이야기들 해봐라."
하고 여러 두령들을 둘러보았다.
 여러 두령이 다 각각 생각나는 대로 말한 것을 대강 추려보면, 군량을 될 수 있는 대로 많이 저축하고 군기를 조수照數하여 만일 파손된 것이 있거든 속히 수보修補하고 탑고개 길목 지키는 것과 두령들 매일 행순하는 것을 중지하고 사산 파수꾼 수효를 곱절로 늘려서 안팎 장등에 겹파수를 보이고 광복산 졸개도 소환하려니와 탑고개, 양짓말 등지에 나가 사는 두목과 졸개들도 거두어들이고 그리하고 당보수를 멀리 내보내고 기외에 이목을 널리 늘어놓아서 관군의 동정을 일일이 알아들이자는 말들이었다. 꺽정이가 여러 두령들이 말하는 것을 다 듣고 나서 이봉학이를 돌아보며
 "모든 준비를 하나가 맡아 시켜야 일이 구김이 없을 테니 자네

맡아 시키게."

하고 말을 이르니 이봉학이가 네 대답한 뒤

 "지금 말들 한 여러가지 준비두 다 긴요하지만 제 생각엔 서울 소식을 더 좀 자세히 알아보는 게 제일 긴요할 것 같습니다. 순경사가 어떤 위인인지 경군이 얼마나 내려오는지 서림이가 과연 순경사를 따라오는지 안 오는지 다 알구 앉았으면 좋겠구, 또 좌포장이 서림이 데리구 계책을 의논했다구 손동지더러 이야기한 좌포장 집 청지기는 그 계책이 어떤 것인지까지 혹 알는지 모르니 그걸 알아봤으면 좋겠습니다. 만일 그 계책을 대강만이라두 우리가 미리 알면 방비하는 데 힘이 여간 덜리지 않을 겝니다."

하고 말하였다.

 "글쎄, 알아보는 게 좋겠지만 치선이가 숨어다녀서 만나보기가 어렵다니 어디루 알아보나?"

 "다른 사람은 몰라두 한두령이 가면 설마 그것쯤 못 알아오겠습니까?"

 꺽정이가 고개를 돌려서 한온이를 바라보며

 "너 서울 가서 알아올 수 있겠니?"

하고 묻는 말끝에

 "다른 건 알 수 있겠지만 좌포장이 서가 데리구 이야기한 걸 알아낼 수 있을까?"

하고 미심쩍게 여기는 말을 더 붙이었다.

 "장담은 할 수 없지만 알아낼 길을 찾으면 혹시 있을는지 모르지요."

"그럼 서울 한번 갔다오너라."

"순경사가 금명간 떠난다구 하더라는데 서울 간 동안에 여길 와서 에워싸서 들어올 길이 끊어지면 어떻게 하나요?"

"아무리 철통같이 에워싸기루 우리 드나들 길이야 없으랴. 그런 염려 마라."

"그럼 내일 곧 떠날까요?"

"그래 봐라."

꺽정이는 대답을 한마디 말로 그치고 이봉학이가 그 뒤를 받아서

"지금 일이 벌써 급했네. 내일 첫새벽 떠나게. 자네 서울 다녀오는 것이 하루 이르면 하루 이가 있을 테구 한 시각 빠르면 한 시각 이가 있을 테니 한 시각이라두 빨리 가구 빨리 오두룩 하게."

하고 여러 말을 하였다.

"요새 서울이 살얼음판이라는데 오래 있기두 재미없으니까 알아볼 것 대강 알아보구 곧 오지요."

"서림이 일은 아무쭈룩 자세히 알아가지구 오게."

"알아보는 데 날짜가 많이 걸리더라두 자세히 알아가지구 올까요?"

"자네가 서울 가면 빨리 알구 자세히 알 길이 있을 겔세."

"글쎄요."

"자네 가는 데 무얼 타구 가려나?"

"교군 타구 가겠세요."

"복색은 어떻게 할라나?"

"복색을 어떻게 하다니요?"

"상복으루 갈라느냐, 화복하구 갈라느냐 묻는 말일세."

"상제 복색이 좋지요."

"그럼 교군은 소교를 꾸미래야겠구 교군꾼은 교군 잘하구 발 잘 맞는 아이들루 두 패를 뽑으라구 하겠네. 그러구 교군꾼 외에 다른 하인은 데리구 가지 말게. 그래야 길이 빠르네."

이때 윗간 방문이 열리며 밥 먹으러 갔던 황천왕동이가 들어왔다.

꺽정이가 황천왕동이 들어와 앉는 것을 보더니 눈살이 당장 곱지 않아지며 ● 귀뚜리 귀뚜라미.

"밥 먹구 곧 오지 않구 무어했느냐? 밥 먹으러 간 제가 언제냐."

하고 꾸짖는데 황천왕동이는 대답을 못하고 머리 뒤만 긁적긁적하였다. 오가가 황천왕동이를 바라보고 웃으면서

"대장 말씀에 왜 대답을 못하나? 밥 먹구 나서 어린 놈 재롱 보느라구 좀 늦었습니다구 대답하지."

하고 농담을 걸어서 황천왕동이도 역시 농으로

"귀뚜리˙ 영신이요. 어찌 그리 용하게 아우."

하고 대거리하였다. 꾸지람을 듣는 사람이 다른 사람과 농지거리 하는 것이 꺽정이 비위에 거슬렸다.

"밥 먹구 무어했느냐? 자빠져 자다가 왔느냐?"
 "잠깐 누웠다 일어난다는 것이 잠이 깜박 들었세요."
 "무엇이 어째? 우리가 지금 사생결단할 일을 앞에 놓구 의논하는데 너는 혼자 가서 자빠져 잤단 말이냐."
 꺽정이는 언성을 높이고
 "어젯밤에 어린것이 자지 않구 보채서 잠을 못 자구 오늘 길을 걸어서 피곤한데다가 배고픈 끝에 밥 한 그릇을 먹었더니 온몸이 나른해서 갱길 할 수가 없습니다. 그래 잠깐 누웠었습니다."
황천왕동이는 발명을 부산히 하였다. 그러나 꺽정이가 황천왕동이의 발명을 세워주지 않고
 "지금 네 모가지에 칼이 들어간다면 식곤증 난다구 누워 있지 못하겠지. 도중 일을 네 일루 안 알기에 맘을 태평 먹는 것 아니냐."
하고 인정없이 꾸짖었다.
 꺽정이의 꾸지람이 끝난 뒤 한온이가 꺽정이를 보고
 "제게 더 부탁하실 말씀은 없습니까?"
하고 물으니 꺽정이는 더 부탁할 말이 있거든 말하란 눈치로 이봉학이를 돌아보았다.
 "다른 거 없네. 그저 서림이 뒤만 잘 캐어보구 오게."
하고 이봉학이 말한 뒤에 박유복이가
 "서림이 타구 간 얼룩말이 어떻게 되었나 치선이 보거든 한번 물어보게. 요전 왔던 치선이 처남더러 물으니까 모르겠다구 하

데."
하고 말하였다. 오가가 박유복이를 돌아보며

"자네는 그 말이 그렇게두 아까운가?"

하고 핀잔주듯 말하여 박유복이는 남의 속 모르는 말 하지 말라고 고개를 가로 흔들었는데, 그것을 오가는 그 말이 아깝지 않단 뜻으로 빗알았다.

"그럼 왜 말 이야길 지재지삼 하나?"

"대장 형님이 그 말을 얻어가지구 오셨을 때 하두 좋아하시던 게라 도루 찾을 수 있으면 찾을라구 그러우."

"얼룩이 대신 황부루가 생겨서 대장 타실 말이 있는데 무얼 그러나."

"두 마리 두구 타시구 싶은 대루 타시면 어떻소."

"그야 두 마리 말구 이십 마리 이백 마리라두 좋지. 그렇지만 얼룩이는 벌써 속공돼서 지금쯤 사복司僕에 들어가 매였을지두 모르는 걸 물어보면 무어하나."

"그래두 혹시를 몰라서 물어보란 말이지요."

박유복이의 맘이 충직한 것을 꺽정이는 새삼스럽게 느껴서 박유복이더러

"네 맘은 무던한 맘이나 말은 오두령 말이 옳다. 얼룩이는 다시 찾기 틀린 걸 물어보면 무어하느냐."

말하고 나서 곧

"여보 오두령, 서가놈 맘이 유복이 맘의 반의반만 해두 훌륭한

사람 노릇을 할 수 있겠지."

말하고 서글프게 웃었다. 한온이가 다시 꺽정이를 보고

"제게 다른 말씀 하실 것 없으면 저는 일찍 가서 자겠습니다."

하고 말하니 꺽정이가 고개를 끄덕이며

"그래라."

하고 허락하였다.

"내일 식전 기침하시기 전에 떠나기 쉬우니까 지금 아주 하직하구 가겠습니다."

"첫닭울이에 떠나더라두 우리가 일어나서 떠나는 걸 볼 테니 하직이구 작별이구 다 고만두구 그대루 가거라."

한온이가 꺽정이 사랑에서 나와서 작은첩의 집으로 자러 오는 길에 큰집에 들러서 서울 가는 것을 말하고 큰집 앞 초막의 개미치를 불러내서 데리고 왔다. 권개미치는 서림이의 편지를 맡아가지고 왔을 때 청석골 와서 살 허락을 얻고 처자를 끌고 와서 다시 한온이 집 그늘에서 살게 되었던 것이다. 한온이가 방에 들어앉아서 밖에 세운 개미치를 내다보며

"내가 내일 서울을 갈 텐데 서울 가서 뉘 집으루 들어가는 게 좋을까?"

하고 물었다.

"글쎄올시다."

"덕신이 집이 어떨까?"

"덕신이 부모는 댁 음덕을 잊지 못하겠습지요만 덕신이놈이

믿지 못할 놈입니다."

"문성이는?"

"문성이는 말씀두 맙시오. 그놈이 최가의 집에 댁대령하는 놈입니다."

"집이 협착해서 가서 있긴 좀 비편하지만 만손이게루 가는 수밖에 없군."

"부모 자식 다 미덥기가 만손이 집이 제일입니다."

"치운데 오래 섰지 말구 가게."

"내일 어느 때 떠나실 텝니까?"

"첫새벽 떠날 텔세."

"새벽에 오겠습니다. 안녕히 주뭅시오."

개미치가 나간 뒤에 한온이는 바로 자리에 누웠다.

이튿날 새벽에 한온이가 자릿조반을 먹는 체 만 체하고 두 패 교군을 타고 청석골서 떠나서 송도 김천만이 집에 와서 아침밥을 시켜 먹고 장단읍에 와서 중화를 하는 중에 복색이 선명하고 인물이 끼끗한 군사들이 객줏집 앞으로 지나가는 것을 보고 경군인 줄 알 뿐 아니라 순경사가 거느리고 오는 경군이려니까지 짐작하며 객주 주인을 불러들여서 점심밥을 재촉한 끝에

"문 앞으루 군사들이 많이 지나가니 이 골에 무슨 일이 있나?"

하고 물어보았다.

"그게 경군입니다."

"글쎄 경군이 어째 내려왔나?"

"황해도 순경사 행차가 지금 읍에서 중화하는 중입니다."

"옳지. 내가 송도서 들으니까 황해도와 강원도에 순경사가 났다든군. 서울서 어제 떠난 모양일세그려."

"어제 파주읍에 숙소했답니다."

"오늘은 송도 가서 잘 모양이군."

"네, 송도가 숙소참이랍디다."

한온이가 속으로

'내일은 청석골서 야단이 나겠다.'

하고 생각하며

"경군이 대체 몇 명이라든가?"

"오십 명이랍디다."

한온이가 또 속으로

'오십 명쯤 가지구는 청석골을 감히 범접할 생월 못할 텐데 송도서 발병發兵해서 합세할 작정인가?'

하고 생각하며

"향자에 관군 오백여 명이 평산 땅에서 적당 일곱 명하구 접전해서 참혹히 패진을 당했다는데 오십 명 가지구 적당 한 명하구나 접전할 수 있을까?"

"그렇기에 말이올시다. 청석골 근처에 가서 어리대다가는 몰사죽음이나 당하지 별조 없을 겝니다."

"청석골 적당이 여기두 혹 더러 오나?"

"서울 왕래 혜음령 왕래에 늘 지나다닙지요."

"지나다니는 줄 알며 관가에서 가만 놔둔단 말인가?"

"관가에 고발할 놈두 없지만 관가에 입문되기루 어쩌겠습니까. 설불리 그 사람네를 건드렸다가 무슨 일이 나라구요. 황해도 봉산 전 등내가 어째 그 사람네 치부에 올랐든지 신연 맞아 내려가는 길에 임진나루서 죽을 욕을 봤습니다. 그 사람네가 하려 들면 송도유수나 황해감사는 욕을 못 뵈일 줄 압니까. 그러니 각 골 원님들이 그 사람네를 왕신˚처럼 꺼리는 게 당연한 일입지요."

"그러면 청석골 적당이 드러내놓구 다녀두 잡질 않겠네그려."

"그 사람네가 어디 드러내놓구야 다니나요. 암행어사 다니듯 하지요. 만일 출도出道할 일이 있으면 드러내놓겠지요."

"그러면 각 골 수령들은 적당 어사가 출도 않는 것만 다행으루 여기는 모양인가?"

• 왕신
마음이 올곧지 아니하여 건드리기 어려운 사람의 별명.
• 하방(遐方)
서울에서 멀리 떨어진 지방.

"꼭 그렇지요. 올 여름에 파주서 이런 일이 있었습니다. 청석골 두령 중에 축지법하는 두령 하나가 서울 왕래를 자주 하는데, 한번 서울 가는 길에 파주읍에 와서 점심 요기하는 것을 얼굴 아는 사령이 보구 관가에 쫓아들어가서 목사 사또께 밀고를 했더랍니다. 그때 목사 사또 말씀이 '너는 보구 못 본 체하구 나는 듣구 못 들은 체하자. 그래야 파주가 조용하다' 그러셨답니다. 그 말씀이 퍼져나와서 관장은 듣구두 못 들은 체 관차는 보구두 못 본 체란 말이 인근 읍에서까지 동요童謠가 되다시피 했습니다. 그러니 우리 백성들이야 알구두 모르는 체할밖에 있습니까. 저두 십년 하방˚의 눈치꾸레기루 사람을 알아내는 것이 임진 사공만 못지않지만 그저 알구두 모른 체하구 지냅니다."

한온이가 경군 수효를 우선 좀 알고 싶어서 말을 묻기 시작하였다가 주인이 수문수답*을 잘하는 바람에 여러 말을 묻게 되었으나 아닌보살하고 말 묻기가 낯간지러울 때 많았는데 주인의 알고도 모른 체한단 말을 듣고는 낯뿐 아니라 오장까지도 간질간질하여 말을 더 물을 뱃심이 없어져서

"하여튼지 세상은 말세가 다 되었네."
하고 거짓 한숨을 한번 길게 쉬고 나서

"부질없는 이야기에 길 늦겠네. 내가 길이 바쁘니 점심 곧 먹두룩 좀 해주게."
하고 말하여 객주 주인을 내보냈다.

한온이가 장단서 점심 먹고 떠날 때 일력은 파주읍에 와서 자면 마침맞겠으나 한 시각이라도 빨리 가고 빨리 오란 이봉학이의 부탁을 생각하고 내일 길을 단 십리라도 더 줄이려고 교군꾼들을 자주 쉬이지 못하고 오래 쉬지 못하도록 들몰았다. 교군은 가볍고 교군꾼들은 세차서 소교가 나는 듯하였다. 겨울 짧은 해에 하루에 일백사십리나 길을 와서 혜음령 못미처 혜음령패 괴수의 집에서 하룻밤을 자고 다음날 늦은 아침때 반갑고도 서먹서먹한 서울을 들어왔다.

남소문 안에 사는 강만손이는 늙은 부모와 저의 내외와 아들 남매와 조자손祖子孫 삼대 여섯 식구가 안방, 건넌방 방 둘 있는

집에서 살았다. 안방에 젊은 내외, 건넌방에 늙은이 양주와 손자 남매, 방 둘이 그 식구에 꼭 알맞았다. 이 집에 한온이가 와서 묵자면 두 방에 거처하는 식구를 한 방으로 몰아야 할 터이고, 그리하고 또 교군꾼들을 재울 방은 달리 구처하여야 할 터이라 모두가 비편하였다. 한온이가 비편한 줄 알면서 와서 묵으려고 작정한 것은 오로지 사람들이 미더운 까닭이었다. 만손이의 늙은 어미는 한온이 조모가 계집아이로 부리던 사람이요, 만손이의 아내는 한온이 어머니가 손때 먹여 기른 계집아이로 한온이 어머니 초상에 거상을 자원하여 입었었다. 한온이가 지각난 뒤로 만손이의 아내를 특별히 생각하여 집을 사주고 먹을 것과 입을 것을 대주고 만손이를 남부南部 사령으로 구실까지 붙여 주었다.

● 수문수답(隨問隨答)
묻는 대로 거침없이 대답함.

한온이 탄 소교가 강만손이 집 마당에 들어와서 놓일 때 만손이 아내가 헛간에 쌓인 장작을 부엌으로 안아 나르다가 교군꾼의 쉬 소리를 듣고 안았던 장작개비를 내던지고 쫓아와서 소교 안을 들여다보며

"아이구, 상제님!"

하고 소리치고는

"집안에 아무 연고 없나?"

한온이의 묻는 말도 대답 못하고 어린 듯 취한 듯 정신 놓고 섰었다. 건넌방의 늙은이 양주가 방안에서 며느리 소리치는 것을 듣고 방문 열고 마당에 놓인 소교를 보고 두 늙은이 다같이 진동걸

음*을 쳐서 나올 때 만손이 아내는 비로소 정신을 차려서

"어머님, 상제님을 안방으루 뫼시구 들어오세요."

하고 말하며 곧 먼저 안방에 들어가서 방안에 지저분하게 벌여놓인 것을 거듬거듬*하여 치우고 시조부모 제사 때나 내어 까는 돗자리를 꺼내다가 아랫목에 깔아놓았다. 한온이를 두 늙은이가 안방으로 뫼셔들여다가 아랫목 돗자리 위에 앉힌 뒤 바깥늙은이는 다시 윗목에 내려가서 한온이에게 절을 하였다.

"늙은이가 절이 무어요, 망령이구려."

"그게 무슨 말씀입니까? 여러 날 못 뵈어두 절을 해야 할 텐데 못 뵈인 지가 벌써 몇 달입니까. 구월, 시월, 동지, 섣달, 달수루 넉 달입니다."

"이리 와 앉아서 이야기합시다."

"아니오. 여기 앉았겠습니다."

"그러지 말구 가까이 와서 앉으우."

"아니올시다."

하고 바깥늙은이는 윗목에 앉아 있으려고 하다가 상제님이 가까이 오라시는데 안 오는 건 되려 도리도 아니고 또 인정도 아니라고 안늙은이에게 사설을 듣고 아랫목에 와서 한온이 앉은 자리에서 모를 꺾어 앉았다. 안늙은이는 처음부터 한온이 옆에 와 붙어 앉아서 한온이의 한손을 두 손으로 잔뜩 붙잡고 있다가

"상제님, 웬일이시우?"

하고 묻고 한온이가 미처 대답할 사이도 없이 곧 뒤를 이어서

"이렇게 뵈입는 것을 나는 죽기 전 다시 못 뵈일 줄 알았지."
하고 질금질금 울고 눈물을 씻느라고 비로소 한온이의 손을 놓았다. 이동안 만손이 아내는 한구석에 가 비켜서서 한온이를 바라보고 있는데 눈에는 눈물이 고이고 입가에는 웃음이 떠돌았다. 반가운 말을 억제 말고 맘대로 하라면 미친 사람같이 웃다 울다 울다 웃다 웃음과 울음이 종작없었을 것이다. 안늙은이가 며느리를 돌아보며

"이애, 너는 그러구 섰지 말구 얼른 나가서 점심 진지를 지어라."
하고 이르는데 한온이가 시장하지 않다고 점심은 고만두고 교군 꾼들이나 어디 좀 들여앉히라고 말하니

"우선 건넌방에 좀 들여앉힙지요."
하고 바깥늙은이가 일어서려고 하는 것을 안늙은이가 가만히 앉았으라고 말리고 방문을 와서 열고 밖을 내다보며

● 진동걸음
매우 바쁘게 서두르는 걸음.
● 거듬거듬
대강대강 거둬 나가는 모양.

"여보 대감네, 저 건넌방으루들 들어가시우."
하고 소리쳤다. 만손이의 아들 놈이가 밖에 놀러나갔다가 들어와서 한온이를 보고

"아이구, 상제님 오셨네!"
하고 절을 너푼 하니 벌써부터 저의 어미 치마꼬리에 와 붙어섰던 만손이의 딸 이뿐이도 제풀에 나와서 절 한번 납신 하였다. 안늙은이가 놈이를 보고

"너 얼른 마을에 가서 네 아비더러 오늘 일찍 나오라구 하구

일찍 못 나오겠거든 잠깐 나와 다녀가라구 해라."
하고 이르고 또
 "마을에 가서 상제님 오셨다구 떠들진 마라."
하고 이르니 놈이가 네네 대답하며 바로 뛰어나갔다.
 만손이의 아내가 밖으로 나가서 오래 들어오지 아니하더니 그 동안에 국수를 사다가 장국을 말아서 들여왔다. 한온이가 상을 받으며
 "점심을 안 먹어두 시장치 않을 텐데 장국은 왜 끓였어."
하고 말하니 만손이 아내는 시아비 앉은 앞을 막아서지 않으려고 상머리에서 뒤로 물러서며
 "저녁때가 상기 멀었는데 요기를 좀 하셔야지요."
하고 대답한 뒤
 "편육두 없구 김치맛두 좋지 않아요. 그러나마 오래간만에 제 손으로 끓여드리는 장국이니 좀 많이 잡수세요."
하고 권하는데 말은 차치하고 말소리까지 다정하였다. 한온이가 식성이 온면을 즐기기도 하지만 며느리가 정답게 권하는 외에 시어미 늙은이가 무작정 강권하여 국수 한 그릇을 거의 다 먹어갈 때 놈이가 들어왔다.
 "아비가 못 온다느냐?"
하는 할미 묻는 말에
 "같이 나왔세요."
하고 손자는 대답하였다. 한온이가 놈이더러

"어디?"

하고 묻자 곧 만손이의 헛기침소리가 방문 밖에서 났다. 한온이가 상을 밀쳐서 물리고 방문을 열치고 내다보니 뜰에 섰던 만손이가 하정배를 깍듯이 하였다.

"방으루 들어오게. 어서 들어와."

한온이의 재촉을 받고 만손이는 방에 들어와서 두 손길 맞잡고 섰는 것을 한온이가 또 앉으라고 권하여 윗목에 쪼그리고 앉았다.

"요새 오부*에 일이 많은가?"

"네, 요새 좀 분주합니다."

"그럼 곧 도루 들어갈 텐가?"

"오늘은 다시 못 들어오겠다구 아주 말하구 나왔습니다."

● 오부(五部)
조선시대에 한성을 다섯 부(동부, 서부, 남부, 북부, 중부)로 나눈 행정 구역. 또는 그 관아.

"잘했네."

"이 험난한 때 무슨 일루 행차하셨습니까?"

"내 이야기는 차차 하구 서울 이야기를 먼저 좀 듣세. 요새 서울이 시끄럽다지?"

"네, 대단 시끄럽습니다. 위의 처분이 깁셔서 형조에서 사람을 자꾸 잡습니다. 잡혀갔다 곧 도루 놓여나온 사람은 말 말구 지금 잡혀 갇힌 사람만 수십명이랍니다."

"잡혀 갇힌 사람 중에 우리 친한 사람두 많겠지?"

"댁에서 서울 떠나신 뒤루 저는 예전 알던 사람과 일체 상종을 안 해서 누가 어떻게 된 것을 통히 모릅니다. 일전에 덕신이가 와서 하루를 같이 자는데 몇사람 이야기만 대강 들었습니다."

"덕신이가 왜 제 집을 두구 자네게 와 잤어?"

"저의 집에 들어가면 잡힐 듯하다구 하룻밤만 재워달라구 하니 인정에 어떡합니까. 놈이 어미를 건넌방으루 보내구 이 방에서 재워 보냈습니다."

"덕신이 어른은 어떻게 됐다던가?"

"어떻게 된 셈인지 저의 부모는 집에 있어두 상관이 없다구 합디다."

"덕신이가 그래 잡히지 않았나?"

"시골루 내뺀다구 했는데 내뺐으면 잡히지 않았을 겝니다."

"덕신이게 뉘 이야길 들었나?"

"댁의 서사 보던 최서방하구 호성이, 호불이 형제하구 문성이하구 녹쇠하구 함께들 잡혀갔다구 이야길 합디다. 녹쇠 같은 것이 다 잡혀갔으니 저두 구실을 다니지 않았더면 큰일날 뻔했습니다."

"아니 최가가 잡혔어? 그놈이 좌포청에 일긴이라는데 어째 잡혔을까?"

"최서방이 무슨 수루 포청에 일긴이 되었겠습니까. 한껏해야 포교들에게 술잔 값이나 뺏겼겠습지요. 설혹 포청에 긴한 줄을 대구 있었기루 형조 일에 그 줄이 무슨 소용 있습니까."

"포도대장이 주선해주면 놓여나올 수야 있겠지."

"포도대장이 주선해주었으면 곧 놓여나왔지 전옥에까지 들어갈 리 있습니까. 최서방, 호성이, 호불이, 문성이, 녹쇠 다 지금 전옥에 가서 갇혀 있답니다."

"하여튼 그놈이 포청 세를 믿구 우리 집 팔구 세간 팔구 빚 추심한 걸 죄다 집어먹었네."

"댁 재산을 그놈이 다 집어먹었세요? 저런 죽일 놈 보게. 저는 그걸 모르구 그놈을 가엾게 여겼습니다그려. 그놈 원악도 귀신 될 날 머지않았습니다. 지금 전옥에 갇힌 놈들은 대개 다 원악도루 가리라구 합디다."

"그놈이 원악도루 가게 된단 말만 들어두 내 속이 좀 시원할 것 같애."

하고 한온이가 속이 참으로 시원한 것같이 숨을 길게 내쉬는 것을 만손이 아비가 보고

● 질지이심(疾之已甚) 몹시 미워함.

"상제님 기신 데 호걸이 많다니 그런 놈은 진작 죽여 없애게 하시지 왜 이때껏 가만두셨습니까?"

하고 물었다.

"근일 도중 공사가 다단한데 내 사사私事를 말할 수가 없어서 아직 책장을 덮어두었소."

"상제님이 할아버님 성정을 닮으셨더면 그런 놈은 벌써 어떻게든지 요정냈지 이때까지 가만두지 않으셨을 게요. 할아버님 성정 참 무서우셨습닌다. 한번 어떤 놈이 댁에 들어올 상목을 반 동인가 한 동 떼어먹구 어디루 도망한 일이 있었는데 그때 그놈의 종적을 질지이심˚하게 찾아서 함경도 영흥 땅으루 도망한 걸 아

시구 사람들을 쫓아보내서 그놈을 용흥강 물귀신을 만드셨지요. 사람들 보낼 때 부비가 너무 과다하게 들어서 첨지 영감이 고만두시면 좋을 듯이 말씀을 여쭈니까 소견 없는 자식이라구 꾸중하시구 나중에 타이르시는 말씀이, 분풀이두 해야 하지만 이利루 말하더라두 장래 몇백 동 이가 되는지 모른다구 하십디다. 장래 몇백 동이란, 그런 놈을 그렇게 본보길 내야 다른 놈들이 떼어먹을 생의를 못한단 말씀이오."

만손이의 아비가 케케묵은 옛이야기를 길게 늘어놓아서 한온이는 듣기 싫증이 났다. 만손이가 한온이의 눈치를 살피고 아비의 옛이야기가 또 나오기 전에

"서울 빚은 최가가 다 추심했답니까?"

하고 묻고

"다 추심했는지 어쨌는지 그것두 난 모르지. 빚문서를 통이 최가에게 맡겼었으니까."

하고 한온이가 대답하여 만손이 아비의 말참례로 중단되었던 한온이와 만손이 둘의 수작이 다시 계속되었다.

"최가가 댁의 덕택을 골수에 사무치두룩 입은 놈이 댁을 배반하다니 세상 인심 참말루 믿을 수 없습니다."

"그래 내가 서울 올 때 덕신이게루 갈까 문성이게루 갈까 망설이다가 아무리 생각해두 자네네 식구만큼 미덥지가 못해서 비편스러운 걸 불계하구 자네 집으루 왔네."

"제 집은 방이 누추하구 음식이 맛깔적지 않아서 잠시라두 와

서 기시기가 불편하시지만 제 집을 두구 다른 데루 가셨더면 저희는 섭섭할 뻔했습니다."

"내가 비편하다는 건 와서 있을 방이 없단 말일세. 나 하나만 같으면 오히려두 모르지만 교군꾼들이 있으니 자네 집에 어디 재울 방이 있나. 이웃집에 방 하나 변통해보게. 변통할 수 없거든 교군꾼들은 덕신이 집으루 보내주게."

"지가 명년 봄에 며느리를 보려구 건넌방 모퉁이에 방 한 칸을 들였습니다. 도배 장판만은 아직 안 했어두 아션 대루 거처할 만합니다. 교군꾼들을 그 방에 재웁지요."

"그러면 잘됐네. 그러구 나는 건넌방을 내주게."

"저희 식구가 건넌방에 가서 잘 테니 이 방에 기십시오. 이 방이 건넌방보다는 좀 깨끗합니다."

"깨끗지 않아두 좋으니 건넌방을 날 주게."

"그러실 것 없습니다."

"아니야. 지금 곧 교군꾼들은 새 방으루 보내구 우리 단둘이 건넌방에 가서 조용히 이야기 좀 하세."

만손이 어미가 바로 골이나 나는 것처럼 곤댓짓을 하며

"이 늙은것들이 이야기를 좀 들으면 어떻습니까."

하고 한온이의 말을 탄하여

"놈이 할멈이 말을 낼까 봐 말 안 들려주려구 그러네."

하고 한온이는 웃었다. 만손이가 저의 아내더러

"건넌방을 가서 정하게 치워놓게."

하고 이르니

"건넌방에 교군꾼들이 들어앉았소."

하고 그 아내가 대답하였다.

"새 방을 교군꾼들 들어앉게 해주구 건넌방을 치우게그려."

"어떻게 들어앉게 해주란 말이오."

"바닥에 무얼 좀 두둑하게 깔구 화로를 해놓으면 되지 않나."

"그걸 내가 어떻게 하우, 당신이 해줘야지."

"아이, 밥병신 같으니."

하고 만손이가 일어나서 밖으로 나가며

"자네는 나와서 화롯불이나 해놓게."

하고 말하여 만손이 아내도 그 남편 뒤를 따라나갔다. 만손이 아비는 한온이가 조부의 이야기를 귀담아듣지 않는 것이 맘에 섭섭하던지

"인제 이 늙은것이 죽으면 선대 적 이야기두 들으실 데가 별루 없으리다."

하고 말하여

"그럼, 그런 이야기 들을 데가 다시는 없구말구."

하고 한온이가 대답한즉 만손이 아비가 또다시 한온이 조부의 행호시령하던 이야기를 꺼내더니, 늙은이가 입심도 좋아서 그칠 줄을 모르고 지껄였다. 한온이가 졸음이 와서 정신이 가물가물하여 이야기 소리가 멀리서 나는 것같이 들리다가 나중에는 아주 안 들릴 때까지 있었다. 만손이 어미가 한온이의 곤한 모양을 보고

자기 영감더러 이야기 고만두었다 하라고 말한 다음에 한온이더러 곤하거든 좀 누우라고 권하였다. 한온이는 지난밤에 잠을 잘 못 잤다고 핑계하고 만손이 어미가 갖다 주는 목침을 베고 누워서 바로 혼곤히 잠이 들었다.

  도회청에 난데없는 불이 붙어서 붉은 불길이 용솟음을 치는데 불을 잡는 사람도 없고 구경하는 사람도 없다. 사람이라고는 씨도 없더니 별안간 꺽정이 한 사람이 땅에서 솟아나듯 나서는데 얼굴과 몸이 피투성이가 되어 보기가 끔찍하였다. 한온이가 소스라쳐 잠을 깨었다. 방안에 사람은 하나도 없고 몸에는 정한 이불이 덮이었다. 방안 사람 나가는 것도 모르고 이불을 덮어주는 것도 몰랐으니 잠시일망정 잠이 곤히 들었던 모양이다. 꿈속에 본 광경이 생시 일 아닌 것만은 다행이나 헛꿈이 아니고 전조인 듯 생각이 들었다. 이번 순경사 손에 그런 일을 당할 모양인가? 김치선이 말대로 피신들 하면 무사할 수 있을 것인데 청석골 앉아서 대항하는 건 공연한 객기다. 객기인 줄 번연히 알며 객기 부리는 사람들 따라서 신명身命을 그르치면 그런 원통할 데가 어디 있을까. 자기는 다른 두령과 달라서 우선 청석골을 간 것이 잠시 피신길이고 또 같은 두령이로되 예닐곱 사람처럼 사생동고할 의리가 없는 터인즉 함께 몰사죽음을 당하는 건 어리석은 일이다. 이왕 서울 온 길에 눌러 있고 다시 가지 말까? 그런 신의 없는 짓은 할 수가 없다. 그뿐 아니라 집안 식구가 다 청석골 있는데 혼자

빠질 수도 없다. 사명使命 맡은 대로 서림이 뒤를 속히 알아가지고 가서 대항 말고 피신하자고 주장하다가 주장이 서지 않거든 아주 여럿에게 공언하고 식구를 끌고 나오겠다.

한온이가 잠이 깬 뒤에 얼마 동안 이런 생각을 하고 누웠다가 갑자기 이불을 박차고 벌떡 일어앉아서

"만손이?"

하고 부르니 만손이가 건넌방에서 네 대답하고 곧 건너왔다.

"지금 해가 어떻게 됐나?"

"승석때가 거의 다 되었습니다."

"이리 와 앉아서 내 이야기 좀 듣게."

하고 한온이가 무릎 밑을 가리키니 만손이는 한온이 할 이야기가 밀담인 줄 짐작하고 선뜻 가까이 와서 두 무릎을 쪼그리고 앉았다.

"편히 앉게."

"네."

"내가 이번 오긴 서림이의 뒤를 파보러 왔네."

"서림이란 이요? 청석골 두령으루 조정에 귀순한 사람 말씀이지요?"

"그래, 서림이의 뒤를 잘 알자면 남대문 밖에서 객주하던 치선이 김선달을 만나봐야겠는데."

"김선달을 지가 가서 불러올까요?"

"어디 가서 불러온단 말인가?"

"지가 김선달 객주를 전에 가본 일은 없지만 남대문 밖에 나가서 물으면 알겠습지요."

"이 사람이 참말 우복동* 속에서 살다가 나온 것 같애. 김치선이가 서림이 동티루 객주를 못하구 지금 피신해 다니네."

"피신해 가 있는 곳을 대강 짐작하십니까?"

"난 몰라."

"그럼 어떻게 만나십니까?"

"영부사 댁 도차지 손동지가 치선이 숨어 있는 데를 안다니까 손동지에게 말을 들여보내서 물어볼 생각일세."

"남이 피신해서 숨어 있는 곳을 잘 알기루서니 여간 믿는 처지에야 모른다구 떼기가 쉽지 일러주기가 쉽습니까?"

● 우복동(牛腹洞)
병화(兵火)가 침범하지 못한다는 상상 속의 마을. 경상북도 상주와 충청북도 보은 사이의 속리산에 있다고 한다.

"그렇기에 손동지에게 다리 놓을 사람을 지금 자네하구 의논해보잔 말일세."

"제 주제에 무슨 좋은 생각이 있겠습니까. 저는 그저 전갈이나 편지 심부름을 해드릴 테니 상제님께서 그럴 만한 사람을 생각해 보십시오."

"내가 지금 생각하는 사람은 덕신이 어른일세. 덕신이 어른이 손동지를 아는진 모르나 영부사 댁 차지 하나하구 절친하게 지내는 건 내가 잘 아니까 덕신이 어른더러 그 차지를 다리 놓구 물어보라면 어떨까?"

"그럼 덕신이 어른을 내일 가 불러오겠습니다."

"내일 가서 불러올 게 아니라 지금 곧 가서 이야기하구 속히 알아보라구 부탁하게."

"상제님께서 보시구 부탁하시지요."

"자네가 가서 내 말루 부탁하게그려."

"그럼 지금 곧 가서 다녀오겠습니다."

하고 만손이가 나간 뒤 한온이는 다시 누웠는데 만손이 어미가 건넌방에 있다가 건너와서 청석골서 지내는 형편을 묻는데 미주알고주알 다 캐어물어서 묻는 말에 이루 대답할 수가 없었다.

해가 져서 어둡기 시작할 때 만손이가 돌아와서

"덕신이 어른더러 다 이야기하구 부탁했습니다."

하고 말하여

"대답이 무어라든가?"

하고 한온이가 물었다.

"그만 일은 물어봐달랄 수 있다구 대답합디다."

"속히 회답을 듣게 해달라구 말했나?"

"덕신이 어른이 곧 와서 보일 것인데 오늘 영부사 댁에 가서 차지를 보구 부탁해두구 내일 아침에 아주 회답을 들어가지구 와 보입는다구 합디다."

"잘됐네."

일이 이렇게 요량한 대로 다 되면 내일 낮에 김치선이를 만나서 서림이 이야기를 듣고 저녁때라도 곧 도로 떠나가려고 한온이는 속으로 작정하였다.

한온이가 만손이 내외의 지공스러운 접대와 지성스러운 공궤를 받고 하룻밤을 편히 지냈다. 이튿날 아침에 한온이는 덕신이 아비가 오기를 기다리는데 아침때 오마고 했다는 사람이 이른 아침때가 지나고 늦은 아침때가 지나고 해가 한나절이 다 되도록 오지 아니하였다. 만손이나 집에 있으면 한번 보내보기라도 하겠는데 만손이가 남부에 들어가고 없어서 한온이는 초조한 맘을 억지로 참으며 기다리었다.

　'윤원형 집 차지 방에서 인제 일어섰겠지.'

　'지금쯤은 남촌을 건너섰으렷다.'

　'지금쯤은 남소문 큰길 어귀에 왔으렷다.'

　'인제 다 왔겠는데.'

　'아니다. 볼일을 잊은 것이 있어서 윤원형 집에서 자기 집으로 도로 간 게다.'

　'볼일 다 보고 인제는 나섰겠다.'

　'가까운 샛길로 오나, 큰길로 돌아오나?'

　'걸음을 좀 재게 걸었으면 벌써 여기까지 왔을 텐데 인제 겨우 남성밑골 갈림길에나 왔지.'

　'굼벵이라도 그동안에 굴러왔겠는데 여태껏 아니 온담.'

　한온이가 이와같이 생각으로 윤원형 집에서 만손이 집을 오기도 하고 또 덕신이 집에서 만손이 집을 오기도 하였다. 덕신이 집에서 만손이 집까지는 한번만 오지도 않고 두세 번 되거푸 왔다. 그러나 정작 사람은 오지 아니하여 한온이가 기다리다 지쳐서

"무슨 까닭 있는 사람을 내가 공연히 기다리는군."
하고 퇴침을 베고 드러누웠다. 이때까지는 자주자주 방문을 열고 내다보느라고 방문 앞에 앉아 있었던 것이다.

해가 한나절이 기운 뒤에 덕신이 아비가 비로소 왔다. 한온이가 오래간만에 만나는 인사를 하기는 차치하고 받지도 잘 않고 첫밭에

"아침때 오마구 했다며 왜 이렇게 늦었소?"
하고 책망하는 말로 물었다.

"만날 사람을 만나구 오느라구 늦었습니다. 어제 저녁때 가서 못 만나구 오늘 식전에 가서 여태까지 기다리다가 겨우 잠깐 만났습니다."

"그래 김치선이 있는 데를 물어봐준다구나 합디까?"

"김치선이 가서 있는 데를 아주 알구 왔습니다."

"아주 알구 왔어? 그건 잘됐소."

"상제님께서 곧 만나보시긴 어려울 것 같은데, 그게 낭패 아닐까요?"

"어디 가 있기에?"

"시골 가 있답니다."

"시골 어디?"

"서울서 가깝긴 합디다. 용인이랍디다."

"서울 있는 걸 시골 갔다구 외대주지나 않았을까?"

"내가 박차지를 보구 김치선이 있는 데를 손동지한테 물어봐

달라구 부탁하니까 박차지 말이, 김치선이 거처는 손동지께 물어 볼 것 없이 자기두 안다구 합디다. 그래 어디 있느냐구 물은즉슨 손동지가 봐주어서 영부사 댁 용인 전장의 마름을 얻어 해가지구 갔다구 합디다. 박차지두 차지들 중에 유력한 사람인데 마름 출척˙이야 모르겠습니까?"

"언제 갔답디까?"

"바루 엊그저께 처자까지 데리구 내려갔다구 합디다."

"전장은 용인 어디랍디까?"

"소지명은 물어보지 않았는걸요. 상제님께서 용인을 내려가실랍니까?"

"아니."

"대체 김치선이는 무슨 일루 보실라구 그러십니까?"

● 외대다
사실과 다르게 일러주다.
● 출척(黜陟) 못된 사람을 내쫓고 착한 사람을 올리어 씀.

"치선이가 좌포장 댁 청지기에게 무슨 들은 말이 있다구 해서 그 말을 좀 물어보려구 그러우."

"그럼 좌포장 댁 청지기게루 바루 알아보시는 게 좋지 않습니까?"

"좌포장 댁 청지기루만 들었지 청지기 성명은 못 들었는걸."

"좌포장 댁에 웬 청지기가 많겠습니까? 하나기가 쉽구 기껏 많아봐야 두서넛이겠지요."

"좌포장 댁 청지기에 혹 친한 사람이 있소?"

"저는 없습니다."

"친한 사람으루 다리 놓을 길은 있소?"

"그건 알아보면 있을는지 모르겠습니다."

"그러면 그런 길 하나를 속히 뚫어보우. 그러구 물어볼 것은 좌포장이 서림이란 자를 데리구 무슨 계책을 의논했는데 그때 청지기들두 들었다니 그 계책이 무슨 계책인가, 또 서림이란 자가 어디서 무얼 하구 지내나 그걸 알구 싶소. 서림이란 자가 조정에 귀순한 뒤 일은 샅샅이 알았으면 좋겠소."

"별일이 아니라 서림이의 뒤 파보는 일입니다그려. 그건 좌포장 댁 청지기보다 좌포청 포교들이 더 잘 아는지 모르니까 어떻게든지 알 수 있겠습지요."

"글쎄, 지금 나는 알아볼래야 알아볼 길이 없소."

"내가 어느 길을 뚫든지 뚫어가지구 자세히 알아다 드리오리다. 설마하니 그런 일쯤이야 못 알아내겠습니까. 염려 맙시오."

하고 덕신이 아비는 곧 알아올 것같이 장담을 하였다.

덕신이 아비가 허튼수작을 잘하는 사람도 아니고 더욱이 한온이에게 허튼수작을 할 리는 만무하지만, 당장 희떱고˚ 시원스럽게 보이는 맛에 뒷갈무리 못할 장담을 곧잘 하는 버릇이 있는 까닭에 그 장담을 꼭은 믿을 수가 없었다. 그러나 한온이는 아쉬잡아 엄나무˚로 그 장담에 희망을 붙여서

"곧 좀 알아봐주. 믿구 있을 테니 그리 아우."

하고 뒤를 다져 부탁하였다.

"상제님 부탁을 범연히 생각할 리 있습니까. 내가 발바닥이 닳

두룩 돌아다녀서라두 그예 알아오겠습니다."

"내가 서울서 오래 묵을 사세가 못 되니 속히 알아봐줘야겠소."

"네, 빨리 알아오리다."

"오늘 해전에 회보를 들을 수 있겠소?"

"오늘 해전은 어려운걸요."

"그럼 내일은 되겠소?"

"내일은 아시게 해드릴 수 있겠지요."

"내일 어느 때쯤 알 수 있겠소?"

"내일 이맘때 또 오겠습니다."

"내일 점심때가 저녁때나 되지 않겠소? 기다리기 힘드니 에누릿속을 미리 알아둡시다."

"상제님두 그게 무슨 말씀입니까. 오늘 나는 아침때 올라구 일찌거니 서둘렀지만 남을 만나보자니 저편 사정이 어디 내 맘대루 됩니까. 그래 조금 늦었지요. 그래두 오늘은 빨리 만나본 셈입니다. 요전에 자식의 일루 그 사람을 만나볼 때는 식전에 가서 저녁때까지 온종일 기다려서 겨우 만나봤습니다."

"참말 덕신이가 어디루 피신했다지?"

"네, 그 자식 때문에 나두 그동안 한번 형조에 끄들려갔다가 박차지의 주선으루 놓여나왔습니다."

"이번 형조에서 사람 잡는 것이 우리 생각엔 좀 우습소. 우선 영감 부자를 두구 말하더라두 영감은 피신하구 덕신이가 무사히

• 희떱다 실속은 없어도 마음이 넓고 손이 크다.
• 아쉬워 잡아 엄나무 몹시 아쉬울 때는 가시 돋은 엄나무라도 베게 됨을 이르는 말.

집에 있다면 혹시 모르겠는데 일이 뒤쪽이니 우습지 않소."

"그건 최선칠이(최가의 자다) 한 일을 모르시는 말씀입니다. 댁에서 서울을 떠나신 뒤에 선칠이가 댁 사업을 계적해보려구 했는갑디다. 댁 사업으루 말씀하면 영특하신 선조부 영감께서 터전을 잡아놓으시구 후덕하신 선영감께서 뒤를 받치셔서 남소문 안 호령이 서울 안을 울리게 된 것인데 선칠이 같은 변변치 않은 위인이 계적을 한다니 누가 말을 듣습니까. 술잔 값이나 생기면 흥흥 코대답이라두 하지만 안 생기면 코대답이나 할 리 있습니까. 너는 너구 나는 나다 할 테지. 더구나 선칠이의 사자어금니 같은 사람이란 게 문성이, 호성이, 호불이 이런 솔봉이˙들이니 무슨 일이 되겠습니까. 아이들 불장난밖에 더 될 것 있겠습니까. 그런데 그 얼뜬 자식놈이 문성이 꾀임에 빠져서 선칠이게를 자주 다니는 모양이기에 다니지 말라구 누차 일렀지요. 그랬건만 그 자식이 아비를 기이구 꾀꾀루 다니다가 종말에 아비 기인 벌역을 받은 셈입니다. 이번에들 잡힐 때 녹쇠가 첫고등에 잡히구 그다음에 선칠이며 선칠이 집에 다니는 놈들이며 다 잡혀서, 녹쇠 같은 시라소니가 어떻게 잘못하다가 잡혀가서 여러 사람을 불었는가 부다 생각했더니, 속내를 알아보니까 의외에두 녹쇠가 선칠이 집의 소위 도록이라구 꾸며둔 것을 훔쳐다가 형조에 바치구 밀고를 했답디다. 그래서 다른 사람들이 흑산도루 가게 작정이 되면 녹쇠는 곧 놓여나올 모양입디다."

"녹쇠가 최가를 고발했다! 그거 참 사람이란 알 수 없군. 그런

데 최가의 집에 있는 도록을 녹쇠가 어떻게 훔쳐냈을까?"

"녹쇠가 선칠이 집에 가서 심부름해주구 있었답디다."

"최가를 해내려구 근사를 모았구려."

"처음부터 그런 맘을 먹구 심부름꾼 노릇을 하러 갔는지는 마치 모르겠습디다."

여담이 너무 길어져서 한온이가 오늘 해를 이야기로 보내서는 안 될 터이니 미진한 이야기는 내일 하자고 말하고 행중 소용으로 가지고 온 필 찬 상목 댓 필 중에서 한 필을 꺼내서 술값으로 주고 어서 가서 일을 보아달라고 덕신이 아비를 쫓아보내다시피 하였다. 덕신이 아비를 보낸 뒤 한온이는 혼자 누워서 덕신이 아비의 장담을 믿기가 어려우니 오늘 용인을 내려가서 김치선이를 찾아볼까, 소지명을 모르더라도 용인읍에 가서 영부사 댁 전장 있는 곳을 물으면 대번 알 수 있겠지. 내일 덕신이 아비의 회보를 들어보아서 용인을 내려갈까, 그 늙은이가 설마 내게다 헛장담은 했을 리 없겠지. 생각을 질정 못하고 있는 중에 만손이 집안 식구의 말소리와 다른 여편네 말소리가 안방에서 나는데 그 말소리가 한온이 귀에 장히 익으나 말소리 임자는 언뜻 생각이 나지 아니하였다.

● 솔봉이 나이가 어리고 촌스러운 티를 벗지 못한 사람.
● 구군(舊軍) 어떤 일에 오래 종사하여 그 일에 익숙한 사람.

순이 할머니라고 부르는 매파가 만손이 아들 놈이의 혼인을 중매하여 정하였는데 색싯집에서 혼인 준비에 신랑집 의향을 알아다 달라고 부탁한 일이 있어서 순이 할머니가 만손이 집에를 왔다. 순이 할머니는 한첨지의 여자 부하 중 구군˚으로 한온이 집에를 무상출입하던 매파라 한온이가 목소리를 들으면 대번 알 것인데 목소리가 평일과 달라져서 몰랐던 것이다.

  순이 할머니가 만손이 부모를 보고 색싯집에서 부탁한 일을 대개 이야기한 뒤

  "건넌방에 누가 오셨소?"

하고 물으니 만손이 어머니가 영감의 입을 치어다보다가 그저

  "손님이 오셨소."

하고 대답하였다.

  "어떤 손님인데 손님 혼자 내버려두구 주인은 모두 안방에 와 있소?"

  "손님이 낮잠을 주무시는가 보우."

  "어디서 오신 손님이오?"

  "저 시골서 오신 손님이오."

  만손이 어머니가 한온이 온 것을 말 않고 모호하게 대답하는 중에 공교하게 이때 건넌방에서 한온이의 기침소리가 났다. 순이 할머니가 귀가 밝아서 대번 기침소리를 알아듣고

  "주인댁 작은상제님이 오신 모양인데 왜 나를 기이우?"

하고 골을 내었다.

  "우리가 마누라를 기이려는 게 아니오. 상제님께서 분부하시기를 일체루 뉘게든지 말 말라구 하셔서 그래서 말을 못했소."

  "상제님이 아무리 그렇게 분부하셨더라두 나를 고발할 사람으루 알지 않은 담에야 그럴 법이 어디 있단 말이오."

"누가 마누라를 못 믿어서 말 안 했을세 말이지."

"고만두우, 듣기 싫소. 상제님은 날 보지 않으려구 하셔두 난 상제님을 좀 보여야겠소."

하고 순이 할머니가 일어나서 건넌방으로 건너오는데 만손이 어머니도 뒤를 따라 건너왔다. 순이 할머니가 기임 받고 골난 것이 아직 사라지지 아니하여 건넌방 문을 열고 들어서며 곧

"여보 상제님, 인정이 없으셔두 분수가 있지 그런 데가 어디 있소?"

하고 사살부터 내놓았다.

"순이 할멈한테 내가 무슨 인정 없는 짓을 했나 나는 모르겠는데."

"내가 안방에 온 줄 아셨을 텐데 순이 할멈 게 왔나? 이리 오게, 좀 하면 어떻소."

"순이 할멈이 온 줄 난 몰랐소."

"귀 어두운 나는 상제님 기침소릴 대번 알아들었는데 귀 밝으신 상제님이 내 말소릴 못 알아들으셨단 말이오?"

"목소리가 영 딴사람 같으니 웬일이오?"

"목소리가 좀 변했기루 일년 이태 들으신 목소리요. 그렇게 아주 못 알아들으셨을 리가 있소? 알구두 모른 체하셨지 무얼."

"아니 참말 목소리 듣군 몰랐소. 목이 좀 쉰 것 같소."

"초겨울에 고뿔을 앓구 목이 잠기더니 내처 시원하게 트이지 않아요. 그런데 상제님 나보구 하우를 하시니 웬일이오?"

"그전에는 주인집 아들 자세루 늙은이보구 하게를 했지만 지금이야 그럴 수 있소."

"지금은 주인이 아니란 말씀이오?"

"그럼 지금이야 주인이 무슨 주인이오."

"내가 첨지 영감 앞에서 죽는 날까지 부하 노릇하기를 맹세하구 이름을 도록책에 올렸소. 이 목숨 지는 날까지는 댁 부하 사람이오. 지금은 주인이 아니라니 그게 무슨 야박한 말씀이오. 아스시우. 전대루 하게하시우."

"내가 전에 하게하던 늙은이에게 몰밀어 하우를 했는데 그런 말 듣기는 순이 할멈한테 처음이여."

하고 한온이가 눈에 눈물을 먹이었다.

"하우 받는 사람들두 인사가 틀리지만 상제님이 하우하시는 것부터 잘하시는 일이 아니오."

"그래 요새 지내긴 어떻게 지내우?"

한온이가 입에서 나오는 대로 하오로 말하여 놓고

"아니, 어떻게 지내나?"

하고 말끝을 하게로 고치었다.

"지내는 건 전이나 장 일반이지만 큰쇠란 놈이 포도대장 댁에 상노루 들어가서는 걱정 한 가지는 덜린 셈이지요."

"큰쇠가 순이 남동생이지? 그놈이 올에 몇 살이든가?"

"열여섯살이지요."

"우변이야 좌변이야? 어느 포장 댁이야?"

"잿골 사시는 좌포장 댁이오."

"언제 들어갔어?"

"인제 두어 달 됐세요."

"그럼 아직 수청방 허드레 심부름이나 하겠군."

"아니오. 포장 영감 눈에 들어서 영감 사랑방 안심부름을 지가 도맡아 하다시피 한답디다."

한온이가 서림이의 일을 큰쇠에게 물어보고 싶은 생각이 나서

"내가 좌포장 댁 일을 좀 물어보구 싶은데 큰쇠를 한번 내게 데리구 올 수 없겠나?"

하고 순이 할멈더러 물었다.

"상제님께서 물어보실 일이 없으시더라두 데리구 와서 문안을 시켜야겠지요만 그놈이 집에두 한만히 나오질 못합니다. 물어보실 일이 대수롭지 않은 일이면 내가 가서 보구 물어다 드리는 게 어떨까요?"

"그놈을 내가 꼭 좀 봤으면 좋겠네."

"그럼 어떻게든지 불러내서 데리구 와야겠구먼요."

하는 순이 할멈 말끝에 만손 어멈이 나서서

"그저 나오라구 해서 잘 나올 것 같지 않거든 마누라가 급살을 맞았다구 기별하구려. 그럼 근두박질해서 뛰어나올 테니."

하고 웃으니

"이 늙은이가 얼쩡하구 남을 방자하지 않나."

하고 순이 할멈은 눈을 흘기는 체하였다.

"살기 싫증이 날 만큼 살구두 죽기는 원통하우?"

"임자는 죽구 싶어서 몸살이 났나?"

"나는 얼른 죽기를 바라우. 얼른 죽어야 영감 손에 묻힐 테니까."

"난 묻어줄 영감두 없지만 영감이 있더라두 지금 죽으면 원통해서 눈이 감기지 않겠소."

"무에 그리 지원˚ 원통하우?"

"아비 어미 없는 손자 남매를 일심정력으루 길러가지구 성취를 못 시키구 죽으면 원통하다뿐이오. 큰쇠마저 장가를 들여놓구 죽어야지."

"큰쇠 장가 들인 뒤엔?"

"순이 할멈하구 이야기 좀 하게 쓸데없는 소린 고만 하우."

한온이가 만손 어멈의 말을 중동무이시킨 뒤 순이 할멈더러

"만손 어멈 실없는 말을 본받는 것 같지만 큰쇠에게 할멈이 병이 났다구 기별하면 그 댁에서 아무리 바쁜 일이 있더라두 내보내줄 것 아닌가?"

하고 의논성으로 말하였다.

"그야 내보내주겠지만 그놈이 할미 앓는단 소릴 들으면 잠시라두 놀랄 것이 애색하지요.˚"

"순이 할멈 그런 줄 몰랐더니 자애가 끔찍하군. 잠깐 애색한 건 참구 어떻게 그렇게 해보게."

"상제님 분부를 거역할 수 있소. 그렇게 해보리다."

"그럼 지금 곧 가서 데리구 오게."

"내 걸음으루 지금 농포안 집에 가서 잿골루 사람 보내서 불러내다가 데리구 오자면 해가 질 테니 내일 데리구 오는 게 좋지요."

"내가 지금 시각이 바쁘니 오늘 좀 데리구 오게. 해지면 어떤가, 여기서 자지."

"나는 다시 오면 순라 때문에 가기가 어렵지만 그놈은 포장 댁 사람이란 패가 있어서 순라 잡힐 염려 없이 밤에두 다니니까 그놈만 보내두룩 해보리다."

"그래두 좋지만 그놈이 이 집을 아나?"

"전에 와본 일이 없지요. 아마 집을 모르면 자세히 가르쳐 보내지요."

- 지원(至寃)
지극히 원통함.
- 애색하다
마음이 애처롭고 안타깝다.

"그놈이 만손이 얼굴은 아나?"

"알구말구요. 놈이 할미도 아는걸요."

"그럼 저녁때 만손이더러 골목 밖 큰길에 나가서 기다리구 있으라구 함세."

"그놈이 서울 골목을 횅하게 다 아니까 잘못 찾을 염려는 없을게요."

"그럼 얼른 가서 한 시각이라두 빨리 보내주게."

"놈이 어른을 좀 기다려보구 가야겠는걸요."

"만손이를 보구 갈 일이 무언가?"

"놈이 혼인을 내가 정해주었는데 색싯집에서 이 집 의향을 알아달라는 일이 있어서 지금 와서 늙은이 내외를 보구 말하니까, 아들이 오늘 일찍 나온다구 아들의 말을 듣구 가랍디다그려."

"그건 큰쇠가 왔다갈 때 말해 보내면 되지 않겠나. 만손이 기다리지 말구 어서 가게."

순이 할멈이 나간 뒤 얼마 안 되어서 만손이가 돌아왔다. 한온이가 만손이더러

"순이 할멈이 지금 막 나갔는데 길에서 만났나?"
하고 물으니

"골목 밖에서 만났습니다."
하고 만손이가 대답하였다.

"놈이 혼인에 물어볼 말이 있다든데 말하던가?"

"네, 들었습니다."

"순이의 남동생 큰쇠가 좌포장 집 상노루 들어가 있다기에 내가 좀 불러 보내라구 했는데 그 말두 하던가?"

"그 말은 못 들었습니다. 상노루 들어간 제 얼마 안 되는 놈이 무얼 알까요?"

"글쎄, 서림이가 어디서 무얼 하는 것쯤은 알는지 모르지."

"덕신이 어른 왔다갔습지요?"

"아침에 온다던 사람이 점심때가 지난 뒤에야 왔는데 김치선이가 영부사 댁 마슴을 해서 용인으루 내려갔다네그려."

"그럼 어떻게 하실랍니까?"

"덕신이 어른이 서림이 일을 자세히 알아온다구 장담은 했지

만 그 장담을 믿을 수가 있나."

"글쎄올시다."

"큰쇠가 여길 와본 일이 없다니 자네가 저녁때 골목 밖에 나가서 기다리구 있다가 데리구 들어오면 좋겠네."

"그렇게 합지요."

저녁때가 다 된 뒤 만손이가 골목 밖에 나가서 큰쇠 오기를 기다리고 섰는데 그 어멈이 나와서 자기가 대신 서 있을 터이니 잠깐 들어가서 저녁밥을 먹고 나오라고 말하여 만손이가 집에 들어와서 저녁밥을 먹기 시작하자 곧 그 어멈이 큰쇠를 데리고 들어왔다.

만손 어멈이 들어올 때 건넌방 앞에서

"상제님, 큰쇠 여기 왔습니다."

하고 소리쳐서 한온이가 방 앞문을 열고 내다보니 큰쇠는 방 앞을 지나서 마루로 올라가고 만손 어멈만 방 앞에 섰다가 웃으면서

"늙은것이 찬바람맞이에 나가 섰느라구 혼났습니다."

하고 공치사를 하였다.

"누가 놈이 할멈더러 치운데 나가라구 했소?"

"아들 대신 나갔지요."

"만손이가 여태껏 나가 섰다가 지금 막 들어왔는데 놈이 할멈이 무슨 요공이오?"

"상제님 방문 닫구 들어앉아 기셔두 바깥일을 용하게 아시네."

"방문만 닫혔지 내 귀야 닫혔나."

큰쇠가 마루로 난 문을 열고 방안으로 들어왔다. 한온이가 만손 어멈더러

"치운데 혼났으니 어서 안방 영감 옆에 가서 몸을 녹이우."
하고 웃음 섞어 말한 뒤 앞문을 닫고 돌아앉아서 큰쇠의 절을 받았다.

"그동안 몰라보게 컸구나. 내가 너를 정초에 보구 거의 일년만에 보는가 부다."

"첨지 영감 상사 때 할미하구 같이 가서 뵈었습지요."

"그랬던가?"

"창황중에 보셔서 잊으셨나 보이다."

"그런 게지. 너 저녁을 먹구 왔느냐?"

"할미가 빨리 가 다녀오라구 재촉해서 저녁두 못 먹구 왔습니다."

"그럼 저녁을 먹어야겠구나."

"아니올시다. 조그마치 입시˙는 하구 왔으니까 가서 먹겠습니다."

한온이가 안방을 향하고 놈이 어멈을 부르니 만손이 아내가 네 대답소리 떨어지며 곧 건너왔다.

"이애가 저녁을 안 먹었다는데 먹일 밥이 있겠나?"

"숫밥˙은 없지만 상제님 얼마 안 잡수신 대궁이 그대루 있습니다."

만손이 아내가 한온이의 묻는 말에 대답한 뒤 곧 큰쇠를 돌아

보고

"놈이 아버지가 지금 저녁을 먹으니 와서 같이 먹어라."
하고 말하였다. 큰쇠가 처음에 싫다고 사양하다가 한온이가 가서 먹으라고 이르고 만손이 아내가 가자고 끌어서 마침내 안방으로 건너갔다.

얼마 동안 지난 뒤 만손이가 큰쇠를 데리고 건너왔다. 만손이는 화로의 숯불을 부저로 집어가지고 불어서 등잔불을 당겨놓고 곧 가려고 하는 것을

"왜 가려구 그러나. 저애 이야길 같이 듣세. 게 앉게."
하고 붙들고 큰쇠는 두 손길 맞잡고 섰는 것을

"너두 게 앉아라."
하고 이른 다음에 한온이가 큰쇠를 보고

"내가 네게 물어볼 말이 많다."
하고 말문을 허두를 내었다.

● 입시
변변하지 아니한 것을 조금 먹음. 또는 그렇게 먹는 밥.
● 숫밥
손대지 않은 깨끗한 밥.

"서림이란 사람을 너 아느냐?"

"알다뿐입니까, 늘 보는걸요."

"서림이가 지금 어디 있느냐?"

"저의 댁에 있습지요."

"너의 댁에서 하는 일은 무어냐?"

"하는 일은 아무것두 없습니다. 사관청의 대령 포교들 이야기 소일이나 해줍지요."

"서림이의 식구는 어디 있느냐?"

"저의 댁 행랑에 있습니다. 그 아들은 청석골 떨어져 있다더니 어떻게 되었습니까? 죽었습니까?"

"죽긴 왜 죽어."

"서림이가 식구들 데려올 때 아들이 안 온 것을 보구 자식 하나 있던 것 죽였다구 펄펄 뛰더랍니다."

"그 자식이 볼모루 잡혀 있을 줄은 생각 못하였던 게지."

"서림이 아들을 청석골서 볼모루 잡아두었습니까. 그럼 서림이는 처자를 이쪽저쪽 양쪽에 볼모 잡힌 셈이구먼요. 저의 댁 영감께서 서림이의 아내, 딸 그외의 그 처가 떨거지까지 행랑에 두신 것이 역시 볼모 잡으신 게지 별겝니까."

"서림이의 처가 떨거지라니, 그 장모 된다는 노파두 너의 댁 영감이 붙들어두셨느냐?"

"서림이의 처남 내외두 댁 행랑에 와 있습니다. 그 처남이 서울 와서 좀도둑질하다가 좌포청에 잡혀 갇힌 것을 서림이가 빼놓으러 왔다가 저마저 잡혔답지요? 그 처남을 저의 댁 영감께서 백방으루 내놓아주실 때 댁 행랑에 와 있을 조건으루 내놓아주셨답니다. 행랑에 있으면 떨어 내쫓을 것들인데 뒤쪽으루 행랑에 끌어들이시는 걸 보면 서림이 도망 못하게 볼모 잡아두신 게 환하지 않습니까?"

"너의 댁에서 그것들 요를 먹이느냐?"

"서림이 처남은 저희 가지구 온 걸루 끓여먹구 지내구 서림이만 댁에서 먹을 걸 대주시는갑다. 서림이 내외는 행랑에 두셨지만 행랑 원역˙두 안 시키십니다."

안방문을 여닫는 소리가 나고 곧 이어서 마루에 콩콩 발소리가 나더니 만손 어멈이 건넌방 밖에 와서

"애 어미가 너를 좀 보잔다. 잠깐 나오너라."

하고 만손이를 불러내었다.

만손이가 일어서 나간 뒤 한온이는 큰쇠더러

"대체 서림이가 잡힐 때 귀순하겠다구 먼저 내통해놓구 잡혔다더냐?"

하고 말 묻기를 다시 시작하였다.

"그런 말씀은 듣지 못했는걸요."

"잡힌 뒤에 귀순한다구 했으면 포청에서 어리무던하게 그걸 받아줬을 리가 있느냐. 반드시 무슨 곡절이 있었겠지."

• 원역(員役) 벼슬아치 밑에서 일하던 구실아치.

"서림이가 엄 무엇이라구 변성명하구 서울 와서 있다가 잡혔습지요. 포교들은 서림이루 알구 잡았는데 서림이가 서림이 아니구 엄 무엇이라구 내뻗다가 매를 맞게 되니까 서림이 말이 영부사 댁 도차지가 저의 이성사촌이니 불러 물어봐달라구 하더랍니다."

"그래서?"

"그날 밤 당번 부장이 서림이 거짓말에 속아서 매두 때리지 못하구 간에두 집어넣지 못했답니다."

"그래."

"서림이가 거짓말루 매를 모면하구 나중에 포교들을 보구 하는 말이, 제가 들면 서림이뿐 아니라 청석골 대장 임 아무개까지 잡을 도리가 있는데 포도대장을 뵙게 해주면 포도대장께 다 말씀하겠다구 하더랍니다."

"그래."

"저의 영감께서 포교들이 와서 여쭙는 말씀을 들으시구 서림이를 댁으루 데려오라구 분부하셨습니다."

"그래."

"서림이가 영감마님 앞에 오더니 바루 제 성명이 서림이라구 직토하구 저를 일년 동안만 용서해주시면 일년 내에 임 아무개를 잡아 바치겠다구 말씀합디다."

"저런 죽일 놈 봐. 그래서?"

"구월에 장수원서 모인 것이며 지난달에 마산리서 모일 것을 서림이가 다 고해바쳤습니다. 저의 댁 영감께서 이튿날 예궐하셔서 상감께 품하니까 상감께서 귀순시키라구 처분하셨답디다. 그러구 마산리 일 난 뒤에 상감께서 서림이를 아주 저의 댁 영감께 맡기셨답디다."

큰쇠가 서림이 귀순한 곡절을 막 다 이야기하고 났을 때 만손이가 안방에서 다시 건너와서 한온이가 만손이를 보고

"서림이란 놈이 제가 섬기던 대장을 조정에 잡아 바치기루 하구 귀순했다네. 그놈 죽일 놈 아닌가."

하고 말한 뒤

"서림이 잡힐 때 뒤에서 밀고한 사람은 누구라더냐. 너 혹시 들었느냐?"

하고 큰쇠더러 물었다.

"전날 댁에 있던 서사가 포교에게 귀띔해주었단 말이 있습디다."

"옳지. 최가가 좌포청에 등을 대구 지냈다더라."

"포교 몇사람하구 친하게 지냈는갑디다."

"이번 형조에 잡힌 걸 좌포청에서 빼놓으려구 주선해줄 듯두 한데 그런 말 없더냐?"

"그런 말씀 듣지 못했습니다. 대체 포교들 친하다는 건 등치구 배 문질러주는˚ 것인데 소득 없는 일을 알뜰히 주선해줄 리 없지요. 그러구 포교들이 주선해줄 힘이나 웬 있나요."

● 등치고 배 문지르다
남에게 해를 끼쳐
자기의 잇속을 챙기면서
겉으로 위로하고 달랜다는 말.

"다 같은 배은망덕하는 놈들이지만 최가는 서림이보다두 더 죽일 놈이다. 최가 이야긴 고만두구 서림이 이야기나 더 듣자. 너의 댁 영감이 서림이를 신임하신다니 그게 참말이냐?"

"그건 헛말입니다. 신임하실 것 같으면 맘대루 다니지두 못하게 하실 리가 있습니까? 서림이가 포교를 안동하지 않구는 대문 밖에를 못 나갑니다."

"어디루 도망할까 봐서 맘대루 나가진 못하게 하더라두 가끔 불러서 일두 의논하구 계책두 물어보구 한다니 그게 신임하는 게지 무어냐?"

"그런 일두 별루 없습니다."

"우선 이번 순경사 나가는데 너의 댁 영감이 서림이 시켜서 계책을 내어바치게 했다든구나."

"그걸 상제님께서 어떻게 아셨습니까?"

"발 없는 말이 천리 간단다. 내가 그걸 아는 게 괴상하냐?"

"저의 댁에서두 아는 사람이 대령 포교 둘하구 세간청지기하구 저하구 넷뿐인데 먼 데 기신 상제님께서 아셨으니 괴상한 일 아닙니까? 저의 댁 영감께서 어느 날 밤중에 서림이를 불러들여서 데리구 말씀하시는데 수청방에서 들은 사람은 세간청지기하구 저뿐입니다. 세간청지기는 듣다 말구 졸리다구 누워 잤지만, 저는 상제님가 기신 데 일인 줄 아는 까닭에 가만히 앉아서 끝까지 다 들었습니다."

"네가 다 들었어? 들은 대루 자세히 이야기해라. 어디 들어보자."

한온이의 무릎이 절로 앞으로 나왔다.

"그날 밤에 남판윤 대감께서 오셔서 댁 영감마님하구 두 분이 약주를 잡수시며 밤 늦두룩 이야기를 하시구……."

"가만있거라, 남판윤이 누구냐?"

"그 양반이 저의 댁 영감마님 바루 전에 좌변대장으루 기시다가 장통방에서 청석골 대장을 잡지 못하구 놓친 까닭으루 벼슬이 갈리셨다든구먼요."

"남치근이 말이구나. 그래 그가 지금 한성판윤이냐?"

큰쇠가 대답을 하기 전에 만손이가 앞질러서

"한성판윤 하신 지 인제 한 보름 됐습니다. 상감께서 그 인재를 아끼셔서 특별히 판윤을 시키셨답디다."

하고 대답하여 한온이는 만손이를 돌아보며

"특지 제수일세그려."

하고 고개를 한번 끄덕인 뒤 다시 큰쇠를 보고

"그래 남판윤이 와서 너의 댁 영감하구 무슨 이야기를 하더냐?"

하고 물었다.

"무슨 이야기들 하셨는지 그건 모릅니다. 두 분이 정분이 좋아서 가끔 서루 심방들 하시니까 별 이야긴 없었겠지요. 지가 약주상 들구 들어갈 때는 봉학이가 누군지 봉학이란 사람의 이야기들을 하셨는갑디다."

"봉학이 이야길 무어라구 하더냐?"

"저는 이야기 끝만 조금 들었습니다. 남판윤 대감이 봉학이 버린 책망은 전 병판이 당연히 받아야 옳으니 하구 말씀하니까 저의 댁 영감은 말씀이 책망을 받기루 하면 좌상 대감두 노나 받으셔야 옳을걸 하구 두 분이 서루 웃으시더구먼요."

"이야기 갈래가 져서 못쓰겠다. 그래 너의 댁 영감하구 남판윤하구 이야기들 하구 어떻게 했어?"

"남판윤 대감은 약주 잡숫구 이야기하시다 가셨지요. 가실 때 밤이 늦어서 저의 댁 영감께서 취침하실 때가 지났는데 취침하시지 않구 대령 포교를 불러서 서림이를 데리구 들어오라구 분부하십디다."

"그런 잔사설은 안 들어두 좋으니 서림이가 내어바친 계책이나 자세 이야기해라."

"서림이 말씀한 계책이 두 가진데 한 가지는 마산리 갔던 선전관이 이런 계책을 썼더면 성공했으리라구 말씀한 것이구, 또 한 가지는 이번에 황해도 순경사가 이런 계책을 쓰면 성공할 듯하다구 말씀한 것입니다. 저희 같은 아무것두 모르는 소견에두 두 가지 계책이 다 용한 것 같습다."

"순경사가 나가서 어떤 계책을 쓰면 성공한다구 말하더냐?"

"청석골 쳐들어가는 데 한쪽은 틔워두구 열 군덴가 아홉 군데루 쳐들어가면 청석골 대장과 두령들이 죄다 나오게 된다나요. 대장과 두령들을 살살 멀리 끌어내구 그 틈에 정병 일대를 틔워둔 쪽으루 들여보내서 소굴에 남아 있는 처자들을 잡아다가 송도 옥에 가둬두면 청석골 대장과 두령들이 처자를 빼가려구 송도를 치러 올 테니 그때 송도유수와 황해도 순경사가 앞뒤루 에워싸구 잡으면 대개 잡힐 터이구 만일 잡지 못하구 놓치거든 그 처자들을 서울 전옥에 갖다 가둬두구 전옥 파옥하러 오기를 기다리자구 계책을 냅디다."

식구들을 잡아다가 미끼삼자는 계책이 궁흉극악한 데 한온이는 기가 막혀서 한참 동안 입을 벌리고 말을 못하였다.

"그러구요, 선전관이 썼더면 성공할 뻔했다는 계책은 제 생각에 더 용합디다."

한온이는 지난 일에 대한 계책은 들으나마나로 여기다가 큰쇠 말에 끌려서

"그 계책마저 이야기해라. 어디 들어보자."
하고 말하였다.

"서림이는 관군 오백명이 마산리루 몰려간 게 잘못이라구 타박하구, 그러구 자기 계책을 말하는데, 관군 오백명 중에서 활 쏘는 군사들을 백명이구 이백명이구 남겨놓구 그 나머지 군사루 청석골 소굴을 가서 쳤으면 청석골 대장과 두령들이 급한 기별을 듣구 허둥지둥 쫓아왔을 테니 그 오는 길목에 활 쏘는 군사들을 매복시켰다가 일시에 내달아서 화살을 비 퍼붓듯 퍼붓게 했으면 아무리 천하장사라두 죽거나 잡혔지 별조 없었으리라구 합디다."

소명한 큰쇠가 더 용하다고 말하더니 한온이 생각에도 계책으로 빈틈없는 품이 먼저 들은 궁흉극악한 계책보다 더 나은 것 같았다.

한온이가 서림이 일을 들어보고 싶은 대로 대강 다 물어본 뒤

"이다음에라두 서림이가 어디를 가게 되든지 무슨 계책을 내서 바치든지 하거든 아는 대루 곧 이 집 주인에게 알려두어라."
하고 큰쇠에게 당부하였다.

큰쇠가 밤이 늦기 전에 가겠다고 일어나려고 할 때

"상제님 뫼시구 이야기나 좀더 해라."
하고 만손이가 붙들었다.

만손이가 붙드는 까닭을 큰쇠는 고사하고 한온이도 몰라서
"일찍 가게 두지 왜 붙드나?"
하고 물으니 만손이는 주저주저하다가
"상제님 잡수실 밤참을 만든다기에 큰쇠 먹일 것까지 만들라구 일렀습니다."
하고 대답하였다. 한온이가 만손이더러
"밤참은 무슨 밤참이야. 일찍 자는 게 좋은걸."
하고 말한 뒤 큰쇠를 보고
"이왕 밤참을 만든다니 먹구 가려무나."
하고 일렀다.
"언제 밤참을 먹구 있습니까. 곧 가야겠습니다."
큰쇠는 한온이에게 말하고
"곧 먹구 가게 해줄 테니 가만있거라."
만손이는 큰쇠더러 말하였다.
큰쇠가 만손이에게 붙들려서 밤참 냉면을 먹고 한온이한테 간다고 인사할 때 한온이가 상목 한 필을 손 가까이 내놓아두었다가 큰쇠 앞으로 밀어 내주며
"이것 가지구 가서 너의 할머니 찬수 공궤나 해라."
하고 말하니 큰쇠는
"황송합니다."
하고 받았다. 큰쇠가 준비하여 가지고 온 손초롱에 불을 켜서 한 손에 들고 상목을 한옆에 끼고 나가다가 문간에서 따라나간 만손

이를 보고

"순라 잡힐 염려는 없지만 밤에 상목을 가지구 가는 건 아무래두 재미가 좀 적으니 맡아뒀다 주시우."
하고 상목을 맡기고 갔다.

한온이가 생각도 못한 큰쇠에게 서림이 계책을 자세히 들어서 그만하면 서울 온 보람이 넉넉하므로 덕신이 아비의 장담 하회는 기다리지도 않고 이튿날 새벽 일찍 떠나가려고 맘을 먹고 큰쇠 보내고 들어오는 만손이를 방으로 불러들였다.

"내가 내일 일찍 떠나가겠으니 새벽밥을 좀 시켜주게."
하고 이른 다음에

"자네가 걸음 잘 걷는 황씨를 전에 내게서 더러 보았지? 이다음에 서울 알아볼 일이 있으면 그 사람을 자네게루 보낼 테니 자네가 알 수 있는 대루 알아서 기별해주게. 그러구 덕신이 어른이 내일 오거든 내가 급한 기별을 받구 떠나갔다구 말해두게."
하고 뒷일을 부탁하니 만손이가

"네, 그렇게 하겠습니다."
대답하고 끝으로

"놈이 혼인 부조는 이다음편 있을 때 보내겠지만 내가 이번에 가지구 온 상목이 온필은 다섯 필뿐인데 그중에 세 필이 저기 남았으니 우선 급한 혼수 장만에 보태 쓰게."
하고 말하니 만손이가

"천만의 말씀이올시다. 상목은 가지구 가시다가 길에서 쓰십시오."

하고 사양하였다.

"길에서 쓸 일 없네. 노수는 자투리가 따루 있으니 염려 말게."

"저희 식구 지금 사는 것이 통이 상제님께서 주신 겐데 상목 서너 필을 안 받겠다구 사양할 리 있습니까. 그렇지만 상제님께 염반* 몇끼 해드리구 받기는 참말루 황송합니다."

"밥값으루 친다면 자네 집 밥값은 한 끼 한 동씩 쳐주어두 내가 아깝지 않겠네."

만손이는 종시 맘에 미안한 듯 아비 어미에게 꾸지람을 들을 것이라고, 더구나 처에게서 나무람을 받을 것이라고 중언부언하는 것을 그렇게 여러 말 하는 것이 도리가 아니라고 한온이가 나무라서 말을 더 못하게 하였다.

이튿날 새벽 파루 친 뒤 한온이가 만손이 집 식구들과 작별하는데 만손이 부모는 살아서 다시 못 만나겠다고 말하며 질금질금 울고 만손이 아내는 말은 그렇게 안 하나 다시 못 만날 작별같이 눈에 눈물이 듣거니 맺거니 하였다.

교군꾼들이 상목 댓 필 가벼운 짐이나마 올 때 돌려 지던 짐이 없어져서 몸이 가뜬하고 하루 동안을 갑갑하게 갇혀 앉았다가 나와서 맘이 시원하고 또 집으로 돌아가는 길이라 발이 가벼워서 가까우면 오 리 한참 멀면 십 리 한참을 놓았다. 서울서 떠나던 날은 고양 지나 파주 와서 중화하고 장단읍을 지나 어룡개 나와서 숙소하고 다음날 송도를 지날 때 청석골 소식이 궁금하여 김천만이 집에를 들러서 순경사가 해주로 가서 도중이 아직 무고한 것을 알고 청석골로 나오니 해가 아직 점심때가 못되었다.

한온이가 산에 들어오는 길로 바로 꺽정이 사랑으로 와서 마침 혼자 있는 꺽정이를 보고 큰쇠에게 들은 이야기를 보탤망정 빼지 않고 다 이야기하였다. 꺽정이가 한온이의 이야기를 다 들은 뒤

"그놈들의 계책을 안 바엔 우리두 대책을 의논해서 세워야겠다."

말하고 곧 신불출이와 곽능통이를 불러서 여러 두령들에게 점심 먹고 도회청으로 모이란 전령을 돌리라고 분부하였다.

도회청은 벽도 없고 문도 없는 사발허통四八虛通한 대청인데 뒤와 양옆은 휘장이나 꽉 둘러쳤지만 앞은 그대로 터놓아서 춥기가 한데와 별로 다름이 없었다. 그러나 추위, 더위를 대수롭게 여기지 않는 꺽정이가 자기 생각만 하고 겨울에도 매일 조사를 여기서 보고 중대한 일 있을 때 좌기를 여기서 하는 까닭에 청 밖에 섰는 두목과 졸개는 말할 것 없고 청 안에 앉는 두령들도 덜덜 떨 때가 없지 아니하였다.

● 염반(鹽飯) 소금엣밥. 소금을 반찬으로 차린 밥이라는 뜻으로, 반찬이 변변하지 못한 밥을 이르는 말.

이날은 날씨도 잔풍하고 남향 대청에 낮볕이 들이쬐어서 도회청 안이 그다지 춥지 않건만 낫살 먹은 오가는 추위 죽겠다고 꺽정이에게 사정하고 화로를 갖다 놓고 쬐었다.

여러 두령이 하나 빠진 사람 없이 다 모인 뒤 꺽정이가 신불출이와 곽능통이더러 도회청 근처에 오는 사람을 금하라고 분부하

고 한온이더러 서림이 계책을 여러 두령이 듣게 이야기하라고 명하여 한온이는 처음에 두 가지 계책만 대강 이야기하려고 하다가 서울 갔다온 이야기를 자세 듣기 원하는 두령이 많아서 마침내 먼저 꺽정이에게 이야기한 대로 한번 다시 되풀이하였다.

꺽정이가 한온이의 이야기 끝나기를 기다려서

"서림이놈의 계책이란 걸 다 들었으니 인제 대책을 생각들 해서 말해보라구."

하고 두령들을 돌아보았다. 여러 두령이 다들 잠자코 있는 중에 오가가 좌중에 들떼놓고

"나잇값으루라두 내가 먼저 한마디 말씀하지."

하고 말한 뒤 곧 이어서

"첫째 관군이 여러분을 멀리 끌구 나가려구 꼬이거든 그 꼬임을 받지 말구, 또 둘째 관군이 한쪽을 틔워놓거든 그 틔워놓는 쪽을 더 경계하면 서림이 꾀가 허사되지 별수 있겠소?"

하고 대책을 말하였다. 오가의 말이 끝나자마자 이봉학이가 고개를 가로 흔들고

"관군이 우리를 꼬인다니, 우리더러 뒤쫓아나오라구 일부러 도망하는 체한단 말 아니겠소? 일부러 도망하는 체하다가 뒤쫓지 않으면 도루 앞으루 대들 것은 정한 일인데 도망하는 걸 뒤쫓지 않을 수는 있지만 앞으루 대드는 걸 막지 않을 수야 있소? 그러구 관군이 가령 열 길루 쳐들어온다구 하구 우리 도중 상하 일백오십여명이 열 길루 갈려 나간다면 한 길에 불과 열댓 명씩 나

가게 되겠구려. 관군이 쳐들어오는 길두 나가 막을 사람이 부족한데 쳐들어오지 않는 길까지 경계하구 있을 사람이 남을 수 있겠소? 도대체 이번에 관군이 얼마나 올 줄루 생각하시우? 내 생각엔 적어두 몇천명이 올 것 같소. 우리 칠팔 인이 마산리에 모이는 걸 잡으려구 자그마치 오백여명이나 왔구 오백여명이 와서두 이를 보지 못했으니까 이번 우리 소굴을 치러 오는 데는 몇천명이 오지 않겠소? 순경사가 만일 단단히 준비하면 엄청나게 많은 군사를 거느리구 올는지두 모르겠소. 순경사가 금교역말 같은 데 와서 유진할 듯한데 금교역말에는 오지 않구 해주 감영으루 감사를 보러 간 것이 준비를 단단히 차리는 속인 듯싶소. 엄청난 대군이 올는지 모르지만 줄잡아서 이삼천명 올 셈 잡구 한 길에 이삼백명씩 열 길루 쳐들어온다면 우리가 각각 두목 졸개 여남은씩 데리구 나가서 막을 수 있겠소? 이삼백명을 짓치구 빠져나가기두 쉽지 않거든 이삼백명을 못 들어오게 막기가 어디 쉽소? 막아서 못 들어오는 길이 더러 있더라두 여기까지 들어오는 길이 못 들어오는 길보다 더 많을 줄 아우. 그러구 보면 관군이 여기를 우리 몰래 들어오는 건 차치물론하구 우리 알게두 들어올 것 아니오?"

하고 긴말로 오가의 대책을 반박한 끝에

"내 생각엔 식구들을 어디 안전한 데루 피신시켜 놓구 여기두 아주 충화를 당할 작정하구 치울 건 다 치워놓구서 관군이 들어올 때 열 길루 들어오거나 스무 길루 들어오거나 우리는 일백오십여명이 한 길루 나가서 한 길씩 한 길씩 물리쳐서 다 물리치면 물론 좋구 그렇지 못하면 목숨들이라두 도망하는 게 상책일 듯하우."

하고 자기의 대책을 말하니 다른 두령이 거지반 다 그 대책이 좋다고 찬동들 하였다. 여러 두령뿐 아니라 꺽정이도 이봉학이의 대책을 언짢진 않게 여기나 생각에 식구들을 보내둘 만한 곳이 없어서

"안전한 데가 어디야? 마땅한 데 생각나는 데가 있나?"

하고 이봉학이더러 물었다.

이봉학이는 꺽정이가 그런 말을 물을 줄 미리 알고 기다린 것같이 꺽정이의 말이 떨어지자 곧

"우리 요전 가서 하룻밤 자구 온 자모산성이 어떨까요? 더 마땅한 데가 없으면 거기두 잠시 피난처루 좋을 줄 압니다. 우리 식구들 가 있는 곳을 관군두 알아선 안 되지만 첫째 서림이가 몰라야 안전합니다."

하고 대답하니 꺽정이가 이윽히 생각하다가

"자모산성이 잠시 피난처는 될는지 모르나 여러 집 식구들이 가서 당장 거접할 데가 없는 걸 어떡하나?"

하고 말하였다.

"집이 십여 호나 되니 원거인˚들만 어떻게 처치하면 우리 식구들이 잠시 거접이야 못하겠습니까?"

"원거인들을 어떻게 처치하잔 말인가. 광복산 처음 갔을 때처

럼 모두 죽여 없애잔 말인가?"

"죄없는 백성들을 하필 죽일 것 있습니까. 어디든지 가서 집 사가지구 살 만한 밑천들을 주어 보내두 좋겠지요."

"그럼 소문이 나지."

"만일 소문들을 내면 어디든지 쫓아가서 집안을 도륙낸다구 을러 보내지요. 그럼 소문들을 못 낼 겝니다. 소문 낼 것이 정히 염려되면 토막나무집을 몇채 지어주구 산성 안에서 밖에들을 못 나가게 붙들어두지요."

"그놈들이 안식구들의 말을 고분고분 들을 것 같은가?"

"우리 중에 누구든지 하나 안식구들을 따라가 있을 것 아닙니까?"

● 원거인(原居人)
어떤 지방에 본디부터 사는 사람.

"글쎄."

하고 꺽정이가 다시 생각하여 보는 중에

"안식구들 갖다 둘 만한 곳을 내가 한 군데 말씀하리까?"

하고 이춘동이가 말하였다. 꺽정이가 이춘동이를 돌아보며

"어디?"

하고 묻는데 여러 두령의 눈도 이춘동이에게로 모이었다.

"해주 박대장 기신 데가 어떱니까? 내 생각엔 그만한 데가 없을 것 같습니다. 박대장은 의기가 태산 같은 분이라 전이라두 여기 대장께서 위급한 때 식구를 좀 맡아달라구 하시면 못한단 말을 안 하실 텐데 지금은 더구나 두 분이 겹사돈을 정하신 터이니 싫다실 리 있습니까. 두말 않구 맡아서 자기 식구같이 보호해주

실 갭니다."

하는 이춘동이 말에 꺽정이는 고개를 크게 끄덕이고 나서

"식구들을 연중이 노인에게루 보내는 게 좋겠네."

하고 이봉학이를 돌아보니 이봉학이도 자모산성 주장을 고집하지 않고

"거기가 좋겠습니다."

하고 찬동하였다. 꺽정이가 다시 이춘동이를 보고

"식구들을 해주루 보내자면 자네가 먼저 가서 사정을 이야기해야겠네."

하고 말하니

"내행들 갈 때 내가 배행으루 가게 되면 그때 가서 이야기해두 좋습니다."

하고 이춘동이는 대답하였다.

"그러면 자네는 식구들 갈 때 따라가서 아주 거기 눌러 있을 텐가?"

"내가 무재무능한 위인이지만 사람 부족할 때 충수˚라두 해야 하지 않습니까. 내행 배행을 가라구 하시면 내행들 데려다 두구 곧 오겠습니다."

"여러 길루 갈려 나가지 않으면 사람이 부족할 것 없으니까 자네는 거기 가서 식구들 봐주구 있는 게 좋겠네."

"그건 하라시는 대루 하겠습니다."

이춘동이 말끝에 한온이가 꺽정이를 보고

"제가 대장께 말씀 한마디 여쭐 것이 있습니다."
하고 말하여
"무슨 말?"
하고 꺽정이가 물었다.
"이런 자리에서 이런 말씀을 하기는 부끄러운 일이나 저루 말씀하면 접전할 때 여기 있어야 여러분을 도와드리긴 고사하구 되려 여러분께 누를 끼칠 위인이니까 저 이두령과 같이 가서 식구들이나 보호하구 있게 해주셨으면 좋겠습니다."
한온이의 말을 꺽정이는 웃으며 듣고
"그렇게 해라."
하고 선뜻 허락하였다.

● 충수(充數) 일정한 수를 채움.

대장과 두령들의 식구 수효를 저저이 쳐보면 꺽정이의 식구는 애기 어머니 모녀와 백손 어머니 모자에 소홍이까지 다섯이고, 이봉학이는 소실과 그 소생 세살 먹은 아들과 두 식구요, 박유복이도 아내와 네살 먹은 딸과 두 식구요, 황천왕동이도 역시 아내와 젖먹이 아들과 두 식구요, 배돌석이는 단 내외뿐이라 아내 한 식구요, 길막봉이도 단 내외나 딸을 의지하고 와 있는 홀아비 장인이 있어서 두 식구요, 이춘동이는 어머니와 아내와 딸과 세 식구요, 한온이는 식구가 제일 많아서 서모와 형과 형수와 조카와 아내와 큰첩과 작은첩과 모두 일곱이요, 이외에 남은 두령 오가와 곽오주와 김산이는 다 딸린 식구 없는 단신들이었다. 이상 식구가 도합 스물네 명인데 이춘동이와 한온이와 의원 허생원을 따라보내면 셋 모자라는 삼십명이고, 두목과 졸개들의 처자 사십여명을 함께 보내면 칠십명이 하나가 넘어도 넘지, 넘지 않을 리가 없었다. 조그만 산골 동네에 칠십여명이 들어가면 다른 건 고만두고 우선 방사房舍가 부족하여 다 용납하기 어려울 것이라 두목과 졸개들의 처자는 보내지 말고 그대로 두자는 의논도 났었으나 두령들의 식구는 다 피난시키고 두목과 졸개들의 처자는 피난시키지 않는다면 군심軍心에 영향이 미칠 터이므로 각 집에서 하인같이 부리는 졸개들의 처자는 식구들과 같이 보낼 수밖에 없고 그외에 삼십여명은 다 내외 껴서 양덕, 맹산, 성천 세 군데로 나누어 보내자는 의논이 돌아서 그대로 작정이 되었다. 이렇게 많이 줄이고도 해주로 보낼 사람 수효가 어른 아이 합하여 근 사십명인데, 게다가 도중 공용 재물과 각 집 세간 알천의 물건짐이 바리로 여러 바리 될 터이므로 전날 광복산 피난갈 때와 같이 관원의 내권, 선비의 아내, 촌가 여자 가지각색으로 차려서 띄엄띄엄 떠나보내기로 준비할 것까지 다 이야기가 되었다. 꺽정이가 좌기를 파하고 일어나려고 할 때 서림이 아들 수남이를 맡아가지고 있는 박유복이가 꺽정이더러

"수남이두 식구들 갈 때 같이 보내시지요?"

하고 물으니 꺽정이는 대번에 고개를 가로 흔들며

"서가의 자식은 우리 있는 데 두어야 잃어버릴 염려가 없다."

하고 대답하였다. 꺽정이가 자기의 의향을 돌리지 않으면 백 사람이 천 말을 하여도 다 빈말이지만 빈말이라도 수남이를 해주로

보내는 게 좋겠다고 말하는 두령이 하나도 없었다.

도회청 회의가 끝난 뒤 권속들만 피난시킨다는 전령을 돌리고 즉시 준비에 착수하여 이틀 동안 집마다 수선하고 사람마다 분주하였다. 제사흘 되는 날 꼭두새벽부터 다음날 밤중까지 해주로 보내는 일행과 평안도로 보내는 두목, 졸개의 남진계집들을 다 떠나보냈다. 이춘동이, 한온이 외에 황천왕동이도 배행으로 해주를 가서 셋만 빠지고 뒤에 남은 여러 두령들이 맨끝에 떠나는 사람들을 보내고 꺽정이 사랑에 들어와서 모여 앉았는 중에 박유복이 집에 있는 졸개가 와서 수남이가 도망하였다고 고하여 다른 두령들도 놀라긴 좀 놀랐지만 박유복이는 맡은 책임이 있어 깜짝 놀라며 마루로 뛰어나와서 졸개더러 말을 물었다.

"너희들은 어디 가서 무어했느냐?"

"소인이 뒷간에 갔다와서 보온즉 앉았던 명녹이는 누워서 잠이 들었숩구 누웠던 수남이놈은 일어나서 어디루 갔숩디다."

"뒷간엘 가든지 어딜 가든지 명녹이더러 일러두구 갈 것 아니냐. 그래 집안이나 다 찾아봤느냐?"

"소인이 명녹이를 깨워가지구 나서서 찾아볼 만한 데는 다 찾아봤습니다."

방안에서 꺽정이가 다른 두령들더러

"조그만 놈이 지금 어둔 밤중에 도망하면 얼마나 멀리 도망했겠느냐. 곧 삼사십명이구 오륙십명이구 풀어서 등불, 횃불을 가지구 산 안팎을 뒤지게 해라."

하고 말을 일렀다.

　수남이가 서산 파수꾼에게 들키지 않고 서산을 넘어서 탑고개 나가는 길로 천방지축 도망하다가 일 마장도 못 나가고 붙들려왔다. 꺽정이가 수남이 붙들려왔단 보고를 듣고

　"고놈 어린놈이라구 그대루 두어선 못쓰겠다. 지금 당장 물고를 올려버려라."

하고 분부를 내리었다.

　서림이 아들 수남이는 구경 아비의 죄로 죽었다.

　황해도 순경사는 그동안 어디 가서 무얼 하고 있었던가.

　황해도 순경사가 서울서 떠나던 날 파주 숙소하고 다음날 개성 숙소하고, 개성서 숙소하던 이튿날은 유수와 이야기하다가 점심 대접까지 받고 다저녁때 떠나서 벽란도 나와 숙소하고 다음날 숙소참은 연안이 알맞았으나 부사의 등대 범절이 태만하여 괘씸할 뿐더러 이튿날 해주를 대기가 어려워서 홰를 잡히고 삽다리 와서 숙소하고 그 다음날 해질 무렵에 해주를 들어왔다. 감사가 노문을 보고 순경사의 사처와 군사들의 숙소를 미리 정하여 놓고 중군을 오리 밖에까지 마중을 내보내고 사처에 와서 든 뒤 예방비장을 내보내서 엄동설한에 원로행역遠路行役이 얼마나 수고되시느냐고 위로 전갈을 하였다. 예방비장은 감사 김덕룡金德龍의 서족인데 이사증이 등과하기 전에 같은 한량으로 한 사정에 다니던 사람이라 오래간만에 서로 만나서 반기었다. 예방비장이 전갈 나

왔다가 눌러앉아서 얼마 동안 서회하고 들어갈 때 순경사는 감사에게 석후에 들어가서 보입는다고 답전갈하였다.

선화당에 등촉이 휘황하고 배반˙이 벌어졌다. 감사가 성설˙한 주안으로 순경사를 대접하는 중이었다. 선화당 수청 외에 기생 사오명이 좌우에 앉아서 청아한 노래와 번화한 웃음들로 주흥酒興을 돋우었다. 사오명이 다 해주의 일등 기생이라 얼굴이 어여쁘거나 태도가 아리땁거나 그렇지 않으면 노래가 명창으로 다 각각 취할 모가 있었다. 여러 기생이 순경사 눈에 들려고 혹 태도 짓고 혹 아양도 부리고 또 혹 추파로 정도 흘리는데 그중에 한 기생만은 눈을 아래로 깔고 단정히 앉아서 순경사의 얼굴도 별로 보지 아니하였다. 마치 순경사 인물을 맘에 차지 않게 여기는 것 같았다.

● 배반(杯盤)
흥취 있게 노는 잔치.
● 성설(盛設)
잔치 따위를 성대하게 베풂.

"저 얌전 빼구 앉았는 년 술 한잔 부어라."

분결 같은 두 손이 술잔을 들고 받기를 기다리었다.

"한마디 있어야지."

한 이가 보일 듯 말 듯한 붉은 입술 사이로 나오는 나지막한 권주가 소리가 주안상 위에 떠돌았다. 순경사가 술을 받아 마시고 나서

"너는 이름이 무엇이랬지?"

하고 물었다.

"초운이라고 부릅니다."

"좋다, 초운이. 무산신녀巫山神女가 네로구나. 그러나 하나 물

어볼 것이 있다. 네가 아침의 구름만 되지 저녁의 비는 지을 줄 모르느냐."

"남이 지어준 이름 뜻을 지가 어찌 아오리까."

감사가 순경사를 보고 웃으며

"영감이 양대운우陽臺雲雨에 뜻이 있으면 내가 영감을 위하여 일진一陣 바람을 도우리다."

하고 상없지 않게 농을 한 뒤 초운이더러

"너 오늘 밤에 순경사 사또 사처에 가서 수청을 들어라."

하고 분부하였다. 다른 기생들의 눈치는 초운이를 시새워하고 부러워하는 모양인데 정작 초운이는 별로 좋아하는 기색이 없었다. 순경사가 초운이의 기색을 보고

"내게 수청 들기가 싫으냐? 싫거든 고만둬라."

하고 말은 웃으며 하나 눈치는 좋지 아니하였다.

"하방 천기로 사또 같으신 귀인을 뫼시는 것이 몸에 넘치는 영광이온데 싫다 할 리 있사오리까."

"그러면 순상˚ 사또 분부를 듣구 실심하는 게 웬일이냐?"

"사또께 실심한 것같이 뵈온 것은 천성이 옹졸한 탓이외다."

"그건 둔사˚다. 그러나 네 둔사는 추구하지 않구 덮어두구 술이나 먹겠다. 자, 또 부어라."

맛있는 술과 재미있는 웃음에 밤이 가는 줄 모르게 가서 어느덧 이슥하였다.

순경사가 감영에 들어올 때는 말을 타고 군사들을 앞뒤에 늘어

세웠지만 사처로 나올 때는 통인을 초롱 들려 앞세우고 초운이를 뒤에 딸리고 걸어나왔다.

　순경사가 사처에 나와 앉아서 대령 군사들을 물리고 초운이를 촛불 아래 앉히고 다시 보니 술자리에서 볼 때보다도 더욱 어여쁘나 웃음에는 강작*이 많고 미간에는 주름이 절로 잡히는 것이 속에 무슨 수심이 있는 계집 같았다.

　순경사가 점잖게 묻자면

　"네가 무슨 근심이 있느냐?"

하고 물을 것을 실없는 말로

　"네 애부愛夫가 오늘 밤에 기다린다구 했느냐?"

하고 물으니 초운이는 대답이 없었다.

　"어째 대답이 없느냐?"

　"어떻게 대답하올지 대답할 말씀을 생각하는 중이올시다."

　"내가 보지 않은 일두 용하게 아니까 대답하기가 어려울 게다."

　"지가 애부가 있다구 하오면 사또를 기망하는 것이옵구 없다구 하오면 사또께서 곧이를 안 들으실 테니까 그래서 대답을 아뢰기가 어렵소이다."

　"그래 네가 애부가 없는 걸 내가 잘못 넘겨짚었단 말이냐?"

　"바른대루 아뢰자면 없다구 아뢸밖에 없소이다."

　"전에는 있었구 지금은 없단 말이냐?"

　"지금두 없구 전에두 없었소이다."

● 순상(巡相) 순찰사.
● 둔사(遁辭) 관계나 책임을 회피하려고 꾸며서 하는 말.
● 강작(强作) 억지로 함.

"그럼 아까 너희 감사가 수청 분부할 때 실심한 건 무슨 까닭이며 지금 예 와서두 눈살을 펴지 못하구 앉았는 건 무슨 까닭이냐?"

"지가 남과 같이 가식하는 재주가 없어서 속에 있는 근심걱정이 겉으루 나타나지 않도록 엄적 못하는 까닭이외다."

"네 속에 무슨 근심걱정이 있느냐?"

"사또 앞에 구구한 사정을 아뢰긴 황송하오나 물으시니 대강 아뢰겠소이다. 지가 늙은 어미가 있사온데 어미는 재령 사는 오라비에게 가서 있습구 저는 여기 사는 고모에게 얹혀 있소이다. 어미가 본래 다병한 사람이 무슨 급한 병으루 방금 죽게 되었는데 죽기 전에 저를 한번 보아지라구 한다구 어제 전인이 와서 즉시 말미를 얻으려구 청했습더니 행수가 저하구 무슨 혐의가 있는지 중간에서 훼방을 놀아서 못 얻었소이다. 남의 자식 되어서 죽는 부모 가슴에 못을 박아주면 살아서 무어하오리까. 저는 지금 죽구 싶은 생각밖에 아무 다른 생각이 없소이다."

"친환에 말미를 안 주다니 그런 일이 어디 있겠느냐? 내가 내일 김사과에게 말해주마."

"김사과라니요?"

"예방비장 말이다."

"예방 나리 말씀 한마디면 며칠 말미는 고사하구 몇달 말미라두 당장 허락이 날 것이외다."

"내일 어미를 보러 가두룩 해줄 테니 염려 마라."

초운이 얼굴에 안심하는 빛이 나타나며 턱을 괴고 있던 손이 무릎 아래로 내려왔다.

이튿날 식전에 감영 통인이 감사 전갈을 나왔을 때 순경사가 그 통인더러

"예방 나리께 바쁘신 일이 없거든 좀 나오시라구 말씀해라."

하고 말을 일렀더니 통인이 들어간 뒤 얼마 아니 있다가 예방비장이 나왔다. 밤 잔 인사수작이 끝난 뒤

"내가 자네게 청할 일이 하나 있네."

하고 순경사가 말하니

"무슨 청입니까?"

하고 예방비장이 물었다.

● 혐의(嫌疑) 꺼리고 미워함.

"저 초운이가 어미 병이 있어서 말미를 얻으려다가 못 얻었다네. 자네가 말해서 말미를 얻두룩 해주게."

"하룻밤을 자두 만리성을 쌓는단 말이 헛말이 아니올시다그려. 영감께서 특별 청하시는 일을 아니 들을 길이 있습니까. 영감 말씀대루 하겠습니다."

"내가 순상하구 공무를 좀 의논해야겠는데 어느 때쯤 좋겠나?"

"어느 때든지 좋을 줄 압니다. 그런데 영감께서 내일 떠나신다니 수일 동안 해주 구경이나 하시구 떠나시지요."

"공무가 바쁜데 한만히 구경하자구 묵을 수야 있나."

"여기서 어디루 가실랍니까?"

"재령을 거쳐서 봉산으루 가겠네."

예방비장이 초운이를 돌아보고

"네 어미가 봉산 어디 있다지?"

하고 물어서

"아니올시다. 재령읍에 있습니다."

하는 대답을 들은 뒤

"그럼 좋은 수가 있구나. 오늘 밤까지 순경사 사또를 뫼시구 내일 행차 뒤에 따라가거라. 말미는 내가 오늘 얻어놓으마."

하고 말하는데 순경사는 손을 홰홰 내저었다.

"왜 그러십니까? 초운이 같은 이쁜 기집을 하루라두 더 보시는 게 좋지 않습니까?"

"초운이 이쁘기는 곧 꿰어차구라두 가겠지만 순경사가 도둑놈 안 잡구 기생 싣구 다녔다면 말썽스러운 양사兩司에서 옳다꾸나 하구 들구 나서라구."

"대론˚이 무서우시면 내가 방지해드립지요."

예방비장의 실없는 말을

"나는 자네가 그런 힘이 있는 줄은 몰랐네."

순경사도 실없는 말로 대답하고 실없는 말끝을 그대로 계속하여

"초운이를 오늘 제 어미게루 보내주는 게 대론 방지하는 데 우물고누 첫수일세."

하고 말하니

"영감께서 정히 먼저 보내라시면 오늘 보내두룩 하겠습니다."

하고 예방비장이 대답하였다.

재령군수가 순경사 온다는 노문을 본 뒤 백성들을 내세워서 연로에 치도治道를 시키고 관속들을 내보내서 지경에 등대를 시키고 순경사의 사처를 친히 나와서 간검看檢하고 순경사의 조석 지공을 각별히 하라 색리에게 신칙하였다.

순경사가 이틀 밤을 해주서 자고 또 이틀 길로 재령을 왔다. 재령읍에 들어올 때 해가 아직 높이 있었으나 다음날 숙소참 봉산읍이 하룻길이 알맞은데 구태여 엇참을 댈 까닭이 없으므로 재령읍에서 그대로 숙소하게 되었다.

순경사가 사처로 나와보는 군수를 데리고 여러가지로 이야기를 하기도 하며 듣기도 하다가 관청색이 진배하는 저녁밥을 먹고 군수가 동헌으로 들어간 뒤 곧 취침하려고 의관을 벗을 때 기생 하나가 밖에 와서 문안을 드린다고 하여 불러들여 보니 곧 초운이었다.

● 대론(臺論)
사헌부와 사간원에서 하던 탄핵.

"너 이거 의외로구나. 그래 네 어미 병은 어떠냐?"

"천행으루 좋은 의원을 만나서 병을 돌렸답니다. 지금 보아서는 죽진 않을 것 같습니다."

"그거 다행한 일이다. 그래 저렇게 싱글벙글 좋아하는구나."

"저 좋아하는 속을 사또는 다 모르세요."

"나 모르는 좋은 일이 또 무어냐? 말해라."

"싫어요. 말씀 안 하겠세요."

"버르쟁이 없이 굴지 말구 얼른 말해라."

"역정을 내시면 말씀하지요. 사또를 다시 뵈니 좋아서 맘이 가득해요."

"네가 예 와서 말주변이 늘었구나. 해주서는 묻는 말 대답두 변변히 못하더니."

"해주서는 하루 통이 굶구 머리 싸구 누웠던 끝이니 생기가 날 까닭이 있습니까."

"오늘 밤 생기 난 때 다시 한번 수청을 들겠느냐?"

"불감청이언정 고소원입니다.'"

"네 자리옷˚을 가져와야겠지. 사람 하나 불러주랴?"

"지금 초저녁인데 어느새 취침하실랍니까. 길에 뻬치셔서˚ 곤하십니까?"

"비가 오는 바람에 잠은 달아났지만 이왕 잘 차비를 차렸으니 일찍 누워보자."

"약주 한잔 안 잡수시렵니까?"

"술이 어디 있느냐?"

"잡수신다면 제가 나가서 한 병 사들구 오겠습니다."

"술은 싫지 않지만 치운데 나갈 것 없다. 고만두어라."

"자리옷두 제가 가서 찾아와야 합니다. 이왕 나가는 길에 사가지구 오지요."

"그럼 술만 몇잔 사가지구 오너라. 안주는 찬합에 포쪽이 있다."

"지금 가서 한손에 술병 들구 한옆에 옷보퉁이 끼구 오겠습니다."

초운이가 간 지 한 식경이 못 되어서 얌전한 주안 한상을 사람 시켜 들려가지고 왔다.

"이게 웬 주안이냐? 출처 모르구는 안 먹겠다."

"제가 사또께 드리려구 아까 올 때 오라비에게 부탁을 해두구 왔었습니다."

"네 오라비는 여기서 무얼 하느냐?"

"장교를 다닙니다. 사또께서 재령서 군사를 조발하자면 제 오라비도 사또 휘하에 따라가게 된다구 오라비는 은근히 바라는 모양이지만 도둑놈하구 접전한단 소리에 앓던 어미는 그렇게 될까 봐 겁을 더럭더럭 냅니다."

"너는 뉘 편을 드느냐. 어미 편이냐, 오라비 편이냐?"

● 불감청(不敢請)이언정 고소원(固所願)이라 감히 청하지는 못할 일이나 본래부터 바라던 바를 뜻하는 말.
● 자리옷 잠잘 때 입는 옷.
● 삐치다 시달리어서 느른하고 기운이 없어지다.

"제야 물론 어미 편입지요. 앓는 어미를 두구 전장에 가라구 오라비 편을 들 리가 있습니까."

"그럼 네 오라비를 데리구 가지 말아달라구 나를 주안 대접하는 게냐?"

"지가 사또께 술을 안 드리면 그만 청을 못합니까. 그런 정 밖의 말씀을 하실 줄은 몰랐습니다. 야속합니다."

"그럼 정으루 주는 술을 정으루 먹을 테니 상을 이리 가져오너라."

순경사가 술을 서너 잔 먹고 고만두려고 하다가 초운이 권에 못 이겨서 예닐곱 잔가량 먹었다.

초운이가 주안상을 물려내서 들려가지고 왔던 사람을 주어 보낸 뒤 순경사 앞에 와서

"얼마 잡숫지두 않으시는 걸 공연히 잠만 일찍 못 주무시게 해서 황송합니다."

하고 사과하듯 말하였다. 순경사가 그 말대답은 안 하고

"자리옷은 어쨌느냐?"

하고 물으니

"저기 있습니다."

하고 초운이가 윗간 구석을 가리켰다.

"옷을 바꾸어 입어라."

"주무실랍니까? 그럼 먼저 누우십시오."

초운이가 윗간에 내려가서 자리옷을 바꾸어 입는 동안 순경사는 눕지 않고 앉아 있다가 초운이가 다시 아랫간에 와서 촛불을 물리려고 할 때 순경사가 촛불은 아직 그대로 놓아두고 앉으라고 명한 뒤 초운이의 무릎을 당겨 베고 누웠다.

초운이가 순경사의 얼굴을 내려다보며

"지가 이번 사또 덕택에……."

하고 말을 내다가 별안간

"사또란 칭호가 듣기 좋으세요?"

하고 딴소리를 물어서

"그건 무슨 소리냐?"

하고 순경사가 되물었다.

"제 맘에는 사또라구 부르는 게 영감마님이라구 부르는 것만 못할 듯해요. 정다워 들리지 않을 것 같아요. 인제부터 영감마님이라구 부를까요?"

"영감마님이라거나 영감이라거나 네가 부르구 싶은 대루 부르려무나."

"영감에 마님까지 받치지 않으면 더 정답지요. 그럼 영감이라구만 부를 테니 꾸중 마세요."

"오냐, 남 듣는 데만 그렇게 홀하게 부르지 마라."

"남 듣는 데는 사또라구 부르지요."

"그래 내 덕에 무에 어쨌단 말이냐?"

"영감 덕택으루 올에는 모녀 남매 한데 모여서 설을 쇠게 되었세요."

"말미를 얼마나 얻었기에 여기서 설까지 쇠게 되느냐?"

"한 달 얻었세요."

"많이 얻었구나."

"아주 특별한 일이에요. 말미 못 얻게 훼방 놀던 행수년이 용심이 나서 죽으려구 하겠지요."

"네 어미 병이 나아두 말미 기한을 다 채우구 갈 테냐?"

"그러면요. 그 얻기 어려운 말미를 하루라두 썩힐 까닭 있세요? 꼭 정월 초아흐렛날 여기서 떠날 작정인데요."

"내 덕으루 알거든 설 떡국 먹을 때 내 생각이나 해라."

"영감께서는 어디 가서 설을 쇠시겠세요?"

"어디 가서 쉴는지 나두 모른다."

"만일 황해도 내에서 설을 쇠시거든 지가 흰떡 싸가지고 쫓아갈까요?"

"그럼 작히나 고마울까."

"설에 쫓아갈 것 없이 이번에 아주 영감 가실 데를 앞질러가서 등대하고 있을까요?"

"그러면 더욱 고맙지."

"영감께서 바깥 물론만 꺼리시지 않는다면 지가 가겠세요."

"성가신 물의만 없으면 내가 너를 페어차구라두 가겠다."

"여기서 며칠 동안 묵으시면 공사가 낭팹니까?"

"며칠 동안 묵는다구 낭패될 건 없겠지만 일없이 묵을 까닭이 있느냐?"

"낭패만 없으시거든 묵으세요. 단 며칠이라도 더 뫼시고 지냈으면 좋겠세요."

"글쎄, 어디 생각해보자. 머릿속이 가려우니 좀 긁어다우."

"머리를 긁어드릴게 여기서 묵으시도록 잘 생각하세요."

초운이가 순경사의 탕건을 벗기고 머리를 긁다가

"영감 머리에 센털이 많습니다."

하고 호들갑스럽게 말하였다.

"왜 센털을 보니까 정이 떨어지느냐?"

"영감을 언제 젊으신 양반으로 알았을세 말이지요."

"그럼 나를 늙은이루 보았단 말이냐?"

"늙은이는 아니시라도 사십은 넘으셨지요."

"머릿속이 시원하니까 잠이 오는구나."

"그럼 자리에 가 누우세요."

그 밤을 지내고 이튿날 식전에 순경사는 노독이 났다고 자리에서 일어나지 아니하였다. 먼저 노문을 놓은 봉산에는 풍한風寒에 촉상˙되어서 수일 조리 후에 간다고 기별을 띄웠다.

봉산군수 이흠례가 순경사의 기별을 받고 문후할 겸 기병할 방침을 취품하려고 재령을 왔다. 순경사는 병중이라 옹금˙하고 앉아서 봉산군수를 접견하였다. 이흠례가 마산리에서 봉패한 원인을 말하는데, 도적을 업신여긴 것과 계책을 미리 정하지 않은 것과 지리를 상세히 알지 못한 것과 군기가 해이한 것과 지휘와 호령이 한 사람에게서 나지 못한 것을 열거하고 이번에 순경사가 열읍 군병을 통솔하고 청석골을 공격하면 일거에 소탕할 수 있으나 다만 청석골이 강원도 지경에서 멀지 않고 강원도에도 적굴이 있어 도적들이 강원도로 도주할 염려가 불무한즉 강원도 순경사에게 통기하여 양도 접경을 방비하게 한 후 청석골 공격을 시작하는 것이 득책이라고 진술하였다. 순경사는 재령을 아직 떠나기 싫은 욕심에 이흠례의 말을 유리한 말이라고 허여許與하고 본수와도 상의한다고 재령군수까지 불러내었다. 순경사가 두 군수와 상의한 결과 칠일 후인 이십일까지 양도 접경을 방비하여 달라고 강원도 순경사에게 통첩을 보내고 서흥부사와 평산부사에게 각기 기병할 준비를

● 촉상(觸傷)
찬기운이 몸에 닿아서 병이 일어남.

● 옹금(擁衾)
몸을 이불로 휩싸서 덮음.

차리고 등대들 하라고, 금교찰방에게 적굴 동정을 상세히 염탐하라고, 또 풍천부사가 군사에 익다고 하므로 풍천서 기병하여 이십일 이내에 재령으로 오라고 각각 관자를 부치었다.

청석골서 내행을 박연중이에게로 치송하던 날이 순경사가 재령 도착하던 날과 한날이었다. 청석골 내행이 박연중이 사는 동네에 들어갔을 때 박연중이가 이춘동이더러만 반갑지 않은 일이라고 말하고 다른 사람들에게는 조금도 싫은 내색을 보이지 않고 온챗집 세 채와 방 일곱과 그외에 방 둘을 억지로 변통하여 근 사십명 일행을 안돈을 시키었다.

박연중이 사는 동네가 땅은 해주에 붙었으나 읍은 재령이 가까워서 재령 읍내 장을 보는 곳인데 청석골 일행이 온 뒤 장날 장에 갔다온 사람이 재령 읍내에 순경사가 와서 묵는다더라고 말하여 다심한 늙은이 박연중이가 순경사의 동정을 자세히 알아보려고 맘을 먹고 이춘동이, 한온이 두 사람을 불러가지고 의논하였다. 황천왕동이는 내행을 따라왔다가 안돈들 하는 것만 보고 청석골로 도로 갔었다. 세 사람이 알아볼 도리를 의논한 끝에 이춘동이가 재령읍에서 멀지 않은 촌에 사는 처남을 찾아가보고 부탁하게 되었다. 이춘동이의 처남은 재령서 통인을 다니다가 어느 퇴리退吏의 데릴사위가 되어 처가살이를 하는 사람이라 저의 이력이 있는 위에 장인의 반연까지 있어서 재령 홍살문 안 일은 무슨 일이든지 알아낼 수가 있었다. 이춘동이가 처남 장가갈 때 와서 처남의 장인도 인사하고 처남의 댁도 상면하여 다 아는 처지인데 그 집에 와서 들어가지 않고 처남을 밖으로 불러내었다.

"형님, 오래간만이오. 어서 들어가십시다."
하고 처남이 집으로 들어가자고 끄는 것을

"내가 길이 바쁜데 들어가면 자연 지체가 될 터이니 못 들어가겠네. 자네가 나하구 같이 읍으루 들어가세."
하고 이춘동이가 뒤쪽으로 처남을 끌고 읍으로 들어오며 길에서 온 사연을 이야기하였다. 읍에 들어와서 이춘동이는 어느 술집에 들어앉고 처남은 순경사의 동정을 알아보러 갔다. 처남은 가장 쉽사리 알아보고 왔지만 이춘동이는 퍽이나 오래 기다린 듯하였다. 이춘동이가 술집에서 나와서 이번에는 자기 돌아갈 길로 처남을 끌고 오며 역시 길에서 처남의 이야기를 들었다. 순경사가 열이튿날 왔는데 하룻밤 자고 바로 봉산으로 간다고 하더니 열사흗날 아침에 갑자기 노독이 났다고 누워서 일어나지 않고 봉산군수를 오라고 기별하였던지 열나흗날 봉산군수가 와서 순경사 사처에서 본군수까지 셋이 한동안 밀담한 후 순경사는 그날 바로 각처에 관자를 부치고 봉산군수는 그 이튿날 봉산으로 돌아가고 또 본군수는 그 뒤부터 군사 조발할 준비를 차린다는 것이 이야기의 대강이었다. 처남이 이야기를 마친 뒤에

"순경사가 지금두 노독으루 앓는다던가?"
하고 이춘동이가 물으니 처남은 고개를 가로 흔들면서

"처음부터 멀쩡한 사람이 노독이 났다구 핑계하구 한 이틀 동

안 자리보전하구 지냈답디다."

하고 대답하였다.

"가려구 예정한 길을 갑자기 병 핑계하구 안 간 건 무슨 속내가 있는 일이겠지. 그 속내를 알아봤나?"

"재령 장교 김전돌이란 사람의 누이가 해주 감영 기생인데 순경사가 말미를 얻어주어서 먼저 그 오라비에게 와 있다가 순경사 오던 날부터 밤마다 수청을 든답디다. 순경사가 재령서 유진하는 건 그 기생 때문이라구 말들 합디다."

"순경사가 기생에게 반해서 묵을 일 없는 데서 묵는단 말인가. 그게 속내 모르구 하는 말들 아닐까?"

"무슨 속내가 또 있는진 몰라두 관가 일을 제일 잘 아는 통방에서 그렇게들 말합디다."

"순경사 일은 재령 관가 일이 아니니까 통방에서 잘 알지 못하기두 쉽지만 설혹 알더라두 말을 내서 못쓸 일이면 자네더러 말할 리 없겠지."

"말이 나면 목이 달아날 일이라두 나를 기이구 말 안 할 린 없을 게요."

"그래 다른 이야기 더 들은 건 없나?"

"들은 이야기는 그뿐이오."

"그럼 고만 자네는 들어가게. 나는 나대루 가겠네."

"내가 집에를 잠깐 다녀올 테니 형님 여기서 좀 기다리시우."

"왜 그러나?"

"나두 형님하구 같이 가서 누님 좀 보구 오겠소."

"이번에는 고만두구 이다음에 와서 보게."

"누님이 대체 지금 어디 기시우? 그거나 좀 가르쳐주구 가시우."

"지금은 집두 절두 없이 떠도는 셈일세. 어디든지 가서 자리를 잡구 살게 된 뒤 자네게 기별함세."

이춘동이가 처남을 작별한 뒤는 걸음을 부지런히 떼어놓았다. 부지런히 가고 부지런히 오건만 중간 지체에 하루해가 걸려서 이른 아침 먹고 나온 사람이 저녁 해질 때에 돌아왔다.

박연중이가 한온이와 같이 앉아서 심심풀이로 기묘년의 이문목견*한 일을 이야기하여 들리는 중에 이춘동이가 돌아와서 옛날 이야기는 끝 안 난 채 고만두고 이춘동이가 알아온 순경사 이야기를 같이 들었다. 이춘동이의 이야기를 다 들은 뒤 한온이는 대번에

● 이문목견(耳聞目見) 귀로 듣고 눈으로 본다는 뜻으로, 실지로 경험함을 이르는 말.

"큰일났네. 우리들 여기 와 있는 소문이 순경사 귀에 들어간 겔세."

하고 말하고 박연중이도 한온이의 말 뒤를 받아서

"그런 염려가 없지 않은걸. 그렇지 않으면 재령 와서 묵을 까닭이 있다구. 기생 때문에 묵는다는 건 말이 안 되는 것이 해주서 친한 기생이면 해주서 데리구 놀지 구차스럽게 말미를 얻어줘서 재령으루 보낼 까닭이 있나. 순경사가 감사에게 절제받는 관원이 아닌데 감사가 무서워서 해주서 묵지 못할까. 그러구 순경사가

아무리 호색하는 사람이라두 공무를 돌보지 않구 기생 때문에 묵을 린 만무할 겔세."
하고 말하였다. 이춘동이가 한온이를 보고

"나두 처음에는 자네 말하는 것 같은 의심이 들었는데 길에 오면서 곰곰 생각을 해보니 그런 건 아닌 듯하데. 만일 우리 여기 와 있는 것이 소문이 나서 순경사가 알았다면 여기를 벌써 와서 들이쳤지 이때까지 가만있을 겐가?"
하고 말하는데 한온이가 고개를 가로 흔들었다.

"어째 그렇지 않단 말인가?"
"우리의 허실을 자세히 몰라서 선뜻 들이치지 못하는 게지."
"순경사 휘하의 경병이 오십명이라두 재령서 군총을 뽑으면 적어두 이삼백명을 뽑을 텐데 그걸 가지구 조그만 산촌 하나 들이칠 엄두를 내지 못하겠나?"

"마산리는 대처라 오백여명이 몰려갔나? 내 생각엔 마산리에서 봉패한 것이 전감*이 되어서 단단히 준비하느라구 지체하는 것 같애. 우선 관자를 각처에 부쳤다는 것이 각처 군사를 모아들이는 것이겠지 별것이겠나."

"글쎄, 자네 말을 들으니 그럴 듯두 한데."
하고 이춘동이가 박연중이를 돌아보고

"만일 그렇다면 어떻게 해야 좋겠습니까?"
하고 물으니

"나는 내 식구두 안전하게 보호할 재주가 없으니 청석골에다가 기별해보게."

하고 박연중이가 대답하였다.

기별을 하려면 한 시각이라도 빨리 하는 것이 수라고 세 사람 의논이 일치하여 이춘동이가 그날 밤에 밤길로 떠나게 되었다.

두목, 졸개의 손재주 있는 사람을 뽑아서 도회청 넓은 대청에서 헌 군기들을 수보시키는데 김산이가 일을 하는 것을 동독하고 있는 중에 한눈팔던 졸개 하나가 급한 말로

"마산리 이두령이 오십니다."

하고 말하여

"이두령이 오시다니?"

하고 김산이가 밖을 내다보니 이춘동이가 도회청 옆을 지나서 대장 사랑으로 올라가는데 의복이 휘주근할* 뿐 아니라 사람도 의복같이 풀기가 없었다. 오지 않을 사람이 오는 것이 놀랍고 기운 씩씩한 사람이 기운 숙은 것이 이 더욱 놀라워서 김산이는 황황히 뛰어나오며

● 전감(前鑑)
거울로 삼을 만한 지난날의 경험이나 사실.
● 휘주근하다 후줄근하다.
옷 따위가 풀기가 빠져서 축 늘어져 있다.

"춘동이, 자네 웬일인가?"

하고 소리치고 이춘동이가 걸음을 멈추고 서는데 쫓아오며 또

"자네 어째 오나?"

하고 물었다.

"일이 있어 오네."

"무슨 일?"

"한두 마디루 이야기할 일이 못 되니 대장 사랑으루 가세."
"대관절 거기 별 연고는 없나?"
"아직은 아무 연고 없네."
"그런데 나는 자네 오는 걸 보구 무슨 큰 연고나 있는 줄 알구 깜짝 놀랐네. 식구 없는 내가 이럴 젠 식구 있는 사람들은 더할 것일세."
"내가 맡아가지구 간 식구들을 내버리구 오는 줄루 알았나?"
"자네 모양을 보구 방정맞은 생각이 왈칵 났네."
"내 모양이 무슨 일을 당하구 오는 사람 같은가?"
"자네가 풀기가 하나두 없으니 웬일인가?"
"어제 밤새두룩 밤길을 걸어오구 게다가 오늘 아침을 잘못 먹어서 지금 기운이 없어 죽을 지경일세."
"기운이 없는데 이러구 섰지 말구 어서 대장 사랑으루 가게."
"자네는 왜 안 가려나?"
"나는 지금 여러 사람 일을 시키는 중이라 못 가겠네."
"무슨 일인가?"
"흔 군기 손질시키는 거야."
"내 이야기는 안 들을라나?"
"여럿이 같이 들을 이야기면 나두 오라구 부르겠지. 나는 이따가 부르거든 갈 테니 자네 먼저 가게."

김산이는 도회청으로 도로 들어가고 이춘동이만 꺽정이 사랑으로 올라왔다.

꺽정이와 이봉학이가 사랑에 같이 앉았다가 이춘동이 들어오는 것을 보고 어째 오느냐, 무슨 연고가 있느냐 둘이 연달아서 묻는 바람에 이춘동이가 꺽정이에게만 겨우 절 한번 하고 이봉학이에게는 인사수작도 못하고 그대로 주저앉아서 어제 재령읍에 들어가서 순경사의 동정을 알아보고 곧 밤길로 떠나온 사연을 일장 이야기하였다. 꺽정이가 이춘동이의 이야기를 다 들은 뒤 이봉학이를 돌아보고

"식구들을 여기 두었으면 아직은 아무 염려 없는 걸 공연히 피난시킨다구 순경사 손에 갖다가 넣어준 셈이 되었으니 저걸 어떻게 하면 좋은가. 식구들을 도루 이리 데려온단 말인가, 우리들이 마저 그리 간단 말인가?"

하고 안식구 피난시키자구 주장한 이봉학이를 탓하듯 말하니 이봉학이가 머리를 잠시 숙이고 있다가 치어들고

"형님, 저 이두령더러 말 한마디 물어보구 나서 선후책을 의논하십시다."

하고 말한 뒤

"순경사가 각처루 관자를 부쳤다니 어디어디 부쳤다던가?"

하고 이춘동이더러 물었다.

"모두 다섯 군덴데 첫째 강원도, 그다음에……"

"강원도 어느 골?"

"강원도란 말만 들었소."

"황해도 순경사가 강원도 수령에게 관자할 까닭이 있나?"

"그래두 알아온 아이가 강원도라구 말합디다."

"그럼 관자가 아닐 겔세. 강원도 순경사에게 공문이나 사찰을 부친 모양일세. 그러구 그다음엔?"

"봉산, 서흥, 평산, 금교 네 군덴가 보우."

"봉산군수하구 상의하구 또 봉산에다가 관자를 할 리가 있다구?"

"봉산은 아니오."

"그럼 한 군데는 어디야?"

"어디든가? 그 골 이름이 입에서 뱅뱅 도는데."

"해준가?"

"아니오."

"재령서 가까운 신천, 안악, 문화 이런 골인가?"

"그런 군이나 현이 아니고 도호부 같은데."

"황해도 내 사도호부四都護府의 서흥과 평산은 들었으니 그 나머지 연안이나 풍천일세그려."

"옳지, 풍천이오. 풍천이 그렇게 얼른 생각이 안 났소."

"우리 식구들 있는 곳을 공격할 작정이면 첫째 해주서 군사를 조발할 것인데 해주가 어째 빠졌을까?"

"그 속은 모르겠네."

그동안에 이춘동이 왔단 말을 듣고 황천왕동이, 배돌석이, 박유복이, 길막봉이가 차례로 오고 맨 나중에 곽오주가 왔다.

먼저 온 다른 두령들은 이춘동이를 보고

"자네 왔나."

"웬일인가?"

이와같은 간단한 인사만 하고 이봉학이와 이춘동이가 문답하는 말을 가만히 듣고 앉았는데, 곽오주는 와서 앉으며 바로 이춘동이더러

"처음부터 이야기해야 나중 온 사람두 알지. 그 속을 모른다니 그 속이 대체 무슨 속인가?"

하고 두덜거리었다. 이춘동이가 순경사의 수상한 동정을 다시 이야기하여 여러 두령들에게 들려주는 동안에 이봉학이는 꺽정이와 선후책을 의논하였다.

"순경사가 우리하구 식구들하구 따루 떨어져 있는 것을 알구 우리와 식구들을 동시에 공격할 계획인가 봅니다."

"어째서?"

"식구들 있는 데만 공격할라면 강원도 순경사와 약속할 일두 없을 것이구 또 금교찰방에게 관자할 일두 없을 것 아닙니까? 내 요량에는 순경사가 자기 데리구 온 정병과 풍천, 재령 두 골 군총을 거느리구 식구들을 공격하구, 봉산, 서흥, 평산 세 골 수령과 강원도 순경사와 서루 호응해서 우리를 공격할 계획인 것 같습니다."

"식구들을 도루 데려오지 못하면 우리가 한 패는 거기 가서 식구들을 보호해야겠네."

"우리가 두 패루 갈리는 건 우리에게 대단 불리하니까 우리가

다함께 식구들 있는 데루 가는 것이 좋을 듯합니다."

"여기는 어떻게 하구?"

"여기는 내버리구 가잔 말씀입니다. 여기가 전 같으면 그대루 있을 만한 곳이지만 여기 지리와 우리 허실을 샅샅이 잘 아는 서림이가 조정에 귀순한 뒤에는 잠시두 맘놓구 있을 곳이 못 됩니다."

"여기를 아주 버린다면 우리가 어디루 가나 그걸 생각해봐야 하지 않나?"

"향일에두 말씀했지만 자모산성에 우선 웅거하구 앉아서 서서히 좋은 자리를 구하는 게 어떻습니까?"

"글쎄 자모산성을 가서 웅거한다니 있을 집두 없구 먹을 양식 두 없는 걸 어떻게 하나?"

"지금 토역˚을 할 수 없으니까 우선 급한 대루 목벽木壁으루 눈비 가릴 의지간이나 더러 만들구 또 산성 근방 동네 백성들을 으르구 달래서 손아귀에 넣어놓으면 과동過冬할 양식은 어떻게든지 변통이 될 줄 압니다."

"도회청 회의를 열구 여럿의 의견을 들어보세."

"도회청을 치우구 말구 할 것 없이 이 사랑에서 회의를 여시지요. 지금 오두령하구 김두령만 오면 다 모입니다."

꺽정이가 가까이 있는 신불출이를 보내서 오가와 김산이를 곧 오라고 불렀다.

오가와 김산이가 와서 두령 도합 아홉 사람이 자리들을 정돈하고 앉았다. 도중에 중대한 회의가 열리는 까닭에 여러 두령이 다 정숙하였다. 그중에 몸이 고단한 이춘동이는 어디 가서 눕고 싶으련만 그런 말을 감히 하지 못하였다. 꺽정이가 이춘동이의 온 까닭과 이봉학이의 낸 계책을 대강 이야기하고 끝으로 청석골을 아주 버리고 가는 것이 도중의 중대한 일이라 여럿의 의견을 들어보고 결정을 짓겠다고 말하였다. 꺽정이 옆자리에 앉은 오가가 꺽정이를 돌아보며

"일을 소상 분명히 알지 못하구는 의견을 말씀할 수 없으니까 일에 대해서 의심나는 걸 먼저 좀 여쭤보겠소."
하고 허두를 내놓은 뒤

"지금 식구들 가서 있는 데가 위태할 것 같으면 식구들을 어디루든지 다시 피난시킬 것이지 우리들이 새삼스럽게 피난갈 까닭이 무엇이오?" ● 토역(土役) 흙일.
하고 물었다. 피난간단 말이 꺽정이 비위에 거슬려서

"누가 피난간다구 말했소?"
하고 뇌까렸다.

"여기를 버리구 자모산성으루 간다니 그게 피난가는 게지 무어요?"
하고 오가의 들이대는 말에 꺽정이는 대답할 말이 막히어서 이봉학이를 보고

"자네가 말하게."
하고 대답을 떠맡기었다.

"여보 오두령, 나하구 이야기합시다."

"네, 말씀하시우."

하고 오가가 얼굴을 이봉학이에게로 돌리었다.

"지금 식구들 가서 있는 데가 위태하니 우리가 가서 보호하거나 그렇지 않으면 식구들을 도루 데려오거나 어떻게든지 해야지 그대루 내버려둘 수는 없지요?"

"식구들을 그대루 내버려두다니 말이 되우? 그런 말은 물을 것두 없소. 다른 말 길게 할 것 없이 대장께 여쭤본 말씀을 다시 한번 말씀하면 자모산성이구 어디구 안전할 데루 식구들을 다시 옮기는 건 부득이한 일이겠지만 여기서 관군을 대항하기루 작정한 우리가 갑자기 여기를 버리구 다른 데루 옮겨갈 까닭이 무어냔 말씀이오."

"우리가 지금 여기두 지키구 식구들두 가서 보호하자면 힘이 두 군데루 나누일 텐데 부족한 힘을 두 군데루 나눴다간 두 군데서 다 낭패 보기가 쉬우니까 여기는 아주 비워버리구 식구들 있는 데루 같이 가서 순경사 대군과 거기서 접전하거나 형편 봐가며 자모산성에 가서 웅거하구 대항하는 것이 우리에게 가장 유리할 줄루 나는 생각하우."

"자모산성이 어떤 곳인지 나는 가보지 않아서 모르지만 거기두 안전친 못할 것이오. 우리가 가서 산성 안 백성은 어떻게 잘 처치하더라두 산성 근방 백성들 입에서 소문이 퍼져나가면 관군이 곧 뒤쫓아올 것 아니오."

"자모산성으루 피난하러 가자는 줄 아시우? 아니오, 자모산성에 웅거하구 앉아서 관군에 대항하잔 말이오. 소문나는 걸 저어할 게 무어 있소."

"관군에 대항하기루 말하면 여기가 자모산성보다 훨씬 낫지 않겠소? 다른 설비는 고만두구 군량 한 가지만 가지구 말하더라두 여기는 지금 관군이 수설불통[•]하게 에워싸두 한 달쯤 넉넉 지낼 군량이 있지 않소. 그것만 해두 어디요."

"그건 그렇지만 우리가 아무 승산 없이 여기 앉았으면 한 달 지내구 그 뒤는 어떻게 하우? 서림이가 여기를 목표 대구 꾀를 내바쳤다는데 서림이 모르는 자모산성 같은 데 가서 접전을 하게 되면 서림이 꾀가 어긋나서 우리게 유리할 것 아니오. 군량으루 말하면 옛날 유명한 장수는 군량을 일부러 없애버리구 대적과 접전한 일두 있답디다. 군량이 넉넉치 못한 게 되려 접전에 이가 될는지 누가 아우."

• 수설불통(水泄不通) 물이 샐 틈이 없다는 뜻으로, 경비나 단속이 엄하여 교통이나 통신 또는 비밀 따위가 새지 못함을 이르는 말.

"여기를 버리구 자모산성으루 옮기자는 건 구경 서림이가 무서운 까닭이구려."

"서림이의 꾀를 꺾어놔야 우리게 승산이 많으니까 그 꾀를 꺾잔 말이지, 서림이가 무서울 거야 무어 있소."

"우리가 다년 근사를 모아서 이만큼 만들어놓은 근거를 헌신짝같이 버리구 다른 데루 간다는 게 순전히 서림이 때문이니 그게 무섭진 않아두 똥 싸는 격이오."

"청석골을 버리구 가는 게 우리게 유리하면 버리구 가는 게지 아깝다구 지키구 앉았다가 낭패 볼 까닭 있소? 우리가 만일 이번 접전에 지는 날이면 서림이란 놈을 공명시켜 주게 될 테니 사람이 애성이 있지 않소. 이번 접전은 어떻게든지 꼭 이겨야 하우."

"서림이가 잘될까 봐……."

하고 오가가 이봉학이의 말을 뒤받으려고 말시초를 낼 때 황천왕동이로부터 시작하여 맨 나중 박유복이까지 여러 두령이 모두 이봉학이의 말이 옳다고 떠들어서 오가의 말은 마침내 중동무이되고 말았다.

오가가 한동안 입술을 빼물고 앉았다가 꺽정이를 보고

"여러분은 죄다 자모산성패가 되어버려서 다른 의견이 더 없을 모양이구 나 하나만 청석골패루 떨어졌는데 좋은 의견을 낼 주제가 못 되니 대장께서 잘 생각하셔서 얼른 결정지으셨으면 좋겠소. 일이 결정난 뒤에 나는 따루 대장께 청할 일이 한 가지 있소."

하고 말하여

"따루 청할 일이 무어요?"

하고 꺽정이가 물었다.

"일을 결정지으신 다음에 나중 말씀하지요."

"먼저 말하나 나중 말하나 마찬가지 아니오? 말하우."

"말하시라면 먼저라두 말씀하리다. 그건 다른 청이 아니라 만일 여기를 버리구 가기루 작정하시거든 나만은 여기 남아 있게 해달란 청이오. 내가 여러분 뒤를 따라가서 조금이라두 조력할 일이 있으면이야 이런 말씀을 어찌 하리까만 쓸데없는 나이는 많구 특별한 재주는 없구, 말하자면 도중의 무용지물이니까 옛 소굴의 지킴 노릇이나 하게 해주시우."

"그건 허락하기 어려운 청이오."

"청해서 허락을 못 받으면 나중에 장령 거역하구 군율이라두 받을는지 모르겠소."

"오두령두 반심이 생겼소?"

"반심이라니 그게 무슨 말씀이오? 하늘이 내려다보시지 내가 서림이같이 반복한 놈이란 말씀이오?"

"그러게 장령 거역한다는 게 웬 소리요?"

"나는 여기를 버리구 가느니 차라리 여기서 죽구 싶소."

"진정이오?"

"진정이다뿐이오. 나는 청석골서 죽는 게 고소원이오."

"진정 그렇다면 내가 다시 생각해봐서 회의 끝난 뒤에 말하리다."

꺽정이가 오가와 수작을 그치며 바로 여러 두령들더러

"너희두 다른 의견이 있거든 다 말들 해라."

하고 말을 일렀다.

"오두령이 혼자 뒤에 떨어진다니 그게 말이 됩니까? 안 될 말입니다."

"안 간다구 어거지를 쓰면 목을 빼가지구 가나요 어쩌나요. 할 수 없지요."

"오두령은 차치물론하구 졸개들까지두 다 각각 자원을 받는 게 좋을 듯합니다."

"자원을 받으면 군기가 문란해집니다. 군령으루 시행해야 합니다."

"도중 상하 백여명이 한데 몰려가면 군량 변통이 참말 큰일입니다."

"접전을 하자면 졸개가 많을수룩 좋을 텐데 있는 것들을 두구 갈 까닭이 있습니까. 군량은 노략질해서 먹일 수가 있지만 졸개 야 노략질해서 쓸 수가 있습니까."

"마산리서 지내보니까 졸개들 없는 것이 되려 주체궂지 않아 서 좋습디다."

여러 두령이 이런 말들을 옥신각신 지껄일 뿐이고 청석골을 버리고 가는 데 대하여는 오가의 말과 같이 다른 의견들이 없었다. 꺽정이가 마침내 식구를 보호하러 가기로 결정을 지어서 말한 뒤에

"오두령의 청은 어떡할까?"

하고 이봉학이를 돌아보니 이봉학이는 오가의 가고 안 가는 것을 대수롭게 알지 않는 듯

"오두령 생각대루 하라시는 게 좋겠지요."

하고 대답하였다. 박유복이가 이봉학이의 뒤를 받아서

"오두령이 혼자 떨어져 있겠다는 건 망령의 말입니다. 허락하

지 마십시오."

하고 말하는 것에 꺽정이가 미처 대답하기 전에 먼저 오가가 볼멘소리로

"여보게 이 사람, 자네가 이 늙은 놈이 효수당하는 걸 눈으루 보구 싶은가. 자네가 그런 말씀 하는 건 일가에서 방자하는˙셈일세."

하고 박유복이를 나무랐다.

"왜 자청해서 효수를 당한단 말이오. 그게 망령이지 무어요?"

"망령이거나 본정신이거나 하여간 나는 죽으면 죽었지 청석골을 버리구 다른 데루 가진 못하겠네."

"왜 전에 없이 공연한 고집을 세우시우?"

"내가 이번 고집이 처음 겸 마지막일세."

"처음이구 마지막이구 고집 세울 까닭이 무어요? 나는 까닭을 모르겠소."

"나는 청석골에 살지 못하면 청석골서 죽는 것이 신상에 편한 까닭일세."

"순경사 난리 치른 뒤에 다시 와서 살면 고만 아니오. 공연한 고집 세우지 마시우."

"내가 남유달리 청석골에 정이 깊이 들어서 잠시두 떠나구 싶지 않은 걸 어떻게 하나."

박유복이는 오가의 얼굴을 뻔히 보며 쓴 입맛을 쩍쩍 다시는데 황천왕동이가 박유복이 대신 나서서

• 일가에서 방자한다
일가친척끼리 서로 허물을 잡고 탓하며 남에게까지 들추어내어 화근을 만든다는 뜻으로, 서로 돕고 화목하게 지내야 할 사람들이 화목하지 못함을 이르는 말.

"여보, 당신이 청석골에 정이 깊이 들어서 잠시두 떠나구 싶지 않다는 건 멀쩡한 거짓말이오."
하고 오가의 말을 타박하였다.
　황천왕동이 타박에 오가는 골을 벌컥 내며
　"내가 거짓말을 했으면 사람의 새끼가 아닐세."
하고 맹세지거리를 내놓았다.
　"청석골에 정이 들어서 잠시두 떠나지 못하겠단 말이 그래 정말이오?"
　"거짓말루 알아두 고만이지만 남의 말을 무턱대구 거짓말이라구 타박하는 법이 어디 있나. 아무리 우리네 무간한 사이라두 그건 인사불성일세."
　"내 생각엔 거짓말이 분명한 걸 어떡하우."
　"무어야, 거짓말이 분명해? 이 사람이 뉘 부아통을 터뜨릴 작정인가. 분명하거든 분명한 증거를 대게."
　"올 여름 광복길은 마누라님 병환 급보를 듣구 경황없이 간 게니까 말할 것 없지만 작년에 광복 갈 때 어째 그런 말이 없었소? 작년까지 설들었던 정이 올해 와서 갑자기 깊이 들었단 말이오? 그게 거짓말 아니구 무어요."
　오가가 오금을 박히고 할 말이 없는 것같이 한참 아무 소리 못하다가 풀기없이 한숨을 한번 쉬고 나서
　"작년 광복두 나는 가구 싶지 않은 걸 죽은 마누라쟁이가 발동을 해서 마지못해 갔었네. 말하자면 마누라쟁이 죽을 자리 보러

가는 데 따라간 셈일세."

하고 스러져가듯 말하였다.

"당신이 전에는 판관사령 구실하느라구 마누라님 꽁무니를 따라갔지만 지금은 묘지기 노릇하느라구 마누라님 산소 밑을 떠날 수 없는 게지. 당신이 돌아간 마누라님 위해 세상에 난 사람인 건 내남없이 다 아는 터인데 그렇게 실토루 말하면 누가 무어라겠소."

"자네 조롱은 내가 받아 싸지만 내 진정은 자네가 좀 덜 알았네."

"당신 속을 내가 꿰어뚫구 보듯이 알았지, 무슨 소리요."

"자네가 아무리 소명하기루서니 내 속이야 나만큼 잘 알겠나. 마누라의 무덤두 내가 여기 있어 수호해야 묵뫼가 안 되겠지만 그보다두 내가 죽어서 묻힐 땅이 여기니까 나는 여길 떠날 생각이 없네."

"죽어 묻힐 땅이란 게 죽은 뒤 마누라님하구 한구덩이에 묻히잔 말이 아니오. 내가 덜 알긴 무얼 덜 알아."

황천왕동이가 오가 오금박는 것을 빙그레 웃고 보던 꺽정이가 홀제 정색하고

"도중 공론하는 자리에 실없는 소리 작작 지껄여라."

하고 황천왕동이를 나무란 뒤 오가를 돌아보고

"그래 정말 죽기 한사하구 여기를 못 떠나겠소?"

하고 다져 물으니 오가는 선뜻

"내 소회는 다시 더 말할 것이 없소. 인제 좌우간 대장 처분만 바랄 뿐이오."

하고 대답하였다. 꺽정이는 청석골을 아주 비워버리고 가느니 한 끝을 남겨두는 것이 마음에 합당하여

"그러면 오두령은 아직 여길 지키구 있어 보우."

하고 오가의 청을 들어주었다. 여러 두령 중에 박유복이가 얼굴에 좋지 않은 기색을 나타내는 것이 꺽정이의 처분을 언짢게 여기는 모양이나 본래 입이 굼뜬 사람이 더구나 대장의 처분을 거슬러 말하기가 어려워서 말은 못하고 끙끙거리기만 하였다. 오가가 이것을 보고

"자네가 또 일가에서 방자할 생각인가? 앗게, 앗게."

하고 손을 홰홰 내저은 뒤 곧 꺽정이를 보고

"내가 대장 위해서 청석골 유수 노릇을 잘할 테니 대장께서 소원 성취하시는 날 나를 송도유수루 승차나 시켜주시우."

하고 너털웃음을 내놓았다. 오가가 수다떠는 바람에 박유복은 말문이 열리지 못한 채 그대로 막히었다. 꺽정이가 오가의 실없는 말에는 대꾸 않고

"누구든지 가구 싶지 않은 사람은 오두령하구 같이 여기 남아 있어두 좋다."

하고 좌우쪽 여러 두령들을 돌아보니 배돌석이, 황천왕동이, 곽오주, 길막봉이 네 사람은 혹시 자기들더러 남아 있으랄까 겁내듯이 간다고 뒤떠들고 이봉학이, 박유복이, 이춘동이, 김산이 네

사람은 잠자코 있었다. 이봉학이는 청석골을 통이 비위버리고 가자고 주장하는 사람이고 이춘동이는 길라잡이로 가야 할 사람인즉 다시 가네 안 가네 말할 나위가 없지마는 박유복이와 김산이는 남아 있을 의향이 있는 것같이 보이었다. 꺽정이가 먼저 박유복이더러

"너는 오두령하구 같이 여기 있을라느냐?"

하고 물으니 박유복이는

"아니오, 갈랍니다. 오두령은 망령으루 안 간다지만 제야 왜 안 가요."

하고 대답하고 그다음에 김산이더러

"너는 여기 있을 테야?"

하고 물으니 김산이는 처음에

"가든지 있든지 대장께서 하라시는 대루 하겠습니다."

하고 두둥싸게 대답을 하였다가 접전이 무서워서 갈 생각이 적으냐고 황천왕동이에게 조롱받고 또 다른 사람이 다 간다고 분명히 말하는데 혼자 두둥싸게 말한다고 이춘동이에게 책망 듣고

"저두 가겠습니다."

하고 고쳐 대답하였다. 꺽정이의 명령이 아니면 오가와 같이 남아 있을 두령이 하나도 없는데 꺽정이가 명령하지 않고 가고 안 가는 것을 두령들 자의대로 하라고 말하여 오가 하나 빼놓고 두령이란 두령은 다 가게 되었다.

두목과 졸개들은 어떻게 하느냐 의논이 났을 때 박연중이 사는

동네 형편이 두목, 졸개를 다 끌고 가면 우선 잠시라도 들여앉힐 처소가 없는데 추운 동절에 한둔도 시킬 수 없고 난처하다고 이춘동이가 말하여 신불출이, 곽능통이 두 시위 외에 두목, 졸개 십여명만 뽑아서 데리고 가고 그 나머지 팔십명 사람은 아직 오두령에게 맡겨두자고 의론이 귀일하였다. 갈 바에는 한 시각이라도 빨리 가는 것이 좋고 또 청석골을 비우다시피 하고 가는 것을 가근방 백성들에게라도 알리지 않는 것이 좋다고 이날 밤에 밤길로 떠나기로 하고 말과 노새를 있는 대로 다 타고 가는 것이 좋고 또 군용에 쓸 재물을 넉넉히 가지고 가는 것이 좋다고 두령 외에 시위들까지 다 부담을 태우기로 하여 대무한 것만 꺽정이가 작정한 뒤 그외에 여러가지 길 떠날 준비는 이봉학이에게 통이 쓸어맡기었다. 회의 파한 뒤에 이봉학이가 곧 도중 재물 맡은 박유복이와 도중 살림 보는 김산이를 데리고 길 떠날 준비를 차리는데, 이봉학이는 청석골을 다시 올 생각이 없는 사람이라 병장기에 쓸 만한 것과 재물에 가지고 갈 만한 것을 하나 남기지 않고 다 골라서 부담 속을 채우고 남는 것은 데리고 갈 두목, 졸개의 질 짐을 만들게 하였다. 가지고 갈 물건을 손모아놓은 것이 너무 많아서 되골라 내놓았건만 부담 스무 짝 외에 짐 열댓 짝이 착실히 되어서 대개 열 명쯤 뽑으려던 두목, 졸개를 짐짝 수효대로 늘려 뽑았다.

청석골 안이 술렁술렁하는 중에 저녁이 지나고 밤이 되었다. 대장이 탈 황부루에만 안장을 지우고 두령과 시위가 탈 말과 노새 열 필에는 부담을 실리고 두목, 졸개 열다섯은 저희들의 질 짐짝을 각기 맡아 가졌다. 혼자 떨어져 있을 오가가 꺽정이에게 하직하고 여러 두령과 면면이 작별할 때 생리 곧 사별이 될 것같이 앞짧은소리를 많이 하였다. 황천왕동이가 오가를 조롱하느라고 자발적게* 조상하는 시늉으로 곡하는 소리를 내었다가 꺽정이에게 호되게 꾸지람을 들었다.

 섣달 스무날께 가까운 때 밤길을 가자니 춥기야 춥지마는 이삼일 전보다 추위가 훨씬 풀리고 또 달이 새벽까지 밝은 까닭에 밤길이라도 낮길 못지않게 많이 갔다. 일행이 많고 그중에 무거운 짐을 진 짐꾼이 많아서 홀가분하게 차린 단신 행인같이 길이 빠르지 못하지만 이튿날 해전에는 박연중이 사는 동네를 대어 들어갈 수 있었다. 이춘동이 떠나온 뒤 무슨 일이 났는지 몰라서 중로에서 황천왕동이를 보행으로 먼저 보내보았다. 황천왕동이는 안식구들 갈 때 한 번 갔다온 길이라 나는 듯이 가서 보고 저녁때 수십리 밖까지 되마중을 나와서 동네가 무사하고 백손 어머니가 지난밤에 순산 생녀하였다는 소식을 알리었다. 노산이고 더구나 오래 단산한 끝에 순산한 것이 천만다행이라고 여러 두령들은 꺽정이에게 분분히 치하하나 꺽정이 당자는 욕심으로

  "이왕 나면 쓸 자식이나 날 것이지."

하고 시쁘*하였다.

 산기슭에 일자로 붙은 동넷집이 게딱지 같은 것까지 수효에 넣어 쳐야 열에 겨우 하나 더한 열한 집뿐이었다. 동네 사람은 남녀

* 자발적다 자발없다. 행동이 가볍고 참을성이 없다.
* 시쁘다 마음에 차지 아니하여 시들하다.

노소 합해야 불과 이십여명이나 배보다 배꼽이 더 큰 셈으로 두 번에 온 청석골 일행이 짐승은 치지 말고 사람만 근 칠십명인즉 아홉 집이 사람 사태에 파묻히지 않을 수 없었다. 양식은 미리 준비하여 놓은 까닭에 식사는 외려 여차고 방 간은 갑자기 늘릴 도리가 없는 까닭에 방에 잘자리 부족한 것이 제일 큰 탈이었다. 여편네는 여편네끼리 사내는 사내끼리 각각 몰려 자고 집집마다 부엌까지 사람이 자도록 변통하였건만 그래도 주인의 수하 사람과 손의 졸개들 자는 곳은 몸을 눕힐 틈이 없어 서로 기대고 앉아서 눈들을 붙이었다. 방이 어떻게 째이든지 백손 어머니 해산방에도 같이 자는 사람이 방안에 그들먹하였다. 여러 사람이 한방에서 같이 자게 되니 자연히 방문을 수세게˚ 여닫아서 집안의 산모가 촉상이 되었다.

  청석골 두령, 시위들은 박연중이 큰집 이간 사랑방에서 자고 꺽정이는 박연중이를 따라 그 작은집 건넌방에 와서 같이 잤다. 방이 단간이나 단둘이 자기에는 비좁지 아니하였다.

  이튿날 식전 꺽정이가 기침하기 전에 시위들이 와서 대령하고 있었고 기침한 뒤 여러 두령이 와서 문후들 하고 가고 소세하고 조반까지 먹은 뒤 아들 백손이가 문안하러 와서 일찍 올 것인데 의원 허생원을 불러다가 어머니의 병을 보이느라고 늦었다고 말하고 어머니의 병을 고모는 산후발˚이라고 하는데 허생원은 감기로 집증˚하더라고 이야기하였다. 꺽정이가 안식구들을 찾아볼 겸 동네를 한번 돌아보려고 백손이를 데리고 나섰다. 다른 두령들은 전날 들어오는 길로 식구들을 찾아보았지만 꺽정이는 박연 중이와 사랑방에 같이 앉았다가 잘 처소에 같이 와서 잔 까닭에 와서 본 백손이 외에 다른 식구는 아직 보지 못하였던 것이다. 백손이 말이 고모도 어머니 해산방에 같이 있다고 하여 꺽정이가 먼저 누님과 산모를 보려고 해산방으로 오는 중에 이봉학이와 박유복이가 앞에 가는 것을 보고

"어디들 가나?"

하고 소리하였다. 두 사람은 일시에 돌쳐서서 꺽정이에게로 마주왔다.

"황천왕동이가 아까 아주머니를 가 뵙구 와서 밤새 병환이 나서 대단하시더라구 하기에 우리는 밖으루라두 잠깐 다녀올라구 가는 길입니다."

- 수세다 매우 세차다.
- 산후발(産後發) 산후 발한.
- 집증(執症) 병의 증상을 살펴 알아내는 일.

이봉학이가 백손 어머니에게 문병하러 가는 것을 말하니 꺽정이가 턱으로 백손이를 가리키며

"저 자식이 의원을 불러다 뵈니까 의원 말이 감기라구 하더라네. 대단친 않은 게지."

하고 대답한 뒤

"그러나 나두 지금 그리 가는 길이니 같이들 가세."

하고 두 사람과 같이 가는데 백손이는 길 인도하라고 앞세우고 두 사람은 뒤에 딸리었다. 꺽정이가 동네 뒷산을 살펴보며 천천히 가는 중에 조그만 집에서 떠들썩하게 지껄이는 사내들 말소리가 들리었다.

"대체 이게 무슨 고생인가."

"난리 피난온 사람들 땜에 우리가 난리를 만났네."

"아직 언제 갈는지 모르지?"

"언제든지 가긴 가겠지."

"그따위 오뉴월 쇠불알* 같은 소리 하지 말게. 그동안 우리는 다 죽으란 말인가. 사람이 밤에 잠을 자야 살지 않나."

"자네들 사정 봐서 내가 다 쫓아버릴까? 허허허."

"영감에게 등장을 들어보세."

"영감은 무슨 별수 있는 줄 아나? 영감두 속은 짠 모양이데."

"그럼 우리가 모두 각각 단봇짐들을 싸세."

박연중이 수하 사람들이 밖에 지나가는 청석골 두령들 들거라 하고 떠드는 것 같았다. 꺽정이가 고개를 숙이고 그 집 앞을 다 지나온 뒤 홀제 걸음을 멈추고

"우리 오늘 가세."

하고 뒤에 오는 이봉학이를 돌아보았다.

"어디루 가잔 말씀입니까?"

"어디루든지 가야겠네."

"청석골서 올 때두 말씀했지만 자모산성으루나 가시까요?"

"자모산성두 좋으니 오늘 식구들 다 끌구 그리 가세."

"오늘이야 어떻게 갑니까."

"왜 못 가?"

"산성 안 백성들 처치라든지 양식이나 부정지속 변통이라든지

다 먼저 해놓구 가야 하지 않습니까."

"가 앉아서 처치할 거 처치하구 변통할 거 변통하면 되지 않나."

"그러구 아주머니를 오늘 어떻게 뫼시구 갑니까. 삼두 아직 안 나갔구 더구나 병환중인데."

"갈 수 없는 사람은 아직 여기 남겨두구 가지. 동네 인심이 그 악하기루서니 식구 몇간 남아 있는 거야 설마 민주대겠나.'"

"오늘 식구들을 다 끌구 가려면 길 떠나기가 자연 늦을 테니 내일 일찍 떠나두룩 준비를 차리게 하구 오늘 선진 한 패를 보내서 내일 일행이 들어가기 전에 우선 산성 안 집들이나 비워놓게 하면 좋을 것 같습니다."

"그럼 자네는 얼른 가서 선진 보낼 사람들을 작정하게. 나는 연중이 노인한테 내일 떠난단 말이나 하구 자네네들 있는 데루 나감세."

"이왕 여기까지 오셨으니 아주머니께 잠깐 다녀가시지요."

"나중에 다시 와서 보지. 어서 도루 가세."

"백손아, 너만 가거라."

꺽정이가 백손이는 혼자 보내고 이봉학이, 박유복이 두 사람은 다시 뒤에 딸리고 천천히 가던 길을 바쁜 걸음으로 돌아왔다.

이봉학이와 박유복이가 사랑방에 와서 여러 두령 중에 밖에 나간 사람까지 다 불러모아놓고 상의한 끝에 박유복이, 배돌석이, 황천왕동이, 길막봉이, 이춘동이 다섯 두령이 두목, 졸개 십여명

● 오뉴월 쇠불알 늘어지듯 매우 축 늘어지게 행동하는 사람이나 그런 성질을 지닌 사람을 비유적으로 이르는 말.
● 민주대다 몹시 귀찮고 싫증나게 하다.

을 데리고 선진으루 가기로 대개 작정하고 짐짝에서 가지고 갈 병장기들을 꺼내놓는 중에 꺽정이가 나와서 갈 사람 작정한 것을 듣고 이봉학이더러

"자모산성으루 가는 데 일체 일을 자네게 맡길 테니 자네가 선진을 거느리구 가게."

하고 말을 일렀다.

"아까 의논들 할 때 유복이두 나더러 가는 게 좋겠다구 말을 합디다만 나는 여기서 안식구들 길 떠날 준비를 시키려구 빠졌습니다."

"길 떠날 준비야 별거 있겠나. 여기 남은 사람이 시켜두 넉넉할 테니 염려 말구 가게."

"네, 형님 분부대루 선진을 맡아가지구 가겠습니다."

"그러구 오주는 왜 여기 남겨두나. 오주두 마저 데리구 가게."

"그럼 내일 내행들 올 때 배행할 사람이 아주 부족하지 않겠습니까?"

"아니 오주를 내행 배행할 사람으루 남겨놨나? 만일 어린애들이나 울면 길에서 미쳐 날뛰라구."

"오늘 산성 아랫동네 도평 가서 동네를 모아놓구 우리 일에 거행을 잘하두룩 일러두자구 의논들 했는데 오주가 가서 만일 해거나 부리게 되면 우리 위신이 상하지 않습니까. 그래서 오주는 빼놨습니다."

"유복이가 가는데 무슨 염련가. 오주를 다잡는데 유복이 윗수

갈 사람이 또 어디 있나."

 꺽정이의 말과 같이 곽오주를 다루는 데는 박유복이만한 사람이 다시 없었다. 곽오주가 어린애 우는 소리에 광증이 발작될 때 꺽정이의 호령질로도 제지는 되지마는 박유복이는 곽오주의 뒤를 지성스럽게 쫓아다니며 발작 안 되도록 미리 단속하고 혹시 발작되더라도 앓는 아이 다루듯 하여 곱게 가라앉히고 꺽정이같이 큰 소리를 내지 아니하였다.

 먼저 가기로 작정한 다섯 두령 중에 이춘동이가 그 모친에게 간단 말 하고 온다고 나가더니 한동안 착실히 지난 뒤에 와서 무슨 말을 할 텐데 입이 잘 떨어지지 않는 모양으로 주저주저하여

 "무슨 할 말이 있나?"
하고 꺽정이가 물으니 이춘동이는 그제야 입이 떨어져서

 "나는 내일 내행 갈 때나 가겠으니 오늘 선진에서 빼주시우."
하고 말하였다.

 "오늘은 못 갈 일이 무언가?"
 "지금 어머니께 가서 나는 먼저 자모산성으루 가니 나중 오시라구 말씀했더니 어머니가 억지공사루 나더러 여기나 그대루 있지 다른 데루는 갈 생각 하지 말라구 말하십디다. 그래서 모자간에 그러니 안 그러니 한참 말다툼을 하다시피 한 끝에 나는 갑니다 하구 나오니까 어머니가 뒤에 쫓아나오시면서 너는 가거나 말거나 나는 안 간다. 자식이 어미 말을 안 들으면 모자간 의절이다 하구 소리소리 지르십디다. 공연한 망령의 말씀이지만 내가 오늘

그대루 가면 참말 뒤에 안 오실는지 모르니까 사리대루 말씀을 잘해서 의향을 돌려가지구 내일 일행에 같이 가시두룩 할 생각입니다.”

"오늘 갈 일행 중에 대궐고갠가 어디루 가는 직로를 잘 아는 사람이 자네뿐인데 자네가 안 갈 수 있나. 가게. 자네 어머니가 다른 데루 가기 싫다시면 여기 기시게 하구 자네도 나중에 다시 와서 뫼시구 있게그려. 자네가 어머니를 뫼시구 있거나 우리를 따라오거나 그건 나중 다시 이야기할 셈 잡구 오늘은 가게.”

꺽정이 말에 이춘동이는 네 대답을 아니하지 못하였다.

이봉학이가 다섯 두령 외에 곽오주까지 두령 여섯 명과 두목, 졸개 열 명을 거느리고 늦은 아침때 길을 떠났다. 도평을 해지기 전에 대어보려고 점심참 외에는 별로 쉬지도 않고 길을 걸물았건만 짧은 해에 칠십리 길을 오자니 자연 일력이 모자라서 캄캄 어두운 뒤 겨우 대어왔다.

도평 동네 존위의 집이 동네 중에 제일 잘 견디는 집이고 또 집도 큼직한 것을 잘 아는 이춘동이가 일행을 그 집으로 인도하였다. 겉으로 위풍을 부리려고 동구 밖에서 봇짐에 싸가지고 온 병장기들을 꺼내서 혹 손에도 들고 혹 몸에 지닌 까닭에 그 집에서는 아닌 밤중에 난리가 쳐들어온 줄 알고 경겁들 하였다. 이봉학이가 주인을 불러서 하룻밤 자고 갈 뜻을 말하고 경겁하지 말라고 안위를 시켰다. 주인이 늙어서 눈이 어둡던지 또는 놀라서 정신을 잃었던지 처음에는 이춘동이를 보고도 몰라보다가 나중에

야 비로소 이춘동이의 얼굴을 빤히 보면서

"자네가 마산리서 대장일하던 춘동이 아닌가?"

하고 알은체하였다. 주인의 말이 입에서 떨어지자마자 첫밭에 배돌석이가 나서서

"아니꼽살스럽게 뉘게다가 하게야."

하고 책을 잡고 그다음에 황천왕동이가 또 나서서

"마산리 대장쟁이는 하게를 받았는지 모르지만 청석골 두령은 하게를 안 받는다. 그따위 말버릇을 함부로 하다가는 센털 난 대가리가 모가지하구 작별하게 될 테니 조심해라."

하고 을러대니 동네의 제일 어른 존위 샌님이 구상전을 만난 듯이 벌벌 떨었다.

● 헐숙(歇宿) 헐박. 어떤 곳에 대어 쉬고 묵음.
● 두민(頭民) 동네에서 나이가 많고 식견이 높은 사람.

큰방 둘을 치우고 두령과 두목, 졸개가 두 방에 나누어서 헐숙˙하는데 인심을 몰라서 조심성으로 한 방에 한 사람씩 돌려가며 자지 않고 이날 밤을 지내고 이튿날 식전에 이봉학이가 주인을 보고

"우리가 이 동네 사람들에게 이를 말이 있으니 온 동네를 다 모을 건 없구 동네의 두민˙과 동임들만 곧 좀 모아주시우."

하고 분부할 것을 듣기 좋게 부탁하듯 하였다.

"동네 사람을 모으면 어디루 모이라구 할까요?"

"어디루 모이라니, 이리 모이라지."

"아니 사람이 여남은 모일 텐데 방이 좁을 듯해서 여쭤보는 말씀입니다."

"한데가 좀 춥겠지만 뭐 오래 걸릴 것 아니니 이 앞마당에 모이게 하우."

주인이 네 대답하고 갔다. 한동안 지난 뒤에 유수한 동민과 일이삼좌, 소임, 풍헌이 다 모였다고 하여 이봉학이가 방 앞 봉당 위에 나서서 마당에 웅긋중긋 섰는 사람들을 내려다보며 큰기침 한번 하고 말을 하기 시작하였다.

"우리가 청석골 임대장의 부하인 것은 말 안 해도 다들 알았겠지. 우리 대장께서 이번에 잠시 피접을 나실 일이 있어서 자모산성에 와서 과동하시기루 작정하셨는데 산성 안 백성들을 그대루 내쫓아두 고만이지만 연부년˚ 흉년에 간신히 구명도생하는 것들을 추운 동절에 집을 뺏구 그대루 내쫓기가 불쌍하니 이 동네서 맡아서 곁방살이루라두 거접들을 시켜달라구. 우리가 맡긴 뒤에 만일 열에 한 집이라두 거산˚하게 된다면 그 죄는 이 동네서 져야 할 줄 알어. 그러구 군량, 마초馬草와 일용 제구를 나중에는 청석골 있는 것을 운반해오거나 또는 달리 변통할 테지만 우선 당장 쓸 것은 이 동네서 지공할밖에 없는데, 파는 물건은 곧 값을 내줄 테구 팔지 않는 물건은 나중에 물건으루 갚을 테야. 물건이 있는 대루 성심껏 지공하면 동네에 해가 없을 게구 만일 있는 물건을 숨기구 없다구 속이려 들면 물건은 물건대로 뺏기구 죄책은 죄책대루 받을 테니 그리 알라구. 이외에두 일러두구 싶은 말이 많으나 추운데 오래 붙잡구 늘 게 있나. 고만두지. 동임들만은 우리 아침밥 먹은 뒤에 다시 와서 우리 심부름을 좀 해줘야겠어."

이봉학이가 말을 마치고 방으로 들어가려고 돌아설 때
"잠깐 여쭤볼 말씀이 있습니다."
하고 말하는 사람이 있어서 되돌아서서 마당을 내려다보니 동네 사람들 중에 외양이 가장 똑똑해 보이는 사람 하나가 두 손길을 마주 잡고 봉당 앞으로 들어섰다.
"저는 이 동네 삼좌올시다."
"그래 할 말은 무어야?"
"저희 동네는 자래˚루 빈동貧洞이온데다가 더구나 올 같은 재년災年을 당하온 까닭에 지금 동네에 조석 끼니를 바루 먹는 집이 열에 두세 집두 안 됩니다. 저희 동네 형편으루는 각항各項 지공두 하기 어렵숩지만 우선 산성 안 열세 집 식구를 맡아서 먹일 도리가 없소이다."

• 연부년(年復年) 해마다.
• 거산(擧散) 집안 식구나 한곳에 살던 사람들이 모두 뿔뿔이 흩어짐.
• 자래(自來) 자고이래.

"내 분부를 거행하지 못하겠다구 방색하는 말이냐."
"방색하려구 여쭙는 말씀이 아니올시다."
"그러면 무어냐?"
"산성 전후좌우에 있는 동네가 여럿 아니오니까? 다른 동네는 다 고만두구 여기서 가까운 마산리, 사주리 두 동네만 가지구 말씀하더라두 두 동네가 다 저희 동네보다 호수두 많구 또 동네두 포실합니다. 이 두 동네 사람을 부르셔서 저희와 세 동네가 산성 안 사람들을 갈라 맡고 각항 지공을 같이 하라구 분부합시면 동네 부담두 좀 수월하려니와 첫째 분부 거행이 잘될 듯 생각하옵는데 처분이 어떠실지 여쭤보는 말씀이올시다."

삼좌의 말이 유리하여 이봉학이는 그 말을 좇아 마산리, 사주리 사람들을 불러오려고 생각하고

"두 동네 사람을 아침 전에 다 불러올 수 있겠나?"

하고 묻는데 사람 대접으로 하대하던 언사를 고치었다.

"두 군데가 다 오리 좀 남짓합니다. 지금 곧 사람을 보내면 아침때 지나기 전에 올 수 있습니다."

"그럼 지금 곧 사람을 보내서 두 동네 동임들만 오라구 부르게."

"저희 동네 사람만 가두 불러오긴 하겠습지요만 단단할 성으루 수하 사람들 한둘씩 같이 가게 해주셨으면 좋겠습니다."

"내 사람은 아직 아침밥들을 안 먹었는걸."

"분부만 합시면 먼저 입시들을 시켜서 같이 가게 합지요."

이봉학이가 두목 둘을 불러서 각각 졸개 둘씩 데리고 동네 사람들과 같이 가서 마산리, 사주리 동임들을 불러오라고 분부한 뒤 방에 들어와서 도평 삼좌가 사람이 똑똑하다고 칭찬하였다.

아침밥들을 먹고 한동안 지났을 때 마산리와 사주리에 보낸 사람들이 두 동네 동임들을 데리고 와서 도평까지 세 동네 동임들을 한데 모아놓고 이봉학이가 먼저 도평 사람에게 이르던 말을 다시 되풀이하여 일렀다. 사람 겨우 일곱이 관군 오백여명 대적하는 것을 눈으로 본 사람과 귀로 들어도 본 이나 진배없이 잘 들은 사람들이라 일 분부 시행으로 네네 대답들 하였다.

이봉학이가 다른 두령들과 상의하여 군량, 마초, 기타 물품을 아쉬운 대로 쓸 만큼 몇 섬 몇 짐 또는 몇 개 아주 작정하여 발기로 적어서 세 동네 동임들을 내주며 빨리빨리 수합하여 산성으로 올려보내라고 이르고 일행을 거느리고 산성에 올라와서 열세 집에 사는 사람들을 세 동네로 몰아 내려보내는데 살림살이 제구중에 긴한 것은 아직 두고 쓰고 긴치 않은 것은 세 동네 사람과 소가 왔다가는 회편에 보내주기로 하였다.

열세 집의 방 명색이 통이`스물여섯인데 그중에 가장 널찍한 방이 전에 와서 하룻밤 자던 집 안방이라 이것을 대장의 사랑 겸 두령의 도회청으로 정하여 맥질한 벽에 종잇장을 붙이게 하고 삿자리와 기직자리를 새것으로 바꾸어 깔게 하고 그 나머지 방들은 비질만 정하게 시키었다.

두령들로부터 졸개들까지 잠시 편히 앉았지 못하고 이집저집으로 왔다갔다하는 중에 저녁때가 다 되었다. 미처 자리도 잡아놓지 못한 양식섬도 풀고 된장독도 열고 새로 걸어놓은 가마솥들도 부시어서 칠십여명이 먹을 저녁밥을 준비하기 시작하였다. 이봉학이와 곽오주와 이춘동이는 산성에 남아서 두목과 졸개들이 저녁 준비하는 것을 보살피게 하고 그외의 두령들은 다 데리고 사주리로 내려왔다. 사주리와 도평과 마산리에서 각각 홰꾼을 열 명씩 내서 사주리 홰는 해주서 오는 길로 나가고 도평 홰는 사주리로 오고 마산리 홰는 산성 너덜에 와서 기다리도록 지휘하였다.

꺽정이는 전날 길 떠날 준비를 다 시켜서 이날 첫새벽 떠났건만 내행이 많은 까닭으로 길이 마냥 늦어져서 사주리도 홰 없으면 캄캄하여 못 올 뻔하였고 산성은 밤이 삼경이 다 된 때 들어왔다. 백손 어머니가 산후탈로 못 오게 되어서 해산 구원하는 애기 어머니도 못 오게 되고 애기는 어머니와 같이 온다고 아니 오고 백손이는 어머니 옆에 있으라고 못 오게 하고 의원 허생원과 심부름할 졸개 내외를 남겨두고 또 이춘동이의 가족 세 식구를 그대로 남아 있게 하여 열 명이 줄어서 상하 소솔이 육십여명이 되었다. 이날 밤은 되는 대로 방을 별러서 자고 이튿날 방들을 정하는데 꺽정이가 자기 방과 소홍이 방으로 방 둘을 쓰고 방이 서넛이나 있어야 겨우 식구를 주체할 한온이에게 방 셋 있는 집 한 채를 주고 내외 가진 두령 다섯과 시위 둘에게 매 일명 방 하나씩 주고 홀몸 두령 셋에게 방 하나를 주고 방 스물여섯의 나머지 방 열셋을 두목, 졸개들에게 나누어주었다. 청석골서 바로 자모산성으로 왔던들 방들이 좁아서 불편하였을 것인데 해주서 된통을 치르고 온 까닭에 불편하단 소리들이 없었다. 꺽정이가 이와같이 자모산성에 와서 구차스럽게나마 자리를 잡았다.

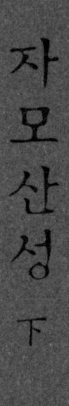

자모산성 下

자식은 팔자에 없기에 딸자식 하나 있던 것까지 없어졌겠지만 마누라만 살아 있었으면 이 산속은 고만두고 온 세상에 사람의 새끼가 하나 없더라도 외롭고 쓸쓸할 리가 만무할 게다. 마누라가 죽을 나이도 아니고 죽을병도 아닌데 죽은 것이 생각할수록 불쌍하나 이렇게 외롭고 쓸쓸하게 사는 것은 차라리 죽는 것만도 못하니 살아 있는 자기가 죽은 마누라보다 더 불쌍하였다.

오가의 눈에서 눈물이 흘러내려서 베갯잇을 적시었다. 오가가 술로 시름을 잊으려고 생각하고 자리에 일어앉아서 눈물을 씻은 뒤 문간 편을 향하고 흥록이를 불렀다.

자모산성

下

 청석골에 남아 있게 된 두목과 졸개들이 대개 다 순경사 소문에 놀라고 안식구 피난에 겁이 났지마는 대장과 두령들을 태산같이 믿어서 겨우 안심들 하고 있었는데 대장과 두령들이 버리고 가니 믿음의 태산으로 진정되었던 마음이 흔들리고 들뜨고 뒤집히고 하지 않을 수 없었다. 꺽정이가 떠나기 전에 술렁술렁하던 청석골이 떠난 뒤에는 곧 난장판같이 떠들썩하여졌다. 오가는 사방 초막에서 떠들거나 말거나 내버려두고 방문을 닫아걸고 혼자 누워서 억제할 수 없는 고적한 생각을 마음속으로 곱새기었다. 청석골은 나무 한 그루 풀 한 포기 다 정이 든 곳이요, 수하 사람은 어중이떠중이나마 수효가 자그마치 팔십여명이건만 웬 셈인지 자기 신세가 게 발 물어던진 것 같았다. 처음에 마누라와 딸을 끌고 산속 깊이 들어왔을 때 딸은 말할 것 없고 마누라까지 호젓하여 못살겠다고 사설이 많았으나 자기는 지금같이 외롭고 쓸쓸하지 아니하였다. 자식은 팔자에 없기에 딸자식 하나 있던 것까지 없어졌겠지만 마누라만 살아 있었으면 이 산속은 고만두고 온 세상에 사람의 새끼가 하나 없더라도 외롭고 쓸쓸할 리가 만무할 게다. 마누라가 죽을 나이도 아니고 죽을병도 아닌데 죽은 것이 생각할수록 불쌍하나 이렇게 외롭고 쓸쓸하게 사는 것은 차라리 죽는 것만도 같지 못하니 살아 있는 자기가 죽은 마누라보다 더 불쌍하였다.

오가의 눈에서 눈물이 흘러내려서 베갯잇을 적시었다. 오가가 술로 시름을 잊으려고 생각하고 자리에 일어앉아서 눈물을 씻은 뒤 문간 편을 향하고 흥록이를 불렀다. 흥록이는 오가가 하인같이 가까이 두고 부리는 졸개의 이름이다. 문간방이 엎드러지면 코 닿을 데 있는데 한번 불러서 대답이 없고 두 번 세 번 불러도 대답이 없었다.

● 게 발 물어던지다
매우 외로운 처지에 놓여 있는
모양을 이르는 말.

"이 자식이 첫잠이 깊이 들었나."

자는 사람이 초풍하여 일어날 만큼 소리를 질러서 불렀다. 그래도 여전히 대답이 없었다.

"허, 이 자식두 떠드는 판에 한 참례 들러 간 게로군."

오가가 목촛대의 촛불을 떼어 들고 마루에 나가서 찬탁자에서 술병과 데울 그릇을 찾아서 한손에 겸쳐 들고 방으로 들어왔다. 술을 데우려고 화로를 잡아당겨서 헤쳐보니 불이 거의 다 사위어서 데우기는 고사하고 냉기도 가실 수가 없었다. 술을 불이 없어

데우지 못하고 안주는 다시 나가 찾기가 싫어서 찬술을 강술로 한 병 다 먹으려고 생각하였다. 그러나 이가 저리고 속이 떨려서 한 병의 반의반도 다 못 먹고 불불이 이불 속을 파고들었다. 고만 술이나마 술기운이 몸에 돌며 바로 혼곤히 잠이 들어서 자는 중에 방 밖에서 소리가 나서 잠결에

'어떤 죽일 놈들이 여기까지 와서 떠드나.'

괘씸하게 생각하고 정신을 차린 뒤 다시 들어본즉 방 밖은 고사하고 초막들에까지 떠드는 소리가 없어진 듯 사방이 괴괴하였다.

'꿈을 꾸었던가?'

하고 생각을 돌리고 번듯이 누워서 기지개를 치며 하품을 소리내서 하였더니 방 밖에서 인기척하는 기침소리가 났다.

"그게 누구냐?"

"소인이올시다."

"누구야?"

"홍록이올시다."

"너, 어디 갔다왔느냐?"

"지금 자다가 나왔소이다."

"아까 내가 목청이 떨어지두룩 불렀는데 그래 자느라구 몰랐단 말이냐. 그런 쇠귀신 같은 잠이 세상에 어디 있단 말이냐."

"아까는 초막에서들 하두 기탄없이 떠드옵기에 무슨 일이 있나 하구 한번 돌아보구 왔소이다."

"너는 지금 무슨 일루 내 방 앞에 와서 기탄없이 떠들었느냐?"

"떠든 일 없소이다."

"떠드는 소리에 내가 잠이 깨었는데 떠든 일이 없다니 무슨 소리냐."

"서산 패두 천이가 소인을 깨우느라구 혹시 소리질렀는진 모르겠소이다만 소인은 들어와서 주무십니까구 두어 번 여쭤보다가 대답이 없으셔서 고만두구 도루 나가려구 하던 차이올시다."

"천이가 왜 왔더냐? 서산에 무슨 일이 있다더냐?"

"여간 일이 아니올시다. 한 시각쯤 전에 두목 두 놈과 졸개 세 놈이 어디루 도망할라구 서산을 넘어가는 것을 파수꾼이 가로막구 어디들 가느냐구 힐난하온즉슨 그놈들 말이 우리는 대장께루 간다 하구 파수꾼을 미리 제치구 나갔답니다. 천이가 지금 그 말씀을 여쭈러 왔답니다."

"알았다. 나가 자거라."

"천이가 지금 소인의 방에 있습는데 들어오라구 부르오리까?"

"고만두구 가라구 그래라."

다른 처분이 있기를 바라는지 홍록이가 나가지 않고 한동안 발을 동동거리고 있다가

"도망질하는 놈들을 가만 내버려두실랍니까?"

하고 묻는 것을

"가만 내버려두지 않으면 네가 쫓아가서 붙잡아올라느냐."

하고 오가는 평소에 흔히 하는 실없는 말투로 대답하였다.

〈이하 미완〉

저자 홍명희 선생의 말

[해제] 벽초 홍명희와 『임꺽정』·임형택

| 저자 홍명희 선생의 말 |

조선일보의 『林巨正傳』에 대하여

  신문사에서 선전하여 주는 모양으로 알렉산더 뒤마의 암굴왕岩窟王같이 나의 소설이 파문 곡절이 많고 또 기발하여 만인의 흥미를 끌 수 있는 것인지? 내가 생각할 때에 조선일보의 이러한 선전이 도리어 몸 괴롭기도 합니다마는 좌우간 내가 임꺽정이라는 인물에 대하여 흥미를 느껴온 지는 이미 오래되었습니다.
  임꺽정이란 옛날 봉건사회에서 가장 학대받던 백정 계급의 한 인물이 아니었습니까? 그가 가슴에 차넘치는 계급적 해방의 불길을 품고 그때 사회에 대하여 반기를 든 것만 하여도 얼마나 장한 쾌거였습니까?
  더구나 그는 싸우는 방법을 잘 알았습니다. 그것은 자기 혼자가 진두에 나선 것이 아니고 저와 같은 처지에 있는 백정의 단합을 먼저 꾀하였던 것입니다.
  원래 특수 민중이란 저희들끼리 단결할 가능성이 많은 것이외다. 백정도 그러하거니와 체장사라거나 독립협회 때 활약하던 보부상이라거나 모두 보면 저희들끼리 손을 맞잡고 의식적으로 외계에 대하여 대항하여 오는 것입니다. 이 필연적 심리를 잘 이용하여 백정들의 단합을 꾀한 뒤 자기가 앞장서서 통쾌하게 의적 모양으로 활약한 것이 임꺽정이었습니다. 그러이러한 인물은 현대에 재현시켜도 능히 용납할 사람이 아니었습니까.

다만 그분의 사적史蹟이 그렇게 소상히 남아 있지 아니하여 상상으로 스토리를 이어나아가야 될 경우가 많습니다마는 역사적 사실인 바에는 그 연대에 치중하여 거의 연대순에 가깝게 사건 전개에 지금까지 노력하여 왔습니다. 그래서 우선 120회까지는 임꺽정을 싸고도는 그때 사회의 분위기를 전하기에 소비하였는데 이제부터는 정말 임꺽정이가 나타나게 됩니다. 그래서 칠형제가 도적질하러 가는 장면이 가장 긴장하게 되어질 줄 압니다.

물론 이 소설을 구상하고 표현할 때에는 광범한 각층의 인물을 독자로 하는 신문소설이니만큼 용어 등에도 각별히 주의하여 대중이 읽도록 쓰느라고 하였으나 얼마나 성공하였을는지 스스로 의심하고 있습니다. 아마 이 소설은 400회 가까이 가야, 하고 싶은 말을 다 하고 끝을 맺을 것 같습니다.

—『삼천리』 1호, 1929년 6월, 27쪽.

『임꺽정전』을 쓰면서

그동안 감옥 등지로 돌아다니느라고 처음에 생각하였던 『임꺽정전』의 플롯을 거개擧皆 잊어버렸기에 이번 조선일보에 속편을 쓸 때에는 또다시 구상을 하느라고 애썼습니다.

『임꺽정전』은 생각건대 여러번 중단되어서 독자 제씨에게 미안하였습니다. 처음은 내가 옥에 가느라고, 그다음은 신문사가 휴간이 되느라고.

그러나 이제부터는 또다시 그러한 중단이 되는 일이 없이 끝까지 마쳐질 줄 아옵니다. 지금까지 쓴 것이 160여 회인바 앞으로 반년, 즉 180회가량만 더 쓰면 다 될 줄 아옵니다.

나는 『임꺽정전』을 6편에 나누었습니다. 이것은 가령 첫 편은 그 유년시대, 그다음은 그때의 사회의 분위기를 전하기에, 이러한 뜻으로 계선界線을 그은 것인바 지금 쓰는 것이 제4편으로 이제부터야 정말 활동의 본무대에 들어섰다 할 수 있어서, 임꺽정의 칠형제가 도적질하러 가는 대목에 이르렀습니다.

임꺽정은 400년 전 사람, 양주에서 났지요. 그때 시절에 화적이 가장 성하기는 황해도였는데, 그렇지만 임꺽정이 도적질 잘하고 돈 잘 쓰는 의적이란 말이 팔도에 퍼지자, 각처에서 기운 있고 도적질 잘하는 놈들이 저마다 "내가 임꺽정이노라" 하고 나서서 한동안은 충청도 지리산과 강원도 어디와, 또 전라도 등 다섯 곳에서 한꺼번에 임꺽정이 다섯이 났다고 합니다.

말하자면 '서소승鼠小僧'과 같이 인기 있던 사람이었지요.

그때 시절에 사람이 잘나면 화적질밖에 실상 하잘 것이 없었지요. 더구나 천민이라고 남이 모두 손가락질하는 백정 계급에 속한 자이리요. 백정을 벼슬을 줍니까, 백정을 돈 모으게 합니까? 아무 바라볼 것이 없게 되니까 체력이나 지략이 남에게 뛰어난 자이면 도적놈밖에 될 것이 없었지요.

이시애나 홍경래와도 임꺽정은 이러한 의미에서 공통되는 어떤 점을 가지고 있다 할 것입니다.

임꺽정의 사기事記는 극히 단편단편으로 떨어져 있는 것밖에 없어서 대개는 나의 복안으로 사건을 꾸미어가지고 나갑니다. 다만 나는 이 소설을 처음 쓰기 시작할 때에 한 가지 결심한 것이 있지요. 그것은 조선 문학이라 하면 예전 것은 거지반 지나支那문학의 영향을 많이 받아서 사건이나 담기어진 정조들이 우리와 유리된 점이 많았고, 그리고 최근의 문학은 또 구미문학의 영향을 많이 받아서 양취洋臭가 있는 터인데, 임꺽정만은 사건이나 인물이나 묘사로나 정조로나 모두 남에게서는 옷 한벌 빌려 입지 않고 순조선 것으로 만들려고 하였습니다. '조선정조朝鮮情調에 일관된 작품', 이것이 나의 목표였습니다. ─『삼천리』 9호, 1933년 9월, 664~65쪽.

『임꺽정전』의 본전, 화적 임꺽정

『임꺽정』을 쓰기 시작한 뒤 5, 6년에 이제야 비로소 화적火賊 임꺽정을 쓰게 되었습니다. 화적 임꺽정이 사람 임꺽정의 본전本傳이요, 소설 『임꺽정』의 주제목主題目입니다. 임꺽정이가 청석동靑石洞서 자모산성으로 옮기고 또 구월산성으로 옮기었다가 구월산성에서 망한 것이 사실史實이므로 화적 임꺽정을 청석편靑石編, 자모편慈母編, 구월편九月編 세 편에 나누어서 쓰겠습니다. 사상史上에 숨었던 인물 임꺽정을 얼마만큼이나 살려내게 될는지 작자부터 작자의 붓을 믿지 못하나 진력하여 쓰면 다소 보람은 없지 아니할 듯합니다. 화적 임꺽정이 끝난 뒤에도 임꺽정의 아들 백손白孫의 유락流落된 것을 짤름하여 써서 붙이려고 생각하므로 한참 장차게 쓰게 될 것입니다. 앞으로 2, 3년 더 나갈는지 모릅니다. 그동안 독자들이 싫증이나 안 내시면 작자에게 이만 다행이 없습니다.

—『조선일보』, 1934년 9월 8일자.

| 해제 |

벽초 홍명희와 『임꺽정』: 그 현실주의 민족문학적 성격

1

"자, 임꺽정이의 이야기를 붓으로 쓰기 시작하겠습니다. 쓴다쓴다 하고 질감스럽게 쓰지 않고 끌어오던 이야기를 지금부터야 쓰기 시작합니다."

장편 거작 『임꺽정林巨正』의 첫 권 '머리말씀'이다. 시작이 절반이란 옛말도 있지만 글쓰기는 누구나 시작에서 붓방아를 찧게 마련이다. 작가 스스로 "이야기 시초를 어떻게 꺼낼까 두고두고 많이 생각하였습니다"고 고백까지 하였으니 위의 서두의 서두는 얼핏 허투루 빼는 사설 같지만 필시 고심 끝에 나왔을 것이다.

이 첫머리의 앞 문장은 임꺽정이의 이야기를 붓으로 쓰겠다는, 말하자면 작품의 성격 규정인 셈인데, 다음 문장은 오래 미뤄둔 이야기를 이제야 시작한다는, 곧 작가적 언급이다. 굳이 이런 자기 변명이 필요했던 사정은 어떠하며, 여지껏 미루어둔 일을 하필 '지금부터' 시작한 까닭은 무엇일까?

첫머리에 제시된 사안을 해명해보는 것으로 해제를 대신하려 한다. 그리고 대작이 미완성이어서 실로 천고의 유감이니 마지막 책장을 덮는 독자라면 누구나 뒷이야기를 사뭇 궁금해할 터이다. 끝이 어떻게 마무리지어졌을까에 대해서도 추정적인 견해를 덧붙이기로 한다.

2

(1) 홍범식洪範植이 아들 넷을 두었는데 큰아들은 명희命憙다. 아버지 삼년상을 마치고 중국으로 도망쳐 와서 6, 7년 동안 산천 인물을 두루 돌아보았다. 나는 그를 한두 번 만났는데 글솜씨가 빛나며 외모는 온공하나 심중은 측량할 수 없으리만큼 강개하다. 대개 길에서 굶어죽을지언정 결코 원수놈의 나라에서 구차히 먹고살지는 않을 것이다. (金澤榮,「洪範植傳」,『合刊韶濩堂集』文集 券10)

(2) 상해에 가서 佛界 白爾部路에 洪假人, 文湖巖 등이 유숙하는 집에 동숙하였다. 그들은 집 하나를 빌려가지고 淸人 하나를 밥짓는 사람으로 두고 살았다. 아래층에는 文湖巖이 慷慨에 半狂人 생활을 하고 위층 房에는 오스카 와일드의「도리안 그레이」를 탐독하고 '觀照'의 생활을 말하는 洪假人과……. (李光洙,「文壇苦行 三十年」,『朝光』1936년 5월호)

(3) 좋다! 그러면 이른바 신흥 문학은 유산계급 문학에 대항한 문학일 것이며, 생활을 떠난 문예에 대항한 생활의 문학일 것이며,

구계급에 대항한 신흥 계급의 사회 변혁의 문학일 것이다. 그러면 프롤레타리아 문예는 즉 신흥 문예의 별명이 아닌가.

그리하야 지금 신흥 문예는 조선의 문예계에 있어서 새로운 기운을 진작하고 있다. 그리고 역사적 필연을 가진 신흥 계급이 계급전선에 있어서 반다시 이길 것이나 마찬가지로 문단 세력에 있어서도 신흥 문예가 주조主潮를 잡을 것은 멀지 않은 장래일 것이라 한다.

(洪命憙, 「新興文藝의 運動」, 『文藝運動』1926년 1월호)

(1)과 (2)는 『임꺽정』의 집필 시작으로부터 십수년 전 다른 사람의 눈에 비쳐진 작가의 면모, (3)은 집필 바로 2, 3년 전 작가의 문학에 대한 이론적 주장이다.

(1)은 김택영(1850~1927)이 지은 『홍범식전』의 평결評結에 나오는 말이다. 홍명희는 홍범식의 맏아들로 1888년 충청북도 괴산에서 태어났던 것이다. 증조할아버지(이름 祐吉)는 판서를 지내고 할아버지(이름 承穆)는 참판을 지낸, 전통적 명문을 그는 배경으로 지니고 있었다. 그의 아버지 범식은 1910년 일제에 의해 조국이 강제 병탄이 된 당시 금산군수로 있다가 자결해 죽는다. 20대의 홍명희는 위에 언급된 대로 부친상을 마치고 중국으로 망명했던 것이다. 김택영은 구문학의 노대가로서 망국으로 전락하는 현실을 보다 못해 먼저 중국으로 떠나가 있었다. 김택영은 홍범식의 애국적인 비장한 죽음을 애도해서 그의 전傳을 지었거니와, 그 아들 명희에 대해 "글솜씨가 빛나다"고 문학적으로 주목하고 "길에서 굶어죽을지언정 결코 원수놈의 나라에서 구차히 먹고살지는 않을 것이다"라고 인간적으로 신뢰하였다.

(2)는 '신문학의 선구자' 이광수(1892~1950)가 포착한 홍명희의 상해 시절 모습이다. 이 두 분의 청소년기의 관계는 아주 흥미롭다. 이광수는 회고하기를 "홍명희 군을 만난 것이 을사년(실은 1905년이 아니라 병오 1906년으로 추정됨―필자)경이라고 기억되는데 군이 19세 때인가 합니다. 그후 4년간 군과의 교유는 끊긴 일이 없는데 그는 문학적 식견에 있어서나 독서에 있어서나 나보다 늘 앞섰다고 생각합니다."(「多難한 半生의 途程」)고 하였다. 그리고 최남선(1890~1957)은 홍명희보다는 두살 아래고 이광수보다는 두살 위였다. 가운데서 두 사람을 만나게 해주고 또 최남선의 『소년』지에 이광수로 하여금 글을 쓰도록 주선한 것은 홍명희였다. 이들 세 사람을 가리켜 '조선의 3천재'란 칭호는 이 무렵에 생겨났던 모양이다.

그런데 이광수는 "홍군은 나와 문학적 성미가 다른 것을 그때에도 나는 의식하였습니다"고 술회하고 있다. 홍명희가 바이런의 시집에서 카인 편을 읽고 좋아한 나머지 자기 별호를 '假人→可人'으로 쓴 데서도 이광수와 판이한 문학적 취향을 엿볼 수 있다. 동경 시절로부터 몇년 뒤 상해에서 재회했을 때도 두 사람의 사이는 한 침대에서 뒹굴 만큼 가까웠다. 그러나 오스카 와일드를 탐독하는 홍명희는 이광수에게 문학적 거리감을 주었던 것 같다.

(3)은 1925년 당시 결성된 카프의 준기관지적 성격을 띠었던 『문예운동』의 권두 평론으로 실린 것이다. 그의 문학적 주장은 프롤레타리아 문학을 현단계의 신흥 문예로 규정하고 이 신흥 문예가 조선에 있어서도 헤게모니를 잡을 것으로 전망한다. 바로 카프의 입장과 이론의 대변으로 보아도 좋을 것 같다. 여기서 홍명희의 문학적 입론은 오스카 와일드를 탐독하던 지점으로부터 현격히 달

라진 것이다.

이러한 전환의 과정, 즉 탐미주의의 심취로부터 '프롤레타리아 문예'의 주장으로의 선회를 그의 문학의 논리를 찾아서 추정하기는 어렵겠으나 그 자신의 사상과 실천의 측면을 통해서 이해할 수 있다. 그는 김택영이 『홍범식전』을 쓴 그해 귀국한다. 그리하여 이듬해 자기 고향 괴산에서 3·1운동을 주도하다가 체포되어 옥고를 치른다. 그리고 이내 사상적으로 사회주의에 경도하여 신사상연구회 또는 화요회에 참여, 활동한 것이다. 홍명희는 우리나라 초창기 사회주의자로 이론에 정통했던 존재로 알려져 있다. 위의 문예이론은 사회주의 사상의 문학적 관철인 셈이다.

우리의 20세기 전반기 신문학의 전개는 최남선, 이광수의 제1세대, 김동인, 염상섭의 제2세대, 김기진, 이기영의 제3세대로 편의상 구분해볼 수 있다. 1세대에서 신문학이 유치한 상태로 출발하였던바, 2세대는 3·1운동 이후 활발해진 문예운동을 주도하여 근대적 시민문학으로 발돋움을 하였으며, 3세대에서 비판적 전환을 시도한 것이다.

홍명희는 신문학 제1세대에 속할 뿐 아니라, 실은 거기에서 지도적 위치에 있었다. 그럼에도 최남선이 『소년』, 『청춘』을 발간하여 활약이 눈부실 때 그는 가시적 성과를 내놓은 것이 거의 없었고, 이광수가 『무정無情』을 발표해서 그야말로 날리던 때, 멀리 남양의 싱가포르 등지를 방황하고 있었다. 이 『무정』을 어떻게 구해 읽었던지 이광수에게 "『무정』을 보았으나 신통치 않다"는 말로 충고의 편지를 싱가포르에서 보냈다 한다. 지금 『무정』을 혹평하였던 홍명회의 논리는 들을 길이 없으나 그는 이광수적 신문학과 다른 방향을 마음속에 그렸던 것이 분명하다.

그러나 제2세대가 등장해서 신조류를 형성하고 새로운 작품을 산출할 때도 그는 기껏 서구 근대 단편 몇편을 번역해서 소개한 이외에는 문학 창작에 붓끝을 놀리지 않았다. 그러다가 제3세대에 와서 문학적인 자기 이론을 최초로 제시했던 것이다. 그리고 또 삼년을 지나서 조선일보의 지면에 소설 『임꺽정林巨正』의 첫회가 드디어 실리게 된다. "쓴다 쓴다 하고 질감스럽게 쓰지 않고 끌어오던" 경위는 대략 이러했다.

벽초는 신문학 1세대의 작가로서 신문학 제3세대의 단계에 이르러 첫 작품을 집필하기 시작한 것이다. 그리하여 십여년의 세월을 거쳐 이루어진 『임꺽정』은 동시에 마지막 작품으로 1968년에 생을 마감한 그의 81세의 문학적 결산이 되었다.

그런데 신문학 제3세대의 단계는 카프문학의 시대다. 소설 『임꺽정』은 카프 계열에 속하는 작품인가? 이 물음의 해답은 자명하다. 당시 카프 진영 안에서도 카프 진영 밖에서도 『임꺽정』을 카프의 성과로 끌어들이거나 밀어넣으려는 사례는 없었다. 지금 우리가 보더라도 카프 진영은 1927년이 되면서 이미 본격적 프로문학으로 방향을 확립했던바 『임꺽정』은 이러한 카프와 동류로 묶기는 어려운 것이다.

앞서 1926년에 발표한 평론에서 홍명희는 프롤레타리아 문예의 이론적 기치를 선봉에서 들었다. 당시 그는 카프를 이론적으로 대변한, 말하자면 카프의 대부代父로 간주해도 과히 망발은 아닐 것 같다. 그런데 3년 뒤 그 자신의 작품적 실천은 카프 노선의 문학과는 거리가 떨어져 있는 것이었다. 이 점을 우리는 어떻게 이해해야 할 것인가.

3

(1) 우리의 민족적 운동이 바른길로 바르게 나가도 구경究竟 성공은 많이 국제적 과정에 관계가 있으므로 우리의 노력만이 조건 될 것은 아니겠으나 국제적 과정이 아무리 우리에게 유리하더라도 우리의 노력이 아니면 성공은 가망이 없고 또 설혹 노력이 없는 성공이 있다 하야도 그것이 우리에게 탐탁지 못할 것은 정한 일이다. 그러므로 우리들은 우리들의 경우가 허락하는 대로 과학적 조직―일시적이 아니요 계속적인, 또는 개인적이 아니요 단체적인―행동으로 노력하여야 할 것이니, 새로 발기된 신간회의 사명이 여기 있을 것이다.

……대체 신간회의 나갈 길은 민족운동만으로 보면 가장 왼편 길이나 사회주의 운동까지 겸兼치어 생각하면 중간길이 될 것이다. 중간길이라고 반드시 평탄한 길이란 법이 없을 뿐 아니라 이 중간길은 도리어 험할 것이 사실이요, 또 이 길의 첫머리는 갈래가 많을 것도 같다. (홍명희, 「신간회의 사명」, 『現代評論』 1927년 1월호)

(2) 원래는 화요계火曜界의 인물이었으나 중간에 그와 이반離反하야 자기 그룹을 맨들고 그의 영수격이었다. 사회주의의 연구가 깊은 사람으로, 자타가 일시는 그를 사회주의자로 인정하였으나 화요에서 이반하야 자기의 그룹이 이루어진 후에 그의 태도는 민족주의적이었다. (「朝鮮各界人物 온·파레드―壇上의 人과 筆頭의 人」, 『혜성』 1931년 9월호)

(3) 위대한 혼魂, 위대한 천재일 때 그는 학적 교양보다 자기 속에 전개되는 세계와 현실생활에서 예민한 피부로 흡수하고 생활로 세워 나가는 것을 봅니다. ……나는 형식으로서 사건을 중심으로 한 역사소설들을 보나 그것은 사건 흥미에 맞추려는 데 불과하고 독특한 혼에서 흘러나오는 독특한 내용과 형식이 있어야겠다고 생각합니다. 일시 관심되는 프로 문학도 이러한 산 혼에서 흘러나오는 문학이 아니면 문학적으로 실패할 것은 정한 일입니다. (홍명희,「문학청년들의 갈 길」,『조광』1937년 1월호)

* 강조는 모두 인용자.

　위의 (1)은 신간회가 발족하던 단계에서 신간회의 사명 및 진로를 천명한 홍명희의 글이며, (2)는 신간회를 이끌어갔던 홍명희에 대해 잡지사 기자가 본 프로필이다. (3)은 홍명희가 문학청년들에게 주는 형식으로 쓴 것인바,『임꺽정』을 연재할 당시 피력한 문학 창작론이다.
　민족의 주권을 상실한 지 십년 만에 일어난 3·1운동은 중요한 역사적 전기가 되었다. 피압제의 상태로부터 폭발한 운동으로 고양된 기운은 구문화의 청산, 신문화의 건설로 발전하였다. 이때 신문화의 성격은 응당 근대적, 민족적인 것이 되어야 했다. 그러나 식민지 반봉건의 특수한 조건하에서 신문화는 다분히 미숙한 모방화로 흐른 나머지 민중적 현실, 민족적 요구를 제대로 담아내지 못했던 것이 부인할 수 없는 실상이었다. 이에 내부적으로 진취적 신사상을 요구하였던바 마침 신생 사회주의 국가로부터 사상적 자극이 강렬히 들어왔다. 진취적 지식인들은 많이 사회주의 신사상으로 경도하였으니, 이를 기초 이념으로 한 정치사회운동, 문화운동이 뒤미처 약동하게 된다. 그리하여 1925년이 되면 조선공산당의 결성, 문학 부문에 있어서 카프의 조직으로 나타났던 것이다.

한편 사회주의 신사상의 발흥은 불가피하게 갈등의 상태를 불러일으켰다. 우리의 현대사에서 고질화된 대립과 분열로, 엄청난 통한과 상흔으로 남아 있는 좌우익의 갈등은 실로 이때로부터 비롯된 것이다. 사회주의의 대립항에 대한 명칭은 일정치 않은데 그 당시에는 흔히 '민족주의'로 일컬어졌다. 또한 좌우의 대립은 동시에 좌우의 통일을 기본 과제로 제기하였다. 식민지로부터의 해방이 민족적 과제로 주어져 있고 아직 봉건 잔재의 청산이 미제로 남아 있는 상황하에서 좌우의 갈등은 말하자면 적전 분열인 셈이다. 더욱이 일제의 일층 가일층 전민족을 상대로 강화되는 탄압 앞에서 거기 대항하는 운동은 전민족의 총역량을 결집할 필요성이 날로 날로 높아진 것이다. 그리고 민족개량주의자들의 타협적 자치론의 방향에 쐐기를 박고 민족운동의 주도권을 잡아야 한다는 것도 당시의 긴급한 요구였다. 좌우합작의 통일운동이 요망되었으니 1927년에 창립된 신간회는 그 구체화된 형태다.

이 신간회 모임의 최초의 발의자이자 실질적 주도자는 다른 사람이 아닌 홍명희였던 것으로 알려져 있다. 그런 점에서 「신간회의 사명」이란 앞의 글은 의미를 갖는 것이다. 그는 당시 국내외의 정세 동향을 보고 일제로부터의 해방의 가능성을 막연히나마 감지했던 것 같다. 이때 그는 우리들 자신의 주체적 노력을 생각한다.

그는 '주체적 과정'이란 표현을 써서 국제정세의 변화를 우리의 민족적 운동의 성패를 좌우하는 요소로 고려하고 있으나, "우리의 노력이 아니면 성공은 가망이 없고 또 설혹 노력이 없는 성공이 있다 하야도 그것이 우리에게 탐탁지 못할 것은 정한 일이라"고 역설했다. 그러므로 우리의 민족적 운동은 "바른길로 바르게 나가되 과학적 조직"을 가지고 나가야 한다고 본다. 신간회의 사명은 바로 여기에 초점을 두고 있었다.

그러면 "바른길로 바르게 나가"는 그 길, 신간회의 나갈 길은 어떤 노선이었던가? 그는 말하기를 "민족운동만으로 보면 가장 왼편 길이나 사회주의 운동까지 겸兼치어 생각하면 중간길"이라고 한다. 이 구절에서 '민족운동'은 사회주의에 대립되었던 우익적인 것을 지칭한 것이요, '중간길'이란 민족주의와 사회주의의 중용을 취하는 길이다.

당시 노정환盧正煥(安光泉의 딴이름) 같은 맑시스트는 "조선사회주의운동은 그 초기에 있어 조선 '민족운동'에 대하야 무자비하게 싸웠다. 그러한 그 운동이 1927년부터는 그 스스로가 조선민족운동을 일으키게 되었다"고 선언하면서 이 단계의 조선민족운동(신간회)을 '프롤레타리아운동'으로 명백하게 규정짓고 있다(「조선사회운동의 사적 고찰」, 『현대평론』 1927년 7월호). 홍명희 또한 자신의 신간회 활동을 '프롤레타리아 운동'으로 인정하였던가? 이에 대해 그는 '중간길'이라고 말하면서 거기도 갈래가 많다고만 했을 뿐 그 이상의 언급은 유보한 상태다.

신간회를 주도했던 홍명희는 과연 사회주의자였느냐, 민족주의자였느냐? 홍명희 앞에 곧잘 던져지는 질문인데 아직껏 판정이 똑 떨어지게 내려지지 못하고 있다. 이 사안에 정보가 엇갈린다. 일제 관헌 측의 정보 기록에 의거하면 홍명희는 조선공산당의 비밀 당원으로, "신간회를 당의 정신에 기초해서 주도"하려 했다는 것이다. 한편 조공朝共의 당수를 지낸 바 있는 김철수金綴洙의 증언에 따르면 홍명희는 조공에 입당했다가 김철수의 손에서 출당 처분을 당했다는 것이다. 그의 출당 시기는 1926년 6~12월로 추정되므로 (李均永,「新幹會硏究」), 홍명희는 조공과의 연계 없이 신간회에 관여했던 것으로 된다. 어느 쪽이 사실일까? 밖에서 엿들은 정보보다는 안에서 일을 처결했던 당사자의 증언 쪽에 신빙성이 가는 것은 물론이다.

이런 비밀스런 부분을 파보는 일 또한 무의미하지는 않을 것이다. 그러나 더 중요한 것은 객관적으로 수행된 행동, 역사적으로 실천된 내용에 있다. 그런데 신간회를 주도했던 홍명희의 형상은 당시 '민족주의적'으로 비쳐졌던 점이 주목된다.

위의 (2)에서 "원래는 화요계의 인물이었으나 중간에 그와 이반하야 자기 그룹을 맨들고 그의 영수격이었다"고 한 '자기의 그룹'이란 곧 신간회를 지칭한 것으로 여겨진다. (2)의 관찰자는 '자기의 그룹'을 결성하기 이전의 홍명희는 주관적, 객관적으로 '사회주의자'였으나 그 이후 그의 태도는 '민족주의적'이라고 보았던 것이다.

신간회는 1931년에 '해소'라는 이름으로 막을 내렸다. 그리하여 제1차 민족통일전선은 실패하고 말았다. 1945년 우리 민족은 해방의 감격을 맞았다. 그것이 진정한 해방으로 되지 못했음은 익히 겪었던 터이다. 그렇게 된 소이연은 무엇보다 해방이 우리의 주체적, 통일적 노력에 의해 성취되었다기보다 '국제적 과정'에 관계된 바 컸기 때문이다. 「신간회의 사명」에서 홍명희가 그토록 역설했던,

"설혹 노력이 없는 성공이 있다 하야도 그것이 우리에게 탐탁지 못할 것은 정한 일이다"는 말이 불행히도 적중한 셈이다.

이 신간회 활동과 『임꺽정』의 창작은 홍명희의 개인사와도 서로 맞물려 있다. 신간회를 창립한 이듬해 그는 『임꺽정』의 집필을 시작한다. 신간회 활동과 소설 창작이 함께 진행되다가 신간회 일로 1929년 12월(광주학생사건과 관련한 대중대회 사건) 일제에 체포되면서 집필 또한 중단된다. 홍명희가 옥고를 치르는 동안에 신간회는 해체되는데, 그는 1932년 출옥한 이후로 정치적 활동을 일체 중지한다. 오직 칩거 상태에서 '문학적 실천'만을 지속하였으니, 곧 『임꺽정』의 집필이다.

3·1운동을 경험하고 20년대로 들어서면 민중의 각성이 현저해진다. 반제민족해방 투쟁은 바로 노동자, 농민의 운동 역량에 근거해서 발전하는 추세였다. 신간회 역시 여기에 기반하였음은 물론이다. 홍명희는 「신간회의 사명」에서 이 점을 정확히 인식하여 민중의 정치적 의식이 급격히 각성되고 있으니, 이 정치적 의식은 곧 민족적 운동의 전제가 된다고 하였다. 바로 역사 주체로 성장하는 민중에 대한 근원적, 역사적 해석을 위한 작업으로 『임꺽정』을 쓰기 시작한 것이다.

작가는 (3)에 제시된 바 "독특한 혼魂에서 흘러나오는 독특한 내용과 형식"을 말한다. '독특한 혼'을 강조한 점이 주목된다. "일시 관심되는 프로문학도 이러한 산 혼에서 흘러나오는 문학이 아니면 문학적으로 실패할 것은 정한 일입니다." 이 한마디는 카프문학에 대해 얼핏 건드린 듯싶으나 실은 카프문학의 급소를 찌른 것으로 느껴진다. '독특한 혼', '산 혼'은 여하히 얻어지는 것인가. 그는 '위대한 천재'를 들고 나오는데 이는 꼭 천부적 재주를 가리키는 것은 아니다. 문예의 학문과 다른 속성, 작가 내부의 사상 감정의 영활靈活한 측면이다. 그런데 '위대한 혼'—위대한 창조 주체로 되는 데 있어서 그는 "현실생활에서 예민한 피부로 흡수하고 생활로 세워나가는 것"을 비상히 중시한다. 현실생활을 지식이 아닌 자신의 몸뚱이, 피부로 감수하고 자기 생활의 일부로 삼아나가는 과정에서 작가의 창조적 영혼은 획득될 것이며, 거기서 흘러나올 때 비로소 '독특한 내용과 형식'의 위대한 문학이 성취될 것이다. 홍명희의 고도의 독창성을 강조한 그 속에 치열한 현실주의 작가 정신이 내화되어 있다.

1926년 1월 「신흥 문예의 운동」에서 기치를 든 이론과 1928년 11월 착수한 『임꺽정』의 창작 사이에 놓여진 거리는 작가 자신 사회주의로부터 민족주의적 지양으로 해석할 수 있다. 물론 『임꺽정』은 「신흥 문예의 운동」에서 자신이 제시한 기본 논리까지 철회한 것은 아니다. "생활을 떠난 문예에 대항한 생활의 문학" 그리고 "구계급에 대항한 신흥 계급의 사회 변혁의 문학"을 염두에 두고 쓴 것이라 말해도 좋다. 그러나 작품 세계, 창작 방법론이 목적의식으로 경직화된 카프적 경향과는 스스로 구별이 있는 것이다.

『임꺽정』은 민족문학의 위대한 성과다. 그 민족문학적 성격은 계급문학에 대립적인 것이 아니라, 새로운 차원의 사회주의의 이념을 수용한 현실주의 민족문학이다.

4

작가는 1920년대 말 신간회 운동이 결코 쉽지 않음을 예감하면서 소설에 착수하였다. 그리하여 1930년대 일제 군국주의의 가중하는 폭압으로 문화 풍토 전반이 왜곡, 변질되는 꼴을 목도하며 연재를 끈덕지게 지속한다. 오직 문학적 실천에다 혼신의 삶을 걸었던 셈이다. 그러다가 군국주의의 막장에서는 부득이 붓을 꺾고 말았다. 『조선일보』의 지면은 1939년 7월 4일자로 중단이 되고 월간지 『조광』으로 옮겨 1940년 10월호에 단 1회 실리고는 하회가 영영 나오지 못했다. 작가는 자신의 자아를 지키기 위해 스스로 절필을 택하였으리라.

8·15 이후 『임꺽정』의 완성은 독서 대중의 광범한 바람이었을 뿐 아니라, 문학사적 요구이기도 하였다. 그럼에도 끝끝내 미완성의 거작으로 될 수밖에 없었던 사정은 퍽이나 안타까운 일이다.

작품은 과연 어떻게 마무리지어졌을까? 물론 전적으로 작가의 구상, 작가의 붓끝에 달린 문제다. 다만, 작가의 구상을 들어보고 작품의 끌어온 방향을 살펴서 미완의 부분을 짐작해볼 수는 있다.

그런데 수법상 유의할 점이 있다. '이야기를 붓으로 쓰기'에 역사 사실을 기본 축으로 삼은 점이다. 『조선왕조실록』의 해당 시기를 면밀히 읽어서 줄거리의 골격을 세우는 한편, 야승, 야담의 허다한 자료들을 원용해서 내용을 풍부하게 만들었다. 그야말로 빙공착영憑空鑿影의 거짓말을 꾸며낸 것이 아니고 사실에 근거한 허구인 것이다. 역사소설을 특징짓는 허구, 말하자면 역사적 상상력이다.

그리고 복선의 수법이다. 시방 전개되는 이야기는 앞으로 나올 이야기를 은근히 준비하고 있으니 곧 복선이다. 이 복선의 수법을 적절히 운용하여 작품은 편편이 독립성을 가지면서도 이야기가 맞물려 나와서 흥미진진하게 끌려가는 맛이 있다.

작품은 '평산쌈'에 이어 '자모산성 상'이 끝나고 '자모산성 하'로 들어가서 이내 중단된 상태다. 『조선일보』 1934년 9월 8일자 『화적 임꺽정』 예고에 「작자의 말」이 나온다.

『임꺽정』을 쓰기 시작한 뒤 5, 6년에 이제야 비로소 화적火賊 임꺽정을 쓰게 되었습니다. 화적 임꺽정이 사람 임꺽정의 본전本傳이요 소설 『임꺽정』의 주제목主題目입니다. 임꺽정이가 청석동靑石洞서 자모산성으로 옮기고 또 구월산성으로 옮기었다가 구월산성에서 망한 것이 사실史實이므로 화적 임꺽정을 청석편靑石編, 자모편慈母編, 구월편九月編 세 편에 나누어서 쓰겠습니다. 사상史上에 숨었던 인물 임꺽정을 얼마만큼이나 살려내게 되는지 작자부터 작자의 붓을 믿지 못하나 진력하여 쓰면 다소 보람은 없지 아니할 듯합니다. 화적 임꺽정이 끝난 뒤에도 임꺽정의 아들 백손白孫의 유락流落된 것을 짧음하여 써서 붙이려고 생각하므로 한참 장차게 쓰게 될 것입니다. 앞으로 2, 3년 더 나갈는지 모릅니다.

「화적 임꺽정」으로 예고된 이 부분은 '화적편火賊編'에 해당하는 것이다. 작가의 구상이 집필 단계에서 판에 찍듯 될 수 없었으니 연재 기간부터 당초 2, 3년에서 훨씬 늘어났거니와, 편목도 그대로 되지 않았다. '화적편'의 목차는 '청석동' 다음에 '소굴巢窟', '피리',

'평산쌈'이 더 들어가고 나서야 '자모산성'이 나온다. 이처럼 과정 상에서 보충은 있었으나 '자모산성'으로부터 임꺽정의 최후를 연출하는 '구월산성'으로 이어졌을 것임은 거의 틀림없다.

작가 자신이 '사람 임꺽정의 본전'이라고 말했거니와, 농민 저항의 지도자 임꺽정이 봉건체제에 대항해서 싸우다가 마침내 꺾이어 가는 과정, 그의 좌절과 죽음이 남은 이야기인 것이다.

참고로 『조선왕조실록』에 나타난 임꺽정 관련 주요 기사와 소설의 진행을 정리해본다.

연월일	사 실	소 설
명종 14년 3월 13일 (1559년) 3월 27일	• 황해도 적도에 대한 어전 대책회의. • 개성부 포도관 패두 이억근李億根이 살해당함. * 임꺽정林巨叱正의 이름이 처음으로 나타남.	의형제편 결의
명종 15년 8월 20일 (1560년) 11월 24일 11월 29일 12월 1일	• 서울 장통방長統坊에서 도적을 놓침. • 남치근南致勤이 파직당함. • 서림徐林이 서울에서 붙잡힘. • 평산 어수동에서 관군이 패전. • 어전 비밀회의. • 순경사 황해도 이사증李思曾, 강원도 김세한金世澣 파견.	화적편 피리 화적편 평산쌈 화적편 자모산성
명종 16년 1월 3일 (1561년) 9월 22일 10월 22일	• 이사증, 김세한 복명. * 임꺽정을 잡았다고 보고하다. • 서림을 황해도로 데리고 감. • 적도가 해주서 평산 가는 길에 민가 30호를 불지르고 인명을 살상함.	이하 쓰이지 못한 부분

12월 22일	• 황해도 토포사 남치근, 강원도 순검사巡檢使 백유검白惟檢을 파견함. • 적당이 거의 궤멸되었다는 보고.
명종 17년 1월 3일 (1562년)	• 임꺽정을 황해도 서흥 땅에서 군관 곽순수郭舜壽, 홍언성洪彦誠 등이 포착했다는 보고.

위의 도표에서 드러나듯 '화적편'의 사건 구성은 대략 역사 사실에 맞추어지고 있다. '평산쌈'은 서림이 붙잡히고 관군이 평산서 패전한 사실을 바탕으로 꾸민 이야기이며, '자모산성'은 그로 인해 이사증이 황해도 순경사로 파견된 일과 관련해서 펼쳐진다. 이러한 흐름으로 미루어 쓰이지 못한 부분 역시 큰 줄거리는 역사 사실과 합치하는 방향일 것이다. 따라서 명종 16년 초의 사실은 '자모산성 하'의 이야기로 들어가며, 명종 16년 후반기의 여러 가지 사실들은 '구월산성'의 내용의 골격을 이룰 것으로 추정된다.

'자모산성'에서 이사증이 순경사로 와서 작전을 벌이는 데 대비하여 임꺽정 부대는 자기들의 거점인 청석골을 포기하고 우여곡절 끝에 자모산성으로 들어간다. 그런데 오가 혼자만 청석골을 떠날 수 없다고 고집을 부려서 약간의 병졸을 데리고 잔류한다.

'자모산성 하'에서 혼자 남은 오가가 외롭고 쓸쓸함을 달래지 못해 괴로워하는 모습이 그려진다. 그는 잔류병들이 뿔뿔이 달아나도 도망칠 놈은 도망치라고 내버려둔다. 작가의 손에서 쓰인 소설의 마지막 단락인데, 장면이 마치 석양에 죽어가는 늙은이를 보듯 처연하기 그지없다. 이 대목은 임꺽정의 비장한 최후의 예고편으로 느껴지기도 한다.

실록은 명종 16년 1월 3일에 황해도 순경사 이사증이 "적괴 임꺽정을 체포했다"고 보고한다. 하지만 서림과 대질 심문에서 임꺽정이 아니고 임꺽정의 형인 가도치加都致로 밝혀진다. 가도치를 고문해서 임꺽정으로 조작한 것임이 물론이다.

작중 오가의 본명이 바로 개도치다(화적편 청석골에서 한첨지의 말로 오가의 내력과 함께 이름이 밝혀진다). '加都致'는 물론 개도치의 한자 표기다. 이로 미루어 소설에서의 진행은 청석골에 혼자 남은 오가가 관군에게 붙잡히게 될 것이다.

다음 가장 관심이 가는 부분은 역시 임꺽정의 최후다. 실록의 이 대목 기사는 간략하다. 명종 17년 1월 10일에 황해도에서 공을 세운 자들을 국왕이 직접 불러 보는데, 그 석상에서 국왕은 "도적을 잡은 전말에 대해 자세히 말하라" 하여, "곽순수 등이 잇따라 도적을 잡게 된 정상을 아뢰었다"고 기록되어 있다. 그러나 그때 아뢴 내용은 유감스럽게도 사관이 빠뜨리고 기재하지 않았다.

한편 야승에 전하는 기록이 더러 있는데 비교적 자세한 것으로 『기재잡기寄齋雜記』를 들 수 있다. 『기재잡기』의 저자는 박동량朴東亮(1569~1635)이니 작중에 봉산군수로 등장하는 박응천朴應川과는 바로 숙질간이다. 이런 가정적 배경으로 임꺽정에 관한 견문이 풍부했던 것 같다. 이 『기재잡기』에서 임꺽정의 최후 이야기를 들어본다.

이로부터 임꺽정의 형세는 확대되어 수백리 사이에 도로가 거의 끊길 지경이었다. 혹자가 적당賊黨이 도성 안에 가득 차 있다고 말하여, 조정에서 오부五部로 하여금 호별로 통별로 헤아려 기찰을 하였다.

 그리고 남치근을 토포사로 임명하니 그는 재령군으로 가서 진을 쳤다. 적은 무리들을 거느리고 구월산으로 들어갔는데 가장 친밀하고 날랜 자들만 데리고 가고 나머지는 모두 흩어보냈다. 험한 요충을 점거해서 끝까지 항전하려는 계획이었던 것이다.

 남치근은 군마를 굉장히 집결시켜 점점 산 밑으로 핍박해 들어가서 도적을 하나도 빠져나가지 못하게 하였다. 적의 모주謀主 서림은 끝내 면하지 못할 줄 알고 드디어 하산하여 항복해 왔다. 서림이 적의 허실 내막을 샅샅이 말하여 이에 진격을 하였다. 나무숲을 뒤지며 올라가니 여러 도적들이 다 항복하고 오륙명은 처음부터 끝까지 서로 따라다니므로 서림을 시켜 유인해와서 당도하면 즉시 죽여버렸다.

 임꺽정은 계곡을 넘어 도주하였다. 남치근은 해주로부터 황주 사이에 민정民丁을 모두 동원하여 사람으로 성을 쌓고 문화로부터 재령 사이에 가옥 하나 농막 하나까지 수색하였다. 적은 비로소 계책이 궁한 나머지 어느 촌가로 뛰어들어갔다. 남치근이 진군하여 포위하니 임꺽정은 그 집의 주인 노파를 협박하되 "네가 급히 소리지르고 뛰쳐나가지 않으면 죽이겠다"고 하였다. 노파가 "도적이야" 하고 외치며 문밖으로 나간즉 임꺽정은 군인 모양으로 활과 화살을 차고 칼을 뽑아 들고서 그 노파를 쫓아나오며

 "도적이 벌써 달아났다."

고 말하였다. 여러 군사들은 그가 적괴인 줄을 알지 못했다. 일시에 모두들 "도적이야" 하고 왁자지껄 소요한 가운데 임꺽정은 한 군사를 끌어내려 말을 빼앗아 타고 뭇사람들 속으로 들어갔

다. 그 군사는 누구에게 말을 빼앗겼는지 알지 못했다.

이윽고 한 사람이 대오로부터 천천히 벗어나 뒷산으로 향해 가며 "갑자기 아파서 좀 누워야겠다"고 하였다. 누군가 나서서

"네가 아무리 아프다지만 대오에서 한 발짝이라도 이탈할 수 있단 말이냐. 이놈이 수상하다."

하여 오류 기騎가 추격을 하는데 서림이 멀리서 "저게 도적이다"고 소리쳤다. 이에 군사들이 화살을 퍼부어서 적은 크게 상처를 입었다. 이에 그는 부르짖기를

"내가 한 일은 모두 서림의 계책이다. 서림아 서림아, 이놈 네가 항복하다니……"

대개 서림이 먼저 투항한 것을 분히 여겨서 마지막에 죽음을 당하도록 꾀를 낸 것이다.

위에서 서림이 구월산에서 몰래 빠져나와 귀순했다는 내용은 역사 사실과 다르지만 그가 동료들을 배반해서 임꺽정을 패망하게 하는 데 역할을 하였던 것은 사실이다. 전면적으로 사실 기술에 그치지 않고 임꺽정의 패망으로 가는 과정이 아주 극적이다. 작품에서 기왕에 『기재잡기』에 실린 내용을 적절히 이용했던 터이므로 작가는 임꺽정의 최후를 쓰자면 『기재잡기』의 이 대목을 아무래도 긴요하게 참작하였으리라 본다.

그리고 저마다 독특한 성격과 삶을 지니고 등장한 그 수다한 남녀의 인물들은 비참하게 무너지는 과정에서 각기 어떤 운명으로 처리되었을까? 작가가 아니고는 하나하나의 인생들을 상상하기조차 어렵다. 다만 한 가닥은 추측해볼 수 있다. 「작자의 말」에서 "아

들 백손의 유락된 것을 짤름하게 붙이"겠다 하였으니 후일담 형식으로 백손의 이야기가 쓰일 듯싶다. 앞서 백손을 두고 장래 병삿감이라는 예언이 나왔던 것은 하나의 복선이었을 것이다.

5

『임꺽정』은 1939~1940년에 조선일보사에서 단행본 네 권으로 간행되었으며, 1948년에 을유문화사에서 이것을 여섯 권으로 다시 간행하였다. 이때 나온 것은 '의형제편'과 '화적편' 두 편뿐이다. 앞의 '봉단편' '피장편' '양반편' 세 편은 보류되었고, '화적편'의 후미도 미완 상태 그대로였다. 작품을 앞에서부터 순차로 내놓지 않았던 이유는, "이왕 쓴 세 편은 사실이 누락된 것을 보충하고 사실이 착오된 것을 교정하고 쓸데없이 늘어놓았던 이야기를 깎고 줄이어 책을 만들려고 합니다"(『조선일보』 1932년 11월 30일자)는 작가의 말로 짐작할 수 있다. 이처럼 독자에게 약속한바 수정 보완의 작업을 미처 손대지 못해 뒤로 미뤄둔 것이었다. 을유문화사에서 여섯 권을 간행했을 때도 당시 광고 문안을 보면 모두 열 권으로 전반의 3편과 '화적편' 4, 네 권이 근간에 들어 있었던 것이다.

사계절출판사는 1985년에 『임꺽정』을 모두 아홉 권으로 간행했다. 을유문화사본 여섯 권에 전반부 3편의 신문 연재분을 정리해서 세 권을 추가한 것이다. 이 출간은 두 가지 의미를 갖는 일이었다. 첫째, 그 당시 우리 남한 사회에서 월북작가에 내려진 삼엄한 금기를 깨뜨린 것이었다. 둘째는 비록 완전한 것은 아니지만 단행본으로 미간된 부분까지 모두 합쳐서 출판한 사실이니 이 점은 듣기에 남북한을 통틀어 처음이라 한다.

역사소설『임꺽정』은 우리의 민족문학사에 기념비적 작품이다. 그렇다면 응당 그 정본이 있어야 하리라 본다. 사계절출판사는 당국의 부당한 금지를 박차고 이 작품을 독서 대중에게 제공한 용기를 보였었거니와 이제 스스로 물적 손실을 감수하고 개정 신판을 내는 열성을 나타냈다. 한국문학사를 전공하는 한 사람으로서『임꺽정』신판 출간에 기뻐 마지않는다.

임형택(林熒澤, 성균관대 한문교육과 교수)

*이 글은『임꺽정』3판에 실린 글을 조금 손봐서 다시 실은 것입니다—편집자.

|용어풀이| 『임껵정』에 나오는 낱말과 속담 풀이

용어풀이

01 봉단편

질감스럽다 지루감스럽다. 견디기 매우 지루한 데가 있다.

합구필분(合久必分)이요, 분구필합(分久必合)이라 합하여 오래되면 반드시 나뉘고, 나뉘어 오래되면 반드시 합한다는 뜻으로 역사란 분열과 통합의 반복이라는 의미.

선성(先聲) 미리 보내는 기별.

교리(校理) 조선시대 정오품 또는 종오품의 문관 벼슬.

섬부(贍富)하다 넉넉하고 풍부하다.

백구(白鷗) 갈매기.

봉교(奉敎) 예문관에 속하여 임금의 교칙을 마련하는 일을 맡아보던 정칠품 벼슬.

서회(敍懷) 회포를 풀어 말함.

홍계관(洪繼寬) 조선시대에 점 잘 치는 것으로 유명한 사람.

수어(數語) 두어 마디의 말.

보중(保重) 몸의 관리를 잘하여 건강하게 유지함.

국궁(鞠躬) 윗사람에게 존경의 뜻으로 몸을 굽힘.

평신(平身) 엎드려 절한 뒤에 몸을 그 전대로 폄.

배도압송(倍道押送) 이틀 갈 길을 하루에 걸어 죄인을 다른 곳으로 이송함.

봉패(逢敗) 낭패를 당함.

장하(杖下) 곤장으로 매를 맞는 그 자리.

물고(物故) 사람의 죽음을 완곡하게 이르는 말.

경선(輕先)하다 경솔하게 앞질러가는 성질이 있다.

주밀(周密)하다 허술한 구석이 없고 세밀하다.

점고(點考) 명부에 일일이 점을 찍어가며 사람의 수를 조사함.

주저물러앉다 주주물러앉다. 섰던 자리에서 그냥 내려앉다.

전위(專爲) 오직 한 가지 일만을 위하여 함.

되창문 들창.

채치다 재촉하여 다그치다.

모를 꺾다 몸을 약간 옆으로 향하다.

흘제 뜻하지 아니하게 갑작스럽게.

기이다 어떤 일을 숨기고 바른 대로 말하지 않다.

주위상책(走爲上策) 피해를 입지 아니하려면 달아나는 것이 제일 나은 꾀임을 이르는 말.

통인(通引) 조선시대에 수령의 잔심부름을 하던 구실아치.

토설(吐說) 숨겼던 사실을 비로소 밝히어 말함.

감심(甘心) 괴로움이나 책망 따위를 기꺼이 받아들임.

궐자(厥者) '그 사람'을 낮잡아 부르는 말.

판도방(判道房) 절에서 불도를 닦는 중이 모여서 공부하는 방.

대궁 먹다가 그릇에 남긴 밥.

치보(馳報) 지방에서 역마를 달려 급히 중앙에 보고하던 일.

추고(推考) 벼슬아치의 죄과를 추문하여 고찰함.

방백(方伯) 관찰사.

어레미집 피륙의 짜임이 굵고 성긴 것을 비유적으로 이르는 말.

지싯지싯 남이 싫어하는지 아랑곳하지 않고 제가 좋아하는 것만 짓궂게 자꾸 요구하는 모양.

견모(見侮) 업신여김을 당함.

모리악 머리악. '기氣'를 속되게 이르는 말.

모코리 대, 싸릿가지 등으로 엮어 만든 그릇.

삼한갑족(三韓甲族) 예로부터 대대로 문벌이 높은 집안.

군호(軍號) 서로 눈짓이나 말 따위로 몰래 연락함. 또는 그런 신호.

엄장 풍채가 좋은 큰 덩치.

거조(擧措) 어떤 일을 처리하기 위한 조치.

근리(近理)하다 이치에 거의 맞다.

발명(發明)하다 죄나 잘못이 없음을 말하여 밝히다.

동변(童便) 사내아이의 오줌.

휘뚜루 닥치는 대로 대충대충.

초초(草草)하다 갖출 것을 다 갖추지 못하여 초라하다.

결찌 어찌어찌 연분이 닿는 먼 친척.

연상약(年相若)하다 나이가 엇비슷하다.

소복(蘇復)되다 원기가 회복되다.

불계(不計)하다 옳고 그름 등을 따지지 아니하다.

엄적(掩跡) 잘못된 형적을 가려 덮음.

뜬것 떠돌아다니는 못된 귀신.

한전(寒戰) 오한이 심하여 몸이 떨림.

해거(駭擧) 괴상하고 얄궂은 짓.

두멍 물을 길어 담아두고 쓰는 큰 가마나 독.

한가 원통한 일에 대하여 하소연이나 항거를 함.

구메혼인 널리 알리지 않고 하는 혼인.

일수(逸秀) 빼어나게 우수함.

하우불이(下愚不移) 어리석고 못난 사람의 기질은 변하지 아니함.

줌 주먹.

자심(滋甚)하다 더욱 심하다.

유세객(遊說客) 자기 의견을 선전하며 다니는 사람.

조명(嘲名) 남들이 빈정거리는 뜻으로 지목하여 부르는 이름.

소명(昭明)하다 사리를 분간함이 밝고 똑똑하다.

죽 옷, 그릇 따위의 열 벌을 묶어 이르는 말.

바리 마소의 등에 잔뜩 실은 짐을 세는 단위.

수이 쉬이. 멀지 아니한 가까운 장래에.

졸가리 '종아리'의 방언.

개 꾸짖듯 한다 체면은 조금도 보지 않고 마구 호되게 꾸짖다.

신칙(申飭)하다 단단히 타일러서 경계하다.

보리밥 한 솥 짓기 보리밥 한 솥을 지을 정도의 시간이란 뜻으로 얼마간
   의 시간적 사이를 이르는 말.

잔생이 지지리, 아주 몹시, 지긋지긋하게.

허울이 하늘타리 겉모양은 괜찮으나 실속이 없음을 이르는 말.

부족괘치(不足掛齒) 더불어 말할 가치가 없음.

소조(所遭) 치욕이나 고난을 당함.
치임개질 벌여놓았던 물건들을 거두어 치우는 일.
지저구니 짓거리.
염의(廉義) 염치와 의리.
치골(癡骨) 망령된 말을 하는, 요량 없고 어리석은 사람을 낮추어 이르는 말.
처네 이불 밑에 덧덮는 얇고 작은 이불.
상득(相得)하다 서로 뜻이 맞아서 잘 통하다.
성취(成娶) 장가를 들어 아내를 얻음.
구역(嘔逆) 욕지기.
백방(白放) 죄 없음이 밝혀져 잡아두었던 사람을 놓아줌.
진적(眞的)하다 참되고 틀림없다.
양 갓양태. 갓모자의 밑 둘레 밖으로 둥글넓적하게 된 부분.
길청 군아에서 구실아치가 일을 보던 곳.
폐포파립(敝袍破笠) 해진 옷과 부서진 갓. 초라한 차림새.
정국공신(靖國功臣) 조선시대에 연산군을 내쫓고 중종을 추대한 공신들에게 내린 훈호.
반연(攀緣) 무엇에 이르기 위한 연줄.
신원(伸冤) 가슴에 맺힌 원한을 풀어버림.
증직(贈職) 죽은 뒤에 품계와 벼슬을 높여주던 일.
사첫방 손님이 묵는 방.
준여(餕餘) 제사를 지내고 제상에서 내린 음식.
보장(報狀) 어떤 사실을 상관에게 보고하던 공식 문서.
지공(支供) 음식 따위를 대접하여 받듦.

교군(轎軍) 가마.

존전(尊前) 임금이나 높은 벼슬아치의 앞을 이르던 말.

습의(習儀) 나라의 의식을 배움.

창의(氅衣) 벼슬아치가 평상시에 입던 웃옷.

세목(細木) 올이 가늘고 고운 무명.

새 생 피륙의 날을 세는 단위.

손복(損福)하다 복을 일부 또는 전부 잃다.

찬수(饌需) 반찬거리.

수노(首奴) 관아에 딸린 관노의 우두머리.

환수(宦數) 벼슬길의 운수.

지망지망 조심성이 없고 경박하게 촐랑대는 모양.

소료(所料) 미루어 생각한 바.

무단(武斷) 무력이나 억압을 써서 강제로 행함.

완만(頑慢)하다 성질이 모질고 거만하다.

애자지원(睚眥之怨) 한번 흘겨보는 정도의 원망. 아주 작은 원망.

구명도생(苟命圖生) 구차하게 목숨을 부지하여 살아감.

거접(居接)하다 잠시 몸을 의탁하여 거주하다.

고구(故舊) 사귄 지 오래된 친구.

빗밋이라도 어렴풋이라도.

개연(慨然)하다 억울하고 원통하여 몹시 분하다.

불사(不似)하다 꼴이 격에 맞지 않아 아니꼽다.

비답(批答) 임금이 신하가 올린 상주문의 말미에 적는 찬성 또는 반대의 대답.

괴목장(槐木欌) 회화나무로 만든 장.

타구(唾具) 가래나 침을 뱉는 그릇.

차집 부유한 집에서 음식장만 따위의 잡일을 맡아보던 여자.

빗아치 관아의 어떤 부서에서 사무를 맡아보던 사람.

동자치 밥짓는 일을 하는 여자 하인.

상직꾼 집안에서 부녀의 시중을 드는 늙은 여자.

구종(驅從) 벼슬아치를 모시고 따라다니던 하인.

도회청(都會廳) 계 모임이나 마을 모임을 위해 마련한 집.

보병것 조선시대에 보병목으로 지은 옷을 이르던 말. 보병목은 백성이 바치던 옷감으로 올이 굵은 무명을 이른다.

번상(番床) 번을 들 때 자기 집에서 차려 내오던 밥상.

공고(公故) 벼슬아치가 궁중에서 행하는 행사에 참여하던 일.

모방 안방 한 모퉁이에 붙어 있는 작은 방.

잠착(潛着)하다 한 가지 일에만 정신을 골똘하게 쓰다.

생화 먹고사는 데 도움이 되는 벌이나 직업.

기망(欺罔)하다 남을 속여넘기다.

토심(吐心) 남이 좋지 않은 낯빛이나 말투로 대할 때 일어나는 불쾌한 반응.

행기(行氣)하다 기운을 차려 몸을 움직이다.

삼교구류(三敎九流) 유·불·도교 삼교와 유가, 도가를 비롯하여 중국 한나라 때의 아홉 가지 학파.

조박(糟粕) 학문이나 서화, 음악에서 옛사람이 다 밝혀서 지금은 새로운 의의가 없는 것.

앙앙(怏怏)하다 마음에 차지 않거나 야속하다.

요양미정(搖揚未定) 정신이 어질어질하여 마음을 결정하지 못함.

유련(留連)하다 객지에 묵다.

오사(誤死) 형벌이나 재앙으로 제 목숨대로 살지 못하고 비명에 죽음.

작반(作伴)하다 동행자나 동무로 삼다.

상약(常藥) 민간약. 가정이나 개인의 경험에 의하여 쓰는 약.

나수(拿囚) 죄인을 잡아 가둠.

상없다 보통의 이치에서 벗어나 막되고 상스럽다.

미복(微服) 지위가 높은 사람이 남의 눈에 띄지 않도록 초라한 옷차림으로 변장하는 일.

욱걷다 힘껏 힘을 모아 빨리 걷다.

진쪼다 잡수시다, 드시다의 궁중어.

포주(庖廚) 푸줏간.

노창(老蒼)하다 점잖고 의젓하다.

살쩍 관자놀이와 귀 사이에 난 머리털.

면난(面赧)하다 남을 대할 때에 무안하거나 부끄러워 낯이 붉어지는 기색이 있다.

괴란(愧赧)하다 얼굴이 붉어지도록 부끄럽다.

맨드리 옷을 입고 매만진 맵시.

광구(廣求)하다 직업이나 인재 따위를 널리 구하다.

요지왕모(瑤池王母) 중국 주나라의 목왕이 요지에서 데리고 놀았다는 아주 아름다운 선녀 서왕모를 이름.

위요(圍繞) 혼인 때에 가족 중에서 신랑이나 신부를 데리고 가는 사람.

암상 남을 시기하고 샘을 잘 내는 마음.

미투리 삼이나 노 따위로 짚신처럼 삼은 신.

잡이간 자빗간. 가마, 남여, 승교, 초헌 따위의 탈것을 넣어두는 곳.

서낙하다 장난이 심하고 하는 짓이 극성맞다.
전모(氈帽) 조선시대 여자들의 나들이용 모자.
유삼(油衫) 기름에 결은 옷으로, 비나 눈 따위를 막기 위해 옷 위에 껴입
       는다.
제기다 팔꿈치나 발꿈치 따위로 지르다.
미립 경험을 통하여 얻은 이치나 요령.
너누룩하다 감정이나 심리가 좀 느긋하다.
삼 태아를 싸고 있는 막과 태반.

용어풀이

02 피장편

갖바치 예전에 가죽신 만드는 일을 직업으로 하던 사람.
투미하다 어리석고 둔하다.
막치 마구 만들어 좋지 않은 물건.
시량범절(柴糧凡節) 땔나무와 먹을 양식, 그리고 법도에 맞는 모든 질서와 절차.
한골 썩 좋은 지체를 이르는 말.
편복(便服) 평상시에 간편하게 입는 옷.
방목(榜目) 과거 급제자의 명부.
통이 전부 다 완전히.
문인(門人) 문하생.
종반(宗班) 임금과 성과 본이 같은 겨레붙이.
좌도(左道) 유교의 취지에 어긋나는 다른 종교들.
합문(閤門) 임금이 거처하는 궁의 앞문.
수의(收議) 의견을 종합함.

복합(伏閤) 나라에 중요한 일이 있을 때에 조신이나 유생이 대궐 문 앞에 엎드려 상소하던 일.
노구메 산천의 신령에게 제사 지내기 위해 놋쇠나 구리 솥에 지은 메밥.
곤전(坤殿) 중궁전. 왕비가 거처하던 궁.
수한(壽限) 타고난 수명.
청환(淸宦) 조선시대에 학식과 문벌이 높은 사람에게 시키던 규장각, 홍문관 따위의 벼슬.
진적(眞的)하다 참되고 틀림없다.
다심(多心) 조그만 일에도 마음이 안 놓여 여러가지로 생각을 하거나 걱정을 많이 함.
와석종신(臥席終身) 제 명을 다하고 편안히 자리에 누워서 죽음.
두문동(杜門洞) 이성계가 조선을 건국한 것에 반대한 고려 유신들이 모여 살던 곳.
증경이 물수리.
사위스럽다 어쩐지 불길하고 꺼림칙하다.
초설하다 초조하다.
섭슬리다 함께 섞여 휩쓸리다.
장기튀김 장기짝을 한 줄로 늘어놓고 한쪽 끝을 밀면 차차 밀리어 다 쓰러지게 된다는 뜻으로, 한군데에서 생긴 일이 차차 다른 데로 옮겨감을 뜻함.
공동(恐動) 위험한 말을 하여 두려워하게 함.
작록(爵祿) 관직과 녹봉. 즉 돈과 명예.
사로(仕路) 벼슬길.
청수(淸秀)하다 얼굴이나 모습이 깨끗하고 빼어나다.

등연(登筵) 대신이 직무상 임금에게 나아가 봄.

삭훈(削勳) 공신 자격을 박탈해 삭제함.

앞짧은소리 장래성이 없거나 장래의 불행을 뜻하게 된 말마디.

서회(敍懷) 회포를 풀어 말함.

봉명(奉命) 임금이나 윗사람의 명령을 받듦.

입직(入直)하다 관아에 들어가 차례로 숙직하다.

옹용(雍容)하다 마음이나 태도 따위가 화락하고 조용하다.

친국(親鞫) 임금이 중죄인을 몸소 심문하던 일.

자개바람 쥐가 나서 곧아지는 증세.

별배(別陪) 예전에, 벼슬아치 집에서 사사로이 부리던 하인.

신무문(神武門) 서울 경복궁의 북문. 임금이 경무대에서 거행되는 과거장에 행차할 때에만 이 문을 열었다.

좌기(坐起) 관아의 으뜸 벼슬에 있던 이가 출근하여 일을 시작함.

궤격(詭激)하다 말과 행동이 사리에 맞지 않고 지나치게 과격하거나 격렬하다.

악머구리 잘 우는 개구리라는 뜻으로, '참개구리'를 이르는 말.

정원(政院) 승정원.

속량(贖良) 몸값을 받고 노비의 신분을 풀어주어 양민이 되게 하는 일.

위관(委官) 죄인을 신문할 때에, 의정대신 가운데서 임시로 뽑아 임명한 재판장.

지만(遲晩) 예전에 죄인이 자백하여 복종할 때에 너무 오래 속여서 미안하다는 뜻으로 이르던 말.

탑전(榻前) 왕의 자리 앞.

감사정배(減死定配) 죽을죄를 지은 죄인을 처형하지 아니하고, 장소를 지정하여 귀양 보내던 일.
인신(人身) 개인의 신상이나 신분.
방송(放送) 죄인을 감옥에서 나가게 풀어주던 일.
용혹무괴(容或無怪) 혹시 그런 일이 있더라도 괴이할 것이 없음.
표신(標信) 조선 후기에 궁중에 급한 일을 전하거나 궁궐 문을 드나들 때
　　　쓰던 문표.
비두(飛頭) 편지나 문서 따위의 첫머리.
원찬(遠竄) 먼 곳으로 귀양을 보냄.
결곤(決棍) 곤장으로 죄인을 치는 형벌을 집행하던 일.
유여(裕餘)하다 모자라지 않고 넉넉하다.
분요(紛擾)하다 어수선하고 소란스럽다.
배코 상투를 앉히려고 머리털을 깎아낸 자리.
권폄(權窆) 좋은 묏자리를 구할 때까지 임시로 장사를 지냄.
장폐(杖斃) 죽은 사람을 땅에 묻거나 화장하는 일.
노주(奴主) 종과 주인을 아울러 이르는 말.
보구(報仇) 앙갚음.
수직(守直)하다 건물이나 물건 따위를 맡아서 지키다.
종부담 토벽 바깥 벽면에 돌을 쌓아서 화재를 방지하는 구조로 된 벽.
명정(銘旌) 죽은 사람의 관직과 성씨 따위를 적은 기.
여기를 지르다 남의 기세를 꺾다.
설렁 처마 끝 같은 데 달아놓고 사람을 부를 때 줄을 잡아당기면 소리를
　　　내는 방울.
안뒤 '안뒤꼍'의 방언.
적간(摘奸) 죄가 있는지 없는지 밝히기 위해 캐어 살핌.

취조(取嘲) 비웃음을 사다.

차작(借作) 글을 대신 지음.

비부쟁이 계집종의 남편을 낮잡아 이르는 말.

진동한동 바쁘거나 급해서 몹시 서두르는 모양.

영절스럽다 꽤 그럴듯하다.

수결(手決) 예전에, 자기의 성명이나 직함 아래에 도장 대신에 자필로 글자를 직접 쓰던 일.

봉제사(奉祭祀)하다 조상의 제사를 받들어 모시다.

내두(來頭) 지금부터 다가오게 될 앞날.

오뉴월 화롯불도 쬐이다 나면 섭섭하다 당장에는 쓸데없거나 대단치 않은 듯한 것도 막상 없으면 아쉽다.

헐각(歇脚) 잠시 다리를 쉼.

손삽손실 훼손하거나 덧끼우거나 빼버리는 일.

달소수 한 달이 조금 넘는 동안.

진세(塵世) 티끌세상. 속세.

소철(蘇轍) 당송 팔대가인 중국 북송 때의 문학자. 신법 제정과 관련해 신법 구상에 참여했으나 이후 한기와 함께 신법에 반대함.

한기(韓琦) 중국 북송의 정치가. 당시 왕안석의 신법 제정에 반대하여 관직에서 물러남.

곡경(曲境) 몹시 힘들고 어려운 처지.

유희삼매(遊戲三昧) 부처의 경지에서 노닐며, 그 무엇에도 매이지 아니함.

망석중 남이 부추기는 대로 따라 움직이는 사람을 비유적으로 이르는 말.

구수밀의(鳩首密議) 여럿이 머리를 맞대고 옳지 못한 일을 비밀리에 의

논함.

가봉녀(加捧女) 여자가 덤받이로 데리고 온 딸.

한미(寒微)하다 가난하고 지체가 변변하지 못하다.

연치(年齒) '나이'의 높임말.

등대(等待)하다 미리 준비하고 기다리다.

구계(口啓) 임금에게 직접 말로 아룀.

회주(回奏) 임금에게 회답하여 아뢰던 일.

하가(下嫁) 지체가 낮은 집으로 시집간다는 뜻으로, 공주나 옹주가 귀족이나 신하에게로 시집감을 이르던 말.

해방(亥方) 이십사방위의 하나. 정북에서 서쪽으로 50도 각도를 중심으로 한 15도 각도 안의 방향.

방자 남이 못 되거나 재앙을 받도록 귀신에게 빌어 저주하거나 그런 방술을 쓰는 일.

치의(致疑) 의심을 둠.

허우룩하다 마음이 텅 빈 것같이 허전하고 서운하다.

함혐(啣嫌) 싫어하거나 미워하는 마음을 가짐.

망중(望重) 명망이 높음.

방서(謗書) 남을 비방하는 글.

후명(後命) 귀양살이를 보낸 죄인에게 다시 사약을 내리던 일.

구실집 벼슬아치의 집.

이듬 논밭을 두번째 갈거나 매는 일.

감장(監葬) 장사 치르는 일을 마침.

졸곡(卒哭) 삼우제를 지낸 뒤에 지내는 제사.

구리개 오늘날의 을지로에 해당하는 지역.

범연(泛然)하다 데면데면하다.

만수받이 아주 귀찮게 구는 말이나 행동을 싫증내지 않고 잘 받아주는 일.

거수(渠首) 우두머리.

반명(班名) 양반이라고 이를 만한 명색.

몽글다 낟알이 까끄라기나 허섭스레기가 붙지 않아 깨끗하다.

설치(雪恥) 설욕.

신부례(新婦禮)하다 신부가 시집에 와서 처음으로 예식을 올리다.

별미쩍다 말이나 행동이 어울리지 않고 멋이 없다.

무무하다 교양이 없어 말과 행동이 서투르고 무식하다.

육도삼략(六韜三略) 중국의 오래된 병서.

북새 많은 사람이 야단스럽게 부산을 떨며 법석이는 일.

빼앙대 '뺑대쑥'의 방언. 엉거시과에 속하는 다년생 풀.

심사(心思) 마음에 맞지 않아 어깃장을 놓고 싶은 마음.

새꽤기 갈대, 띠, 억새, 짚 따위의 껍질을 벗긴 줄기.

복치 엎드리거나 앉아 있는 사냥감을 쏘는 일.

유엽전(柳葉箭) 살촉이 버들잎처럼 생긴 화살.

파적(破寂) 심심풀이.

속신(贖身) 속량.

먼장질 먼발치로 총이나 활 따위를 쏘는 일.

당줄 망건에 달아 상투에 동여매는 줄.

맷방석 매통이나 맷돌을 쓸 때 밑에 까는, 짚으로 만든 방석.

퉁노구 품질이 낮은 놋쇠인 '퉁'으로 만든 작은 솥.

멱대기 곡식을 담는 데 쓰는 그릇으로, 짚으로 날을 촘촘히 걸어서 만든다.

거연히 생각할 겨를 없이 급하게.

슴베 칼, 괭이, 호미 따위의 자루 속에 들어박히는 뾰족하고 긴 부분.

녹각목(鹿角木) 대나무를 세워서 사슴뿔처럼 만들어 적이 침입하지 못하게 하는 울타리.

장령(將令) 군대를 거느리는 장수의 명령.

간정되다 앓던 병이나 소란하던 일이 가라앉다.

든손 서슴지 않고 얼른 하는 동작.

길래 오래도록 길게.

철중쟁쟁(鐵中錚錚) 여러 쇠붙이 가운데서도 유난히 맑게 쟁그랑거리는 소리가 남.

용공(庸工) 재주나 기술이 변변하지 못한 장인.

뒨장질 사람이나 짐승, 물건 따위를 뒤져내는 일.

잘코사니 고소하게 여겨지는 일. 주로 미운 사람이 불행을 당한 경우에 하는 말이다.

습진(習陣) 예전에, 진법을 연습하던 일.

항쇄족쇄(項鎖足鎖) 지난날 죄수의 목에 씌우던 칼과 발에 채우던 쇠사슬이나 차꼬를 아울러 이르는 말.

기사(騎射) 말을 타고 달리면서 활을 쏨.

장맞이 길목에 지켜 서서 사람을 만나려고 기다리는 일.

제절(諸節) 남의 집안의 윗사람을 높이어, 그의 지내는 형편을 이르는 말.

여희(麗姬) 중국 춘추시대 진나라 왕인 헌공의 둘째부인으로, 자신의 아들을 왕으로 삼기 위해 헌공의 아들 신생을 음모하여 죽음에 이르게 했다.

불복일(不卜日) 혼사나 장사 따위를 급히 치르느라고 날을 가리지 아니함.

홍당지(紅唐紙) 문과의 회시에 급제한 사람에게 주던 증서인 홍패를 속
되게 이르던 말.

헙헙하다 활발하고 융통성이 있으며 대범하다.

잔열(孱劣)하다 가냘프고 변변하지 못하다.

촉수(促壽) 죽기를 재촉하다시피 하여 수명이 짧아짐.

여반장(如反掌) 손바닥을 뒤집는 것 같다는 뜻으로, 일이 매우 쉬움을 이
르는 말.

봉채(封采) 혼인 전에 신랑 집에서 신부 집으로 채단과 예장을 보내는 일.

드난 남의 집 행랑에 붙어 지내며 그 집 일을 도와줌. 또는 그런 사람.

척완중신(戚畹重臣) 임금의 외척.

주소동동(晝宵憧憧)하다 밤낮으로 걱정하다.

요속(僚屬) 계급으로 보아 아래에 딸린 동료.

새앙차 생강차.

번고(反庫) 구역질하여 토함.

천봉(薦奉) 천거하여 받듦.

봉심(奉審) 임금의 명으로 능이나 묘를 보살피던 일.

자탁(藉託) 다른 구실을 내세워 핑계를 댐.

패초(牌招) 조선시대에 승지를 시켜 왕명으로 신하를 부르던 일.

합계(合啓) 조선시대에 사간원이나 사헌부, 홍문관 중에 두세 군데서 연
명으로 올리던 계사.

모대(帽帶) 정복을 입을 때 쓰던 사모와 각띠를 아울러 이르는 말.

선온(宣醞) 왕조 때, 임금이 신하에게 술을 내리던 일. 또는 그 술.

중학(中學) 조선시대에 둔 사학의 하나. 지금의 서울 중학동에 두었다.

은명(恩命) 임금이 내리는 명령 가운데 관리를 임명하거나 죄를 용서하

는 따위의 은혜로운 명령.

물론(物論) 여러 사람의 논의나 세상의 평판.

복법(伏法) 형벌을 받아 죽음.

진하(陳賀) 여러 신하들이 보태는 말.

단취(團聚) 집안 식구나 친한 사람들끼리 화목하게 한자리에 모임.

강미(講米) 조선시대에, 서당 선생에게 보수로 주던 곡식.

접제(接濟) 살림살이에 필요한 물건을 차려서 살아갈 방도를 세움.

사출(査出) 조사하여 드러냄.

팔팔결 엄청나게 어긋나는 일이나 모양.

지수굿하다 고개 따위를 숙인 듯하다.

오장(伍長) 다섯 명으로 구성된 한 조의 우두머리.

흰무리 멥쌀가루를 켜가 없게 안쳐서 쪄낸 시루떡.

노문(路文) 조선시대에, 공무로 지방에 가는 벼슬아치의 도착 예정일을 미리 그곳 관아에 알리던 공문.

수각(手脚)이 황망하다 손발을 어찌할 바를 모른다는 뜻으로, 뜻밖의 일에 놀라고 당황하여 쩔쩔매다.

낙질 '낙질'의 변한 말. 여러 권으로 한 질을 이루는 책에서 빠진 책이 있음.

저저이 있는 사실대로 낱낱이 모두.

소도바 후세에 봉양하기 위하여 묘 뒤에 세우는 꼭대기가 탑 모양으로 된 긴 널판.

가랫밥 가래로 떠낸 흙의 덩이.

모야무지(某也無知) 이슥한 밤에 하는 일이라서 보고 듣는 사람이 없거나 알 사람이 없음.

부닐다 가까이 따르며 붙임성 있게 굴다.

요절(腰絶) 몹시 우스워서 허리가 부러질 듯함.

미립 경험을 통해 얻은 묘한 이치나 요령.

사풍(邪風) 경솔하여 점잖지 못한 태도.

요두전목(搖頭轉目) 머리를 흔들고 눈을 굴리며 몸을 움직인다는 뜻으로, 행동이 침착하지 못함을 이르는 말.

애성이 속이 상하거나 성이 나서 몹시 안달하고 애가 탐. 또는 그런 감정.

메 제사 때 신위 앞에 놓는 밥.

지로승(指路僧) 산속에서 길을 인도하여 주는 중.

돌서더릿길 돌이 많이 깔린 길.

방할[棒喝] 도를 묻는 질문에 몽둥이질[棒]을 하거나 고함[喝]을 지름.

볼풍스럽다 성격이나 태도가 정이 없고 냉랭하며 퉁명스러운 데가 있다.

우럿하다 눈앞에 보이거나 떠오르는 모양 따위가 좀 희미한 가운데 은근하면서도 뚜렷하다.

설마(雪馬) '썰매'의 본딧말.

엄엄(嚴嚴)하다 매우 엄하다.

기부(肌膚) 사람이나 동물의 몸을 싸고 있는 살이나 살가죽.

헌헌장부(軒軒丈夫) 이목구비가 반듯하고 풍채가 좋고 의기가 당당한 남자.

민주고주 지긋지긋하도록 귀찮은 일.

멍구럭 성기게 떠서 만든 망태.

등자(橙子) 말을 탈 때 두 발을 디디는 제구.

어진혼이 나가다 몹시 놀라거나 하여 맑은 정신을 잃다.

해참(駭慚)스럽다 매우 괴상하고 야릇하여 남부끄럽다.

서어(齟齬)하다 뜻이 맞지 않아 좀 서름하다.
생량(生凉) 가을이 되어 서늘한 기운이 생김.

용어풀이

03 양반편

우거(寓居) 남의 집이나 타향에서 임시로 몸을 부쳐 삶.

사속(嗣續) 대를 이을 아들.

조충소기(彫蟲小技) 벌레를 새기는 보잘것없는 솜씨. 남의 글귀를 토막토막 따다가 맞추는 서투른 재간을 이름.

억색(臆塞)하다 몹시 억울하거나 원통하거나 슬퍼서 가슴이 답답하다.

동가(動駕) 임금이 탄 수레가 대궐 밖으로 나감.

빌밋하게라도 얼추 비슷하게라도.

초민(焦悶)하다 속이 타도록 몹시 고민하다.

인산(因山) 임금, 황태자, 황태손과 그 비妃들의 장례.

계합(契合) 꼭 들어맞음.

상후(上候) 임금의 평안한 소식. 또는 임금 신체의 안위.

긴객 매우 친밀한 손님.

유년(流年) 유년사주. 한평생의 운수를 해마다 풀어놓은 사주.

폐백(幣帛) 윗사람이나 점잖은 사람을 만나러 갈 때 가지고 가는 선물.

두동지다 앞뒤가 서로 맞지 않다.

대상(大祥) 사람이 죽은 지 두 돌 만에 지내는 제사.

작신하다 지그시 힘을 주어 누르다.

자세(藉勢)하다 어떤 권력이나 세력을 믿고 의지하다.

오롱이조롱이 오롱조롱하게 제각기 달리 생긴 여럿을 이르는 말.

몹시하다 몹쓸 짓을 하다.

진하(進賀) 나라에 경사가 있을 때에 벼슬아치들이 조정에 모여 임금에게 축하를 올리던 일.

조반(朝班) 조정에서 벼슬아치들이 조회 때에 벌여 서던 차례.

지난(持難) 일을 얼른 처리하지 아니하고 질질 끌며 미루기만 함.

수선지지(首善之地) '성균관'을 이르던 말. 다른 곳보다 나은 곳이나 지위.

소석(昭析) 원통한 죄나 억울한 누명을 밝혀 씻음.

곡반(哭班) 국상 때 곡을 하던 벼슬아치의 반열.

치독(置毒) 독약을 음식에 넣음.

길이 붇다 걸음이 빨라져 지나온 거리가 부쩍부쩍 불어나다.

방사(放肆)스럽다 제멋대로 행동하며 거리끼고 어려워하는 데가 없다.

미타(未妥)하다 든든하지 못하고 미심쩍은 데가 있다.

군기시(軍器寺) 조선시대 병기의 제조 등을 관장하던 관청.

중도부처(中途付處) 벼슬아치에게 어느 곳을 지정하여 머물러 있게 하던 형벌.

지우(知遇) 남이 자신의 인격이나 재능을 알고 잘 대우함.

숙감(宿憾) 오래된 원한이나 좋지 못한 감정.

무함(誣陷) 없는 사실을 그럴듯하게 꾸며 남을 어지러운 지경에 빠지게 함.

요신을 부리다 몸을 요리조리 흔들며 야살을 떨다.

주소(晝宵) 밤낮.

품달(稟達) 웃어른이나 상사에게 여쭘.

체차(遞差) 관리의 임기가 차거나 부적당할 때 다른 사람으로 바꾸는 일.

독계(獨啓) 혼자서 임금께 보고함.

고명(顧命) 임금이 유언으로 세자나 종친, 신하 등에게 나라의 뒷일을 부탁함.

주작(做作)하다 없는 사실을 꾸며 만들다.

무복(誣服)하다 강요에 의해 하지 않은 것을 했다고 거짓으로 자백하다.

구초(口招) 죄인이 신문에 대하여 진술함.

시휘(時諱) 그 시대에 맞지 아니하는 말이나 행동.

위의(威儀) 위엄이 있고 엄숙한 태도나 차림새.

여출일구(如出一口) 이구동성.

불과시(不過是) 기껏해서 이 정도로.

백단(百端) 백방. 온갖 수단과 방법.

갈장(渴葬) 사람이 죽은 뒤에 신분에 따라 정해진 예월을 기다리지 않고 급히 장사를 지냄.

죽산마(竹散馬) 임금이나 왕비의 장례에 쓰던 제구.

대여(大轝) 국상 때에 쓰던 큰 상여.

실념(實稔) 곡식알이 여물고 익음.

포흠(逋欠) 관청의 물건을 사사로이 써버림.

경궁지조(驚弓之鳥) 한번 화살에 맞은 새는 구부러진 나무만 보아도 놀란다는 뜻으로 한번 혼이 난 일로 늘 의심과 두려움을 품는 것을 이르는 말.

적시(赤屍) 죽은 사람의 몸.

노륙(孥戮) 죄인의 아내나 아들을 함께 사형에 처하던 일.

구의(舊誼) 예전에 가까이 지내던 정분.

염퇴(恬退) 명예나 이익에 뜻이 없어서 벼슬을 내어놓고 물러남.

서용(敍用) 죄를 지어 연관되었던 사람을 다시 벼슬자리에 등용함.

위방불입(危邦不入) 난방불거(亂邦不居) 위험한 곳에는 가지 아니하며 어지러운 나라에는 살지 아니한다.

부모지방(父母之邦) 조국.

시무(時務) 그 시대에 중요하게 다루어야 할 일.

거역(鉅役) 몹시 힘이 드는 일.

무옥(誣獄) 아무 죄도 없는 사람을 죄가 있는 듯이 꾸며내어 그 죄를 다스림.

위훈(僞勳) 거짓 공훈.

귀일(歸一) 여러 갈래로 나뉘거나 갈라진 것이 하나로 합쳐짐.

회계(回啓) 임금의 물음에 대하여 신하들이 심의하여 대답하던 일.

조인광좌(稠人廣座) 여러 사람이 빽빽하게 많이 모인 자리.

유고(有故) 특별한 사정이나 사고가 있음.

서산낙일(西山落日)에 명재경각(命再頃刻) 서산에 해가 지듯이 목숨이 곧 다하게 될 신세.

부자(附子) 바꽃의 어린 열매로 독성이 강함.

고명대신(顧命大臣) 임금의 유언으로 나라의 뒷일을 부탁받은 대신.

불사(不似)하다 꼴이 격에 맞지 않아 아니꼽다.

완패(頑悖)하다 성질이 고약하고 행동이 막되어 도리에 어긋나다.

어리보기 말이나 행동이 다부지지 못하고 어리석은 사람을 낮잡아 이르는 말.

한축(寒縮)하다 추워서 기운을 내지 못하고 움츠리다.

딴기적다 기운없다.

과인(過人)하다 보통 사람보다 뛰어나다.

호읍우민천(號泣于旻天) 하늘을 우러러 부르짖으며 목놓아 울다.『소학』에 나옴.

불패천(不怕天) 불외지(不畏地) 뜻을 거스르거나 땅을 두려워하지 않음.

전반(剪板) 종이를 자를 때 쓰는 얇고 긴 나뭇조각.

손도(損徒) 맞다 도리를 저버린 탓으로 마을에서 쫓겨나다.

오괴(迂怪)하다 물정에 어둡고 괴상하다.

낭속(廊屬) 사내종과 계집종을 아울러 이르던 말.

허교(許交) 자기와 벗으로 사귀기를 허락하고 사귐.

현신(現身) 아랫사람이 윗사람에게 처음으로 자신을 보임.

백령백리(百伶百俐) 매우 영리하고 민첩함.

침혹(沈惑)하다 무엇을 몹시 좋아하여 정신을 잃고 거기에 빠지다.

몽종하다 새침하고 쌀쌀맞다.

초빈(草殯) 사정상 장사를 속히 치르지 못한 송장을 눈비를 가릴 수 있도록 덮어두는 일.

사실(査實) 사실을 조사하여 알아봄.

흔동(掀動)하다 함부로 마구 흔들다.

녹사(綠事) 높은 벼슬아치 밑에서 일을 보던 사람.

통자(通刺) 예전에 명함을 내놓고 면회를 청하던 일.

군간(窘艱)하다 살림이나 형편이 군색하고 고생스럽다.

지주(指嗾) 달래고 꾀어서 무엇을 하도록 부추김.

성각(醒覺) 깨어 정신을 차림.

현달(顯達) 벼슬, 명성, 덕망이 높아서 이름이 세상에 드러남.

자견(自牽) 말 따위를 스스로 몲.

거래(去來) 예전에, 사건이 일어나는 대로 아랫사람이 윗사람이나 관아에 가서 알리던 일.

근사(勤事)를 모으다 공을 들이다.

내지(內旨) 임금의 은밀한 명령.

영발(英發) 재기가 두드러지게 드러남.

지실받이 무슨 재앙으로 해가 되는 일을 당하는 사람.

방색(防塞) 남의 청을 받아들이지 않고 막음.

견전(遣奠) 발인할 때에, 문 앞에서 지내는 제사.

수상(隨喪) 장사 지내는 데 따라감.

세동 몸매.

고황(膏肓)에 들다 병이 고치기 힘들게 몸속 깊이 들다.

업진 가슴살.

기롱(譏弄) 실없는 말로 놀림.

샘바르다 샘이 심하다.

왜자하다 소문이 온 동네에 퍼져 요란하다.

지차(之次) 맏이 이외의 자식들.

안에섯님 아나서님. 정3품 이하의 보통 벼슬아치의 첩을 높여 이르는 말.

정장(呈狀) 소장을 관청에 냄.

내연(內宴) 조선시대에 내빈을 모아서 베풀던 궁중 잔치.

배설(排設) 연회나 의식에 쓰는 물건을 차려놓음.

소조(蕭條)하다 고요하고 쓸쓸하다.

낭재(郎材) 신랑감.

간선 선을 봄.

초피(貂皮) 담비 종류 동물의 모피를 통틀어 이르는 말.

구사(求仕) 벼슬을 구함.

엉절거리다 작은 소리로 원망스럽게 중얼중얼 군소리를 자꾸 내다.

각근(恪勤) 정성을 다해 부지런히 힘씀.

숙수(熟手) 잔치와 같은 큰일이 있을 때 음식을 만드는 사람.

부정지속(釜鼎之屬) 솥, 가마, 냄비 따위의 부엌에서 쓰는 그릇들을 통틀어 이르는 말.

회슬레 예전에, 목을 벨 죄인을 처형하기 전에 얼굴에 회칠을 한 뒤 사람들 앞에 내돌리던 일. 사람을 끌고 돌아다니며 우세 주는 일을 이름.

물제 어떤 일의 처지나 속내.

고위(孤危)하다 일가친척이 없는 홀몸으로 외롭고 위태롭다.

돌탄(咄嘆)하다 혀를 차며 탄식하다.

소창(消暢) 심심하거나 답답한 마음을 풀어 후련하게 함.

연수(宴需) 잔치에 드는 물건과 비용을 통틀어 이르는 말.

관후장자(寬厚長者) 너그럽고 후하며 점잖은 사람.

음감(歆感) 제사 때에 차려놓은 음식을 귀신이 맛봄.

윗손치다 선손 걸다. 먼저 손찌검을 하다.

저저히 이것저것 이유를 대는 것이 구구하게.

이매망량(魑魅魍魎) 사람을 해치는 온갖 도깨비나 귀신.

창방(唱榜) 과거 급제자의 이름을 부르던 일.

조명(釣名) 거짓을 꾸며 명예를 구함.

신래(新來) 불리다 과거에 급제한 사람들을 선배들이 축하한다는 뜻으로 그들 얼굴에 먹으로 그림을 그리고 괴롭히던 일.

유가(遊街) 돌리다 과거 급제자가 광대를 데리고 풍악을 울리면서 시가 행진을 벌이고 시험관, 선배, 급제자, 친척 등을 찾아보던 일.

조라치 취라치. 조선시대 군에서 소라를 불던 취타수.

공궤(供饋) 윗사람에게 음식을 드림.

옥하사담(屋下私談) 쓸데없는 사사로운 이야기.

생령(生靈) 살아 있는 백성.

섭위(涉危) 위험을 무릅씀.

완승(頑僧) 완고하고 고집스러운 중.

이존오(李存吾) 신돈의 횡포를 탄핵하다가 왕의 노여움을 산 고려 공민왕 때의 충신.

구전성명(苟全性命) 구차하게 목숨을 보전함.

비각 물과 불처럼 서로 상극이 되어 용납되지 아니하는 일.

시역(弑逆) 부모나 임금을 죽임.

당저(當宁) 지금의 임금.

핵실(覈實) 일의 실상을 조사함.

불윤(不允) 임금이 신하의 청을 허락하지 않음.

액정 소속(掖庭所屬) 조선시대에, 내시부에 속하여 왕명의 전달 및 안내, 궁궐 관리 따위를 맡아보던 액정원 소속의 구실아치와 종.

송기떡군복 무예별감을 낮잡아 이르던 말. 무예별감의 군복색이 송기떡과 같았다.

일새 일솜씨.

지접(止接) 몸을 붙이어 의지함.

본결 비나 빈의 친정.

가스러지다 성질이 온순하지 못하고 좀 거칠어지다.

제번(除煩) 번거로운 인사말을 덜어버리고 할 말만 적는다는 뜻으로, 간단한 편지의 첫머리에 쓰는 말.

수시(水柿) 모양이 좀 길둥글며 물이 많고 맛이 단 감.

부쩌지 못하다 부쩝 못하다. 감히 가까이 사귀거나 다가서지 못하다. '부쩝'은 '부접'을 강조한 말.

소시(所視) 남이 보는 바.

몰수이 있는 수효대로 모두 다.

고대 이제 막.

가직이 조금 가까이.

희영수하다 다른 사람과 더불어 실없는 말이나 행동을 하다.

말전주 이 사람에게는 저 사람 말을, 저 사람에게는 이 사람 말을 좋지 않게 전하여 이간질하는 짓.

몽녁 덤터기.

영수(領袖) 여러 사람 가운데 우두머리.

연메꾼 임금이 타는 가마인 연을 메는 사람.

굉걸(宏傑)하다 굉장하고 훌륭하다.

연구세심(年久歲深) 세월이 매우 오래됨.

훤화(喧譁) 시끄럽게 떠듦.

번전(反田) 논을 밭으로 만듦.

궤연(几筵) 죽은 사람의 영궤나 그에 딸린 모든 것을 차려놓는 곳.

척형(戚兄) 성이 다른 일가 가운데 형뻘 되는 사람.

집심(執心) 흔들리지 아니하게 한쪽으로 마음을 잡고 열중함. 또는 그 마음.

참척(慘慽) 자손이 부모나 조부모보다 먼저 죽는 일.

궁설(窮說)하다 곤궁한 형편을 이야기하다.

왁달박달 성질이나 행동이 곰살갑지 못하여 조심성 없이 수선스러운 모양.

알짬 여럿 가운데에 가장 중요한 내용.

찜부럭 몸이나 마음이 괴로울 때 걸핏하면 짜증을 내는 짓.

지술(地術) 묏자리나 집터 따위의 좋고 나쁨을 알아내는 수법.

오려백복(烏驢白腹) 온몸이 검고 배만 흰 나귀.

곤댓짓 뽐내어 우쭐거리며 하는 고갯짓.

가가(假家) 가게.

장대(將臺) 장수가 올라서서 명령, 지휘하던 대.

수염수세 수염의 술.

속한(俗漢) 중이 아닌 사람을 낮잡아 이르는 말.

언치 말이나 소의 안장이나 길마 밑에 깔아 그 등을 덮어주는 방석이나 담요.

팔준마(八駿馬) 중국 주나라 때에, 목왕이 사랑하던 여덟 마리의 준마.

의발(衣鉢) 승려의 옷과 밥그릇. 스승으로부터 전하는 교법이나 불교의 깊은 뜻을 이르는 말.

피아말 피마. 다 자란 암말.

상사말 발정하여 일시적으로 매우 사나워진 수말.

백락(伯樂) 중국 진나라 때 명마를 잘 알아보기로 유명한 사람.

시체(時體) 그 시대의 풍습이나 유행.

소분(掃墳) 오랫동안 외지에서 벼슬하던 사람이 친부모의 산소에 가서
　　　　성묘하던 일.
천추(遷推)되다 미적미적 미루어가다.
낭연(狼煙) 무엇을 알리기 위해서 태우는 연기.
효유(曉諭)하다 깨달아 알아듣도록 타이르다.
안상(安詳)하다 성질이 찬찬하고 자세하다.
금성탕지(金城湯池) 쇠로 만든 성과 그 둘레에 파놓은 뜨거운 물로 가득
　　　　찬 못이라는 뜻으로, 방어시설이 잘 되어 있는 성을 이르는 말.
천총(千摠) 조선시대에 각 군영에 속한 정삼품 무관 벼슬.
이심(已甚)하다 지나치게 심하다.
장발(獎拔) 아름다움을 칭찬하고 장려하며 뽑아 씀.
양유기(養由基) 중국 초나라의 명궁.
강잉히 마지못해 어쩔 수 없이.
가찰(苛察) 까다롭게 따져가며 잘 살핌.
호궤(犒饋) 군사들에게 음식을 주어 위로함.
간주인(看主人) 집이나 물건은 그 주인이 보며 살핀다는 뜻을 한문투로
　　　　이르는 말.
극택(極擇) 매우 정밀하게 잘 골라 뽑음.
갑주(甲冑) 갑옷과 투구.

용어풀이

04 의형제편 1

한손 접다 높은 편이 실력을 낮추어 고르게 하다.

반두 양끝에 가늘고 긴 막대로 손잡이를 만든 그물.

종다래끼 작은 바구니.

불거지 피라미의 수컷.

부지런히 콩을 심다 다리를 절름거리며 걸어가는 모습을 비유적으로 나타낸 말.

천연(天然)하다 생긴 그대로 조금도 꾸밈이 없다.

동접(同接) 같은 곳에서 함께 공부함. 또는 그런 사람이나 관계.

불인(不仁)하다 몸의 어느 부분이 마비되어 움직이기가 거북하다.

면무료(免無聊) 무료함을 덞.

유착하다 몹시 투박하고 크다.

말곁 남이 말하는 옆에서 덩달아 참견하는 말.

창(槍)열 쇠로 된 창의 끝부분.

조조(懆懆)하다 마음이 편안하지 못하고 조마조마하다.

실장정 힘깨나 쓰는 장정.

야료(惹鬧) 까닭없이 트집을 잡고 함부로 떠들어댐.

시회(詩會) 시인이나 시 애호가들이 시를 짓거나 시에 대해 토론하고 감상하기 위해 모인 모임.

소견(消遣)하다 소일하다. 하는 일 없이 세월을 보내다.

청처짐하다 좀 처진 듯하다.

완(刓)하다 새긴 글자가 닳아서 희미하다.

쇠다 성질이나 성품이 나빠지고 비틀어지다.

씨까스르다 쏠까스르다. 남을 추기었다 낮추었다 하여 비위를 거스르다.

헐후(歇后)하다 대수롭지 아니하다.

관차(官差) 관아에서 파견하던 군뢰, 사령 따위의 아전.

하회(下回) 어떤 일이 있은 다음에 벌어지는 일의 형태나 결과.

의려(疑慮) 의심하여 염려함.

정의(情誼) 서로 사귀어 친하여진 정.

미치미치하다 멈칫거리다.

낙발(落髮) 머리를 깎음.

증왕(曾往) 이미 지나가버린 그때.

구몰(俱沒) 부모가 모두 세상을 떠남.

연신(連信) 소식.

신착립(新差笠) 관례를 지낸 뒤 나이가 많아져 초립을 벗고 처음으로 검은 갓을 쓰는 일.

세의(世誼) 대대로 사귀어온 정.

향적전(香積殿) 향나무를 땔감으로 하여 법당에 올릴 공양을 짓는 곳.

행내기 보통내기.

과갈간(瓜葛間) 인척간.

속현(續絃) 거문고와 비파의 끊어진 줄을 다시 잇는다는 뜻으로, 아내를 여읜 뒤에 다시 새 아내를 맞는 일을 비유적으로 이르는 말.

행호시령(行號施令) 호령을 내림.

도목(都目) 국가 차원에서 벼슬아치의 성적이 좋고 나쁨을 적어놓은 조목.

서연(書筵) 조선시대에 왕세자에게 경서를 강론하던 자리.

입향순속(入鄕循俗) 다른 지방에 들어가서는 그 지방의 풍속을 따름.

석연(釋然)하다 의혹이나 꺼림칙한 마음이 없이 환하다.

친산면례(親山緬禮) 부모의 무덤을 옮겨서 다시 장사 지냄.

서퇴(暑退) 더위가 물러감.

융노인(隆老人) 칠팔십세 이상 되는 노인.

게먹다 상대편에게 지근덕지근덕 따지고 들다.

혼돌림 단단히 혼냄.

두동싸다 이럴까 저럴까 하고 망설여 확실한 결심이 없다.

지지누르다 기운을 꺾어 누르다.

정숙(情熟)하다 정겹고 친숙하다.

노량으로 느릿느릿.

상둿도가 상여와 그에 딸린 제구들을 파는 집.

분상(墳上) 무덤 위.

무명끝 쓰다가 남은 짤막한 무명.

누누중총(纍纍衆塚) 다닥다닥 잇닿아 있는 많은 무덤들.

명토 누구 또는 무엇이라고 구체적으로 하는 지적.

구기(拘忌) 좋지 않게 여기어 피하거나 꺼림.

합폄(合窆) 남편과 아내를 한 무덤에 묻음.

구광중(舊壙中) 그 전에 관을 묻은 무덤 구덩이.

떼서리 한 집안의 겨레붙이로 된 무리.

비꾸러지다 그릇된 방향으로 벗어나다.

포실하다 살림이나 물건 따위가 넉넉하고 오붓하다.

등내(等內) 벼슬아치가 벼슬을 살고 있는 동안.

누누이 여러번 자꾸.

장끼목 수꿩의 목털.

말휘갑 이리저리 말을 잘 둘러 맞추는 일.

소삽(疏澁)하다 길이 낯설고 막막하다.

당학(唐瘧) 학질의 하나로 이틀을 걸러서 발작한다 하여 '이틀거리'라고 한다.

바장이다 짧은 거리를 오락가락 거닐다.

존위(尊位) 높고 귀한 자리.

일좌(一座) 동네 소임의 첫 자리를 이르던 말.

연주전(連珠箭) 계속해서 쏘는 화살.

임검(臨檢) 사건이 일어난 현장에 가서 조사하는 일.

산수털벙거지 산짐승의 털로 만든 벙거지 또는 그것을 쓴 사람. 예전에 관아의 하인들이나 군인들이 흔히 썼다.

주니 두렵거나 확고한 자신이 없어서 내키지 아니하는 마음.

부전부전하다 남의 사정은 돌보지 아니하고 자기가 하고 싶은 일만 서두르다.

유수(留守) 조선시대에, 수도 이외의 요긴한 곳을 맡아 다스리던 벼슬.

들쌘대다 몹시 짓누르거나 못살게 굴다.

동임(洞任) 동네 일을 맡아보는 사람.

제석상(帝釋床) 무당이 굿할 때에 한 집안 사람의 수명과 재산을 맡아본다는 제석신을 위하여 차려놓는 제물상.

출물상(出物床) 굿을 할 때 무당이 원하는 갖가지 귀신에게 바치는 제물상의 하나.

기대 무당이 굿을 할 때 무악을 맡는 사람.

부정가망 민속에서 부정풀이를 할 때 굿의 열두거리 가운데 첫째, 둘째 거리에서 무당이 부르는 노래.

공수 무당이 죽은 사람의 넋이 하는 말이라고 전하는 말.

시위잠 활시위 모양으로 웅크리고 자는 잠.

남철릭 당상관인 무관이 입던 공복.

쾌자(快子) 소매가 없고 등솔기가 허리까지 트인 옛 전투복.

순력(巡歷) 각처로 돌아다님.

사망 장사에서 이익을 많이 얻는 운수.

서울 혼인에 깍쟁이 오듯이 관계도 없는 사람이 수없이 많이 모여드는 경우를 이르는 말.

뚜에 뚜껑.

초원(超遠)하다 조금 멀다.

마닐마닐하다 음식이 씹어먹기에 알맞게 부드럽고 말랑말랑하다.

간능스럽게 능청스럽게.

결구 걸귀乞鬼. 새끼를 낳은 뒤의 암퇘지. 음식을 몹시 탐내는 사람을 욕으로 이르는 말.

도섭스럽다 주책없이 능청맞고 수선스럽게 변덕을 부리는 태도가 있다.

부등가리 아궁이 불을 담아 옮길 때 부삽 대신 쓰는 도구.

당겨듣다 남의 말을 들을 때에 말의 내용을 자기 주관에 따라 단정하거나 자기에게 이롭게 해석하다.

조기다 써서 없애 치우거나 또는 사정없이 들이다.

호다 헝겊을 겹쳐 바늘땀을 성기게 꿰매다.

마르다 옷감 등을 치수에 맞게 자르다.

뼘다 뼘으로 물건의 길이를 재다.

중동무이 하던 일이나 말을 끝내지 못하고 중간에서 흐지부지 끊어버림.

슬금하다 겉으로 보기에는 어리석고 미련해 보이지만 속마음은 슬기롭고 너그럽다.

마들가리 나무의 가지가 없는 줄기.

서관대로(西關大路) 서울에서 의주까지 가는 큰길을 이르는 말.

피나무 안반만 찾는다 자기에게 좋고 편리한 것만 바람을 비유적으로 이르는 말.

갈수록 수미산이라 갈수록 더욱 어려운 지경에만 처하게 됨을 이르는 말.

처녑 소나 양 따위의 반추위의 제3위. 잎 모양의 얇은 조각이 많이 있다.

잘록이 산줄기의 잘록한 곳.

칠소반(漆小盤) 옻칠을 한 작은 상.

상성(喪性) 본래의 성질을 잃어버리고 전혀 다른 사람처럼 됨.

셈평 좋게 태도가 넉살스럽고 태평하게.

밤뒤 밤에 대변을 보는 일.

신산(辛酸)하다 세상살이가 힘들고 고생스러움을 비유적으로 이르는 말.

적악(積惡)하다 남에게 악한 짓을 많이 하다.

납고(納拷) 관가에서 다짐을 받던 일.

안돈(安頓) 사물이나 주변 따위가 잘 정돈됨.

시게전 시장에서 곡식을 파는 노점.

말감고 장터에서 곡식을 되질하거나 마질하는 일을 직업으로 하던 사람.

산따다기 겉이 붉고 질이 떨어지는 쌀.

앵미 쌀에 섞여 있는, 빛깔이 붉고 질이 나쁜 쌀.

마질 곡식을 말로 되는 일.

되수리 됫밑. 곡식을 되로 되고 난 뒤에 조금 남는 분량.

뜸베질 소가 뿔로 물건을 닥치는 대로 들이받는 짓.

잔채질 포교가 죄인을 신문할 때에 회초리로 연거푸 때리던 일.

옴니암니 다 같은 이인데 자질구레하게 어금니 앞니 따진다는 뜻으로, 자질구레한 일에 대하여 좀스럽게 셈하거나 따지는 모양.

물초 온통 물에 젖음. 또는 그런 모양.

밀타승 이질이나 종기 따위를 다스리는 살충약.

투겁하다 넓고 얄팍한 물건 따위를 뒤집어쓰다.

대차군 힘을 키우는 약을 먹어서 힘이 매우 세어진 사람.

육장(六場) 한번도 빼지 않고 늘.

횡목 터무니없이 자기 힘을 뽐냄.

막이 그래 보아야.

덧걸이 상대편 오른쪽 다리에 자기 오른쪽 다리를 대고 상대편의 몸을 위로 띄워서 넘기는 씨름 기술.

속걸이 상대편 다리 사이에 오른쪽 다리를 집어넣고 뒤로 활짝 젖혀 넘기는 기술.

반드림 씨름에서 상대편의 몸을 끌어당겨 반쯤 들면서 한 발로 상대편의 발을 걸어 넘어뜨리는 기술.

동뜨다 다른 것들보다 훨씬 뛰어나다.

부담말(負擔馬) 말잔등에 자그만 농작을 싣고 그 위에 사람이 타게 꾸민 말.

북두끈 마소의 등에 실은 짐을 배와 한데 얽어매는 줄.

광친쇠 반짝반짝 빛이 나게 만든 쇠.

허허실수로 허허실실로. 되면 좋고 안 되어도 그만인 식으로.

성복 후 약방문 사후약방문. 시기를 잃어 일이 낭패됨.

얼없다 얼이 빠져 정신이 없다.

통히 도무지.

조선 공사 사흘 우리나라 사람이 참을성이 부족하고 일을 자주 변경함을 이름.

우물고누 첫 수 가장 좋은 대책, 유일한 수단을 비유적으로 이르는 말.

선진(先陣) 본진의 앞에 자리잡거나 앞장서서 나아가는 부대.

배목 문고리를 걸거나 자물쇠를 채우기 위해 둥글게 구부려 만든 고리걸쇠.

절낫 자루를 길게 하여 먼 곳에 있는 것을 잡아당기는 데 편하도록 만든 낫.

강근지친(强近之親) 도움을 줄 만한 아주 가까운 친척.

골집 심술.

조개 속의 게 조개 속에 기생하는 작고 말랑말랑한 게처럼 연약하고 혈색이 좋지 않으며 기력이 없는 사람을 비겨 이르는 말.

얼큼하다 이리저리 얽혀서 얼마간의 관련이 되다.

초다듬이 우선 초벌로 사람을 몹시 때리는 짓을 비유적으로 이르는 말.

분탕질 아주 야단스럽고 부산하게 소동을 일으키는 짓.

패동(敗洞) 힘이나 세력 따위가 줄거나 약해져서 황폐해지거나 없어져버린 동네.

신신(新新)하다 마음에 들게 시원스럽다.

고불이 '늙은이'의 속어.

자개바람 힘이 솟고 요란하게 움직이는 모양을 이르는 말.

소성(蘇醒)되다 중병을 치르고 난 뒤에 다시 회복하다.

생청 생떼. 억지로 쓰는 떼.

자몽(自懜) 졸릴 때처럼 정신이 흐릿한 상태.

찐덥다 남을 대하기가 마음에 흐뭇하고 만족스럽다.

차붓소 달구지를 끄는 큰 소.

구존(具存)하다 빠짐없이 골고루 갖추어져 있다.

장 언제나 늘.

나우 조금 많이.

술밑 누룩을 섞어 버무린 지에밥. 술의 원료가 된다.

장건건이 간장, 고추장, 된장 따위를 통틀어 이르는 말.

군조롭다 '군졸하다'의 속어. 넉넉지 못하다. 궁색하다.

발매 나무를 가꾸는 산에서 나무를 한 목 베어냄.

간검(看檢)하다 두루 살피어 검사하다.

발세 산줄기의 형세.

바라지 방에 햇빛을 들게 하려고 벽의 위쪽에 낸 작은 창.

갱지미 놋쇠로 만든 국그릇.

대공망일(大空亡日) 아무 소망도 이루지 못하는 날.

종구락 종구라기. 조그만 바가지.

짬짬하다 할 말이 없어 맨송맨송하다.

의사(意思)스럽다 제법 속생각이 깊고 쓸모 있는 생각을 곧잘 해내는 힘이 있다.

끈히 끈질기게.

아갈잡이 소리를 지르지 못하도록 입을 헝겊이나 솜 따위로 틀어막는 짓.

휘뜩하다 갑자기 넘어질 듯이 한쪽으로 쏠리거나 흔들리다.

굼닐다 몸을 구부렸다 일으켰다 하다.

첫국밥 아이를 낳은 뒤에 산모가 처음으로 먹는 국과 밥. 주로 미역국과 흰밥을 먹는다.

비릊다 임부가 진통을 하면서 아이를 낳으려는 기미를 보이다.

해뜩 날이 밝아 환해진 모양.

잦치르다 자주 겪다. 자주 치르게 되다.

영채(映彩) 환하게 빛나는 고운 빛깔.

지위 지다 병으로 몸이 쇠약하여지다.

참젖 참참이 얻어먹는 남의 젖.

배송(拜送) 해로움이나 괴로움을 끼치는 사람을 건드리지 아니하고 조심스럽게 내보냄.

악패듯 사정없이 매우 심하게.

오력 일정한 기준이나 요구를 다 채우지 못한 몫.

홍로점설(紅爐點雪) 빨갛게 달아오른 화로 위에 눈을 조금 뿌린 것과 같다는 뜻으로 큰일을 함에 있어 작은 힘으로는 아무 도움이 되지 아니함을 이르는 말.

졸창간(卒倉間)에 미처 어찌할 수 없이 매우 급작스러운 사이에.

여차(餘次) 그다음으로 나은 편.

용어풀이 05 — 의형제편 2

송사(訟事) 백성끼리 분쟁이 있을 때, 관부에 호소하여 판결을 구하던 일.

하늘이 낮다고 뛴다 성이 나서 길길이 뛰는 모양을 견주어 이르는 말.

사세(事勢) 일이 되어가는 형세.

선망후실(先忘後失) 자꾸 잊어버리기를 잘함.

고패를 빼다 굴복을 하다.

즐느런하다 한 줄로 죽 벌여 있다.

상태기 상투.

등시타살(等時打殺) 죄를 저지른 즉시 현장에서 범인을 때려죽임.

무이다 부탁 따위를 잘라서 거절하다.

말주벽 이것저것 경위를 따지고 남을 공박하거나 자기 이론을 주장할 만한 말주변.

얼없다 조금도 틀림이 없다.

압령(押領)하다 죄인을 맡아서 데리고 오다.

구기 술이나 기름, 죽 따위를 풀 때 쓰는 기구로, 국자보다 자루가 짧고 바닥이 오목하다.

양양(揚揚)하다 뜻한 바를 이룬 만족한 빛을 얼굴과 행동에 나타내는 면이 있다.

곤달걀 지고 성 밑으로 못 간다 이미 다 썩은 달걀을 지고 성 밑으로 가면서도 성벽이 무너져 달걀이 깨질까 두려워 못 간다는 뜻으로, 무슨 일을 지나치게 두려워하며 걱정함을 비유적으로 이르는 말.

접주(接主) 우두머리.

쫒다 틀어 죄어매다.

율기(律己) 안색을 바로잡아 엄정히 함.

조격(調格) 품격이나 인품에 어울리는 태도.

옹이에 마디 안 좋은 일이 겹쳐 생김을 이르는 말.

판수 맹인.

도드밟다 오르막길 따위를 오를 때 발끝에 힘을 주어 밟다.

봉노 봉놋방. 여러 나그네가 한데 모여 자는, 주막집의 가장 큰 방.

경력(經歷) 조선시대에, 각부에서 실제적인 사무를 맡아 보던 종사품 벼슬.

놋갓장이 놋그릇 만드는 일을 직업으로 하는 사람.

되풀이 곡식 따위를 되로 되어 헤아림.

흥성(興成) 흥정.

곱다 이익을 보려다가 도리어 손해를 입게 되다.

게트림 거만스럽게 거드름을 피우며 하는 트림.

중두리 독보다 조금 작고 배가 부른 오지 그릇.

초군아이 땔나무를 하는 아이.

놀려내다 남을 놀아나게 만들다.

나배기 나이배기. 겉보기보다 나이가 많은 사람을 낮잡아 이르는 말.

둥구미 짚으로 둥글고 울이 깊게 결어 만든 그릇.

편성(偏性) 한쪽으로 치우친 성질.

익은 밥 다시 설릴 수 없다 일이 다 성숙된 것을 파탄시키기에는 이미 때가 늦었음을 비겨 이르는 말.

반기 잔치나 제사 후에 여러 곳에 나눠주려고 목판이나 그릇에 몫몫이 담아 놓은 음식.

작수성례(酌水成禮) 물 한 그릇만 떠놓고 혼례를 치른다는 뜻으로, 가난한 집안의 혼례를 이르는 말.

상우례(相遇禮) 신랑이나 신부가 처가나 시가의 친척과 정식으로 처음 만나보는 예식.

피침(被侵) 침략이나 침범을 당함.

내정돌입(內庭突入) 주인의 허락 없이 남의 집 안으로 불쑥 들어감.

소지(所志) 예전에, 청원이 있을 때에 관아에 내던 서면.

멱 장기에서 마馬나 상象이 다닐 수 있는 길목.

국수(國手) 장기, 바둑 따위에서 실력이 한 나라에서 으뜸가는 사람.

윷진애비 내기나 경쟁에서 자꾸 지면서도 달려드는 사람을 비유적으로 이르는 말.

정작 요긴하거나 진짜인 것.

후물리기 먹고 난 나머지.

데시기다 먹고 싶지 않은 음식을 억지로 먹다.

징건하다 먹은 것이 잘 소화되지 아니하여 더부룩하고 그득한 느낌이 있다.

구체(久滯) 오래된 체증. 만성 위장병.

취재(取才) 재주를 시험하여 사람을 뽑음.

까치 뱃바닥 같다 너무 허풍을 치고 흰소리 잘하는 사람을 빗대어 놀리는 말.

어리뻥뻥하다 어리둥절하여 갈피를 잡을 수 없다.

잘새 밤이 되어 자려고 둥우리를 찾아드는 새.

무이다 일을 중간에서 끊어버리다.

냅뜨다 일에 기운차게 앞질러 나서다.

시르죽다 기운을 차리지 못하다.

갈매 갈매색. 짙은 초록색.

편발(編髮) 관례를 하기 전에 머리를 길게 땋아 늘이던 일.

봉물(封物) 예전에, 시골에서 서울 벼슬아치에게 선사하던 물건.

히구저치다 뽐내어 설치다.

늦잡도리다 늑장을 부리다.

새옹 놋쇠로 만든 작은 솥.

행연(行硯) 여행할 때 갖고 다니는 조그마한 벼루.

초필(抄筆) 잔글씨를 쓰는, 작고 가느다란 붓.

취품(取稟)하다 웃어른께 여쭈어서 그 의견을 기다리다.

쟁치다 풀을 먹인 명주나 모시 따위를 반반하게 펴서 말리거나 다리다.

건색(乾色) 가공하거나 손질하지 아니한 본바탕 그대로의 재료.

관례보임 관례를 치를 때 하는 옷차림.

개울리다 상대편을 높이어 대하다.

전안(奠雁) 혼례 때 신랑이 기러기를 가지고 신부 집에 가서 상 위에 놓고 절함.

해혹(解惑) 의혹을 풀어 없앰.

허참(許參) 새로 나아가는 벼슬아치가 전부터 있는 벼슬아치에게 음식을 차려 대접하던 일.

행공(行公) 공무를 집행함.

정경(情景) 사람이 처하여 있는 모습이나 형편.

발괄 자기 편을 들어달라고 남에게 부탁하거나 하소연함.

급창이 조선시대에 관아에 속하여 원의 명령을 간접으로 받아 큰 소리로 전달하는 일을 맡아보던 사내종인 '급창'을 낮잡아 이르던 말.

옹서(翁壻) 장인과 사위를 아울러 이르는 말.

가래다 맞서서 옳고 그름을 따지다.

안담(按擔)하다 남의 책임을 맡아 지다.

방위사통(防僞私通) 아전끼리 주고받던 공문.

너겁 돌이나 바위 따위가 놓여 생긴 굴.

두남두다 애착을 가지고 돌보다.

역승(驛丞) 조선시대에, 전국에 설치한 역을 관장하던 종구품 벼슬.

웅주거목(雄州鉅牧) 땅이 넓고 산물이 많은 고을. 또는 그 고을의 원.

적사구근(積仕久勤) 여러 해를 벼슬살이함.

남행당하(南行堂下) 음직으로 하는 당하관 벼슬.

일자반급(一資半級) 예전에, 보잘것없는 작은 벼슬을 이르던 말.

요감(了勘)하다 끝을 막다.

당가(當家)하다 집안일을 주관하여 맡다.

멍구럭 썩 성기게 떠서 만든 망태기.

장등 산마루.

느루먹다 양식을 절약해서 예정보다 더 오랫동안 먹다.

구기본(究其本) 어떤 사실에 대하여 그 근본을 캐어봄.
계적(繼蹟) 조상이나 부형의 훌륭한 업적이나 행적을 본받아 이음.
염량(炎凉) 선악과 시비를 분별하는 슬기.
표미기(豹尾旗) 조선시대에 쓰던 표범 꼬리가 그려진 군기. 이 기를 세워
　　　둔 곳에는 함부로 드나들지 못했다.
치소(嗤笑) 비웃음.
열흘 붉은 고운 꽃이 없다 한때는 성하고 잘 되는 것 같지만 오래가지 못
　　　하고 변해버린다는 뜻.
진대 남에게 달라붙어 떼를 쓰며 괴롭히는 짓.
움 안에서 떡 받는다 이편에서 구하지도 않았는데 뜻밖에 좋은 물건을
　　　얻었음을 이르는 말.
또리지게 당돌하고 또렷하게.
재하자(在下者) 손아랫사람.
별반거조(別般擧措) 특별히 다르게 취하는 조치.
도조바리 남의 논밭을 빌려서 부치고 논밭을 빌린 대가로 해마다 내는
　　　벼(도조)를 말이나 소의 등에 실어 나르는 것.
말목 지주와 소작인이 타작한 곡식을 나눌 때, 마당에 처져서 소작인의
　　　차지가 되는 곡식.
모피(謀避) 피하려고 꾀를 냄. 또는 그렇게 하여 피함.
도르리 여러 사람이 음식을 차례로 돌려가며 내어 함께 먹음.
제독(制毒)을 주다 상대편의 기운을 꺾어서 감히 다른 마음을 먹지 못하
　　　게 하다.
의봉 의빙依憑의 속어. 어떤 힘을 빌려 의지함.
감주 먹은 괴 상 감주(젓국)를 몰래 훔쳐먹다 들킨 고양이처럼 겸연쩍고

불안해하는 모습. 먹지 못할 것을 먹었을 때 찌푸린 얼굴을 비겨 이르는 말.

수장(手章) 손도장.

수죄(數罪) 범죄 행위를 들추어 세어냄.

자자(刺字) 얼굴이나 팔뚝에 홈을 내어 죄명을 먹칠하여 넣던 일.

삼씨오쟁이를 짊어지다 아내의 간통으로 남의 웃음거리가 되다.

하자(瑕疵)하다 흠을 잡아 말하다.

불긴(不緊)하다 꼭 필요하지 아니하다.

판관사령(判官使令) 감영이나 유수영의 판관에 딸린 사람이란 뜻으로, 아내가 시키는 대로 잘 따르는 남자를 놀림조로 이르는 말.

지인지감(知人之鑑) 사람을 잘 알아보는 능력.

반상(叛相) 모반을 할 인상.

앙가바틈하다 짤막하고 딱 바라져 있다.

중화(中火) 길을 가다 점심을 먹음.

난당(難當)하다 당해내기 어렵다.

됩다 도리어.

시악(恃惡) 자기의 악한 성미로 부리는 악.

수탐(搜探) 무엇을 알아내거나 찾기 위하여 조사하거나 엿봄.

말가리 말의 갈피와 조리. 또는 말의 줄거리.

개개빌다 죄나 잘못을 용서하여 달라고 간절히 빌다.

두루거리 두루 한데 어울림.

온언순사(溫言順辭) 따뜻하고 부드러운 말씨.

장채 비상시에 관아가 동원하여 파견하던 장정.

대경대법(大經大法) 공명정대한 큰 원리와 원칙.

발미(跋尾) 검시관이 살인의 원인과 경과 따위를 조사하여 조사서에 적어넣는 의견서.

제사(題詞) 관부에서 백성이 제출한 소장이나 원서에 쓰던 관부의 판결이나 지령.

판부(判付) 임금에게 올라간 안을 임금이 허가하던 일.

오마작대(五馬作隊) 오열종대로 편성한 기마대.

사명기(司命旗) 조선시대에, 각 군영의 대장이 휘하의 군대를 지휘하는 데 쓰던 군기.

융복(戎服) 철릭과 주립으로 된 군복.

신연(新延) 도나 군의 장교와 이속들이 새로 부임하는 감사나 수령을 그 집에 가서 맞아오던 일.

상략하다 성격이 막힌 데가 없고 싹싹하다.

규각(圭角) 말이나 뜻, 행동이 서로 맞지 아니함.

선화당(宣化堂) 각도의 관찰사가 사무를 보던 정당.

초간(稍間)하다 한참 걸어가야 할 정도로 거리가 조금 멀다.

아기똥하다 말이나 행동 따위가 매우 거만하고 앙큼한 데가 있다.

후박(厚薄) 후하게 구는 일과 박하게 구는 일.

오중(五中) 화살 다섯 발을 쏘아 다섯 번을 다 맞힘.

무고(武告) 무과에서 과녁의 표시를 나타내던 것.

똥때 여벌로 갖고 있는 마지막 화살.

사피(辭避)하다 사양하여 거절하고 피하다.

은사(隱事)주검 은밀히 남을 죽도록 하는 일.

옥추경(玉樞經) 소경이 외워 읊는 도가 경문의 하나.

쇠배 전혀.

벽사(辟邪) 요사스러운 귀신을 물리침.

무양(無恙)하다 몸에 병이나 탈이 없다.

설도(說道)하다 도리를 설명하다.

행수기생 조선시대에, 관아에 속한 기생의 우두머리.

포쇄관(曝曬官) 서적 말리는 직책.

가취(可取)하다 쓸 만하다.

장처(長處) 장점.

조(操) 깨끗이 가지는 몸과 굳게 잡은 마음.

다기지다 마음이 굳고 야무지다.

기명(器皿) 살림살이에 쓰는 그릇을 통틀어 이르는 말.

촉휘(觸諱) 공경하거나 꺼려야 할 이름을 함부로 부름.

가댁질 아이들이 서로 잡으려고 쫓고, 이리저리 피해 달아나며 뛰노는 장난.

선자통인(扇子通引) 부채를 진상하기 위해 백성에게서 대를 거두는 일을 하던 구실아치.

과만(瓜滿) 벼슬의 임기가 끝나는 시기를 이르던 말.

둘하다 둔하고 미련하다.

거멀못 나무 그릇 따위의 터지거나 벌어진 곳. 또는 벌어질 염려가 있는 곳에 거멀장처럼 겹쳐서 박는 못.

작희(作戱)하다 방해를 놓다.

차함(借啣) 실제로 근무하지 않고 벼슬의 이름만 가지던 일.

실함(實啣) 실제로 일정한 직을 맡아 근무하는 벼슬.

감창(感愴)하다 어떤 느낌이 가슴에 사무쳐 슬프다.

공형(公兄) 각 고을의 세 구실아치인 호장, 이방, 수형리를 이름.

승안(承顔) 웃어른을 만나뵘.

주회(周回) 둘레.

동독(董督)하다 감시하며 독촉하고 격려하다.

두대박이 두 개의 돛대를 세운 배.

외면수습(外面收拾) 겉치레로 하는 수습.

경적(輕敵)하다 적을 얕보다.

치위(致慰) 상중이나 복중에 있는 사람을 위로함.

고목(告目) 아랫사람이 윗사람에게 쓰는 보고서나 편지.

관작(官爵) 관직과 작위를 아울러 이르는 말.

가자은전(加資恩典) 근무 성적이 좋은 관원의 품계를 올려주고, 나라에
서 은혜를 베풀어 내리던 특전.

포진(鋪陳) 바닥에 깔아놓는 방석, 요, 돗자리를 통틀어 이르는 말.

신발차 심부름하는 값으로 주는 돈.

울가망 근심스럽거나 답답하여 기분이 나지 않음.

수원수구(誰怨誰咎) 누구를 원망하고 누구를 탓하겠냐는 뜻으로, 남을
원망하거나 탓할 것이 없음을 이르는 말.

자열소(自列疏) 예전에, 자기가 저지른 죄과를 스스로 인정하고 그 사실
을 적어 임금에게 내던 일.

기과(記過) 관리로서 가벼운 잘못이 있는 자를 말로 나무라고 그 내용을
문부에 적어두던 일.

흔천동지(掀天動地) 큰 세력을 떨침을 비유적으로 이르는 말.

견중(見重)하다 남에게 소중하게 여겨지다.

사백(舍伯) 남에게 자기의 맏형을 겸손하게 이르는 말.

소지(所持) 가지고 있는 일.

거미구(居未久)에 오래지 않아.
가권(家眷) 호주나 가구주에게 딸린 식구.
전최고과법(殿最考課法) 관리의 정기 이동이 있을 때, 관리들의 근무 실
    태를 조사하여 성적을 매겨서 보고하던 규정.
정곡(情曲) 간곡한 정.
도르다 먹은 것을 게우다.
잉임(仍任) 기한이 다 된 관리를 그 자리에 그대로 둠.
교부(交符) 지방 관원의 사무를 인수하고 인계하던 일.
실내마님 남의 아내를 높여 이르는 말.
폭원(幅員) 땅이나 지역의 넓이.
뼈물다 단단히 벼르다.
발호(跋扈)하다 권세나 세력을 제멋대로 부리며 함부로 날뛰다.
포폄(褒貶) 옳고 그름이나 선하고 악함을 판단하여 결정함.
존문(存問) 고을의 원이 그 지방의 형편을 알아보려고, 관할 지역의 백성
    을 방문하던 일.
무세(無勢)하다 세력이 없다.
원류(願留) 예전에, 전임되어 가는 관리의 유임을 그 지방 사람들이 상부
    에 청원하던 일.
등장(等狀) 여러 사람이 이름을 잇대어 써서 관청에 올려 하소연함.
노문(路文) 놓다 미리 알리다.
교위(巧偉) 뜻밖의 일이 생겨 공교롭게 기회를 놓침.
소대(疏待) 푸대접.
염량(炎涼) 세력의 성함과 쇠함.
득배(得配) 배필을 얻음.

언걸 다른 사람 때문에 당하는 괴로움이나 해.

약약하다 싫증이 나서 귀찮고 괴롭다.

전접(奠接) 머물러 살 곳을 정함.

사진(仕進)하다 벼슬아치가 규정된 시간에 근무지로 출근하다.

아낙 부녀자가 거처하는 곳을 점잖게 이르는 말.

번조(煩燥)하다 몸과 마음이 답답하고 열이 나서 손과 발을 가만히 두지 못하다.

승상접하(承上接下) 윗사람을 받들고 아랫사람을 거느려 그 사이를 잘 주선함.

용어풀이

06 의형제편 3

승순(承順)하다 윗사람의 명령을 순순히 좇다.

상총(上寵) 임금의 총애.

원혐(怨嫌) 못마땅하게 여겨 싫어하고 미워함.

개두환면(改頭換面) 머리와 얼굴을 바꾼다는 뜻으로, 겉으로만 변화시키고 실제 속내용은 예전과 같이 변함 없는 상황을 이르는 말.

백집사(百執事) 온갖 일.

가감(可堪) 어떤 일정한 일을 능히 해냄.

수지국(收支局) 조선시대에 둔, 토관 종칠품 문관 사무국.

섭사(攝事) 조선시대에, 함경도, 평안도 지방의 토착민에게 주던 종구품의 문관 벼슬.

막중상납(莫重上納) 임금에게 바치던 매우 중요한 진상품.

범포(犯逋) 국고에 낼 돈이나 곡식을 써버림.

부탕도화(赴湯蹈火) 끓는 물이나 뜨거운 불도 가리지 아니하고 밟고 간다는 뜻으로, 아주 어렵고 힘겨운 일이나 수난을 겪음을 이르는 말.
일긴(一緊)하다 가장 긴요하다.
조수(照數)하다 수효를 맞추어보다.
실사귀 실속.
무궁주(無窮珠) 염할 때 죽은 사람의 입속에 넣는 깨알처럼 작고 까만 구슬.
메지메지 물건을 여럿으로 따로따로 나누는 모양.
연사(連査) 사돈.
풍헌(風憲) 조선시대에, 유향소에서 면면이나 이리의 일을 맡아보던 사람.
모산지배(謀算之輩) 꾀를 내어 이해타산을 일삼는 무리.
첨속 아첨하는 마음.
종범(從犯) 남의 범죄행위를 도움으로써 성립하는 범죄.
겨끔내기 서로 번갈아 하기.
장색(匠色) 손으로 물건을 만드는 일을 업으로 하는 사람.
비각 물과 불처럼 서로 상극이 되어 용납되지 아니하는 일.
재작(裁酌)하다 자기의 생각과 판단에 따라 일을 처리하다.
간나위 간사한 사람이나 간사한 짓을 낮잡아 이르는 말.
들뜰같이 조금도 지체하지 않고.
초궤 궤짝.
여맹(勵猛) 조선시대에 둔, 정팔품 토관의 무관 벼슬.
여직(勵直) 조선시대에 둔, 정구품 토관의 무관 벼슬.
분전(分傳)하다 물건 등을 여러 곳에 나누어 전하다.
불의출행(不宜出行) 그날의 운수가 먼길을 떠나기에 적당하지 아니함.

고대 옷깃의 뒷부분.

봉적(逢賊) 도적을 만남.

건공(乾空)대매 아무런 조건이나 근거도 없이 무턱대고 함.

첫밖 일이나 행동의 맨처음 국면.

비랭이(비렁뱅이) 자루 찢기 서로 위하고 동정해야 할 사람들끼리 오히려 헐뜯고 다투는 일을 이르는 말.

자문(自刎)하다 스스로 자신의 목을 베거나 찔러 죽다.

취대(取貸) 돈을 돌려서 꾸어주거나 꾸어 씀.

숙정패(肅政牌) 조선시대에, 군령으로 사형을 집행할 때 떠들지 못하게 하기 위하여 세우던 나무패.

이문(移文) 같은 등급의 관아 사이에 주고받던 공문서.

왕청되다 차이가 엄청나다.

비감(祕甘) 상급 관아에서 하급 관아에 몰래 보내던 공문.

조발(調發)하다 군사로 쓸 사람을 강제로 뽑아 모으다.

중등밥 찬밥에 물을 조금 치고 다시 무르게 끓인 밥.

마전 생피륙을 삶거나 빨아 볕에 바래는 일.

안찝 옷 안에 받치는 감.

행전 바지나 고의를 입을 때 정강이에 감아 무릎 아래 매는 물건.

깃것 잿물에 삶아서 희게 바래지 않고 짜놓은 그대로 있는 무명이나 광목 또는 그것으로 지은 옷.

벌버듬하다 사이가 틀려 버성기다.

깎은서방님(선비) 말쑥하고 단정하게 차린 남자.

콩볶은이 불에 볶은 콩.

소종래(所從來) 근본 내력.

친좁다 지내는 사이가 매우 친숙하고 가깝다.
과즉 '기껏해야'를 예스럽게 이르는 말.
엄부렁하다 실속은 없이 겉만 크다.
관격(關格) 먹은 음식이 급체하여 가슴속이 막히고 계속 토하며 대소변이 나오지 않는 위급한 상황.
알과(戛過)하다 어떤 곳의 근처를 지나면서 그곳을 들르지 않고 그냥 지나다.
관한(寬限) 촉박한 기한을 넉넉하게 잡아서 늦춤.
귀성거리다 구시렁거리다. 잔소리를 듣기 싫도록 자꾸 되씹어 하다.
옥쇄장(獄鎖匠) '옥사쟁이'의 원말. 옥에 갇힌 사람을 맡아 지키던 사람.
외착나다 착오가 생겨 서로 어그러지다.
고팽이 두 지점 사이의 왕복 횟수를 세는 단위.
기탄(忌憚)하다 어렵게 여겨 꺼리다.
좌단(左袒) 왼쪽 소매를 벗는다는 뜻으로, 남을 편들어 동의함을 이르는 말.
막이 별수없이.
이해(理解) 사리를 분별하여 해석함.
드듸다 '이어받다'의 옛말.
들쌀 등쌀. 몹시 귀찮게 구는 짓.
산점(産漸) 산기. 달이 찬 임신부가 아이를 낳으려는 기미.
남의달잡다 아이를 해산할 달 다음 달에 낳게 되다.
노둣돌 말에 오르거나 내릴 때에 발돋움하기 위하여 대문 앞에 놓은 큰 돌.
쳇것 명색이 그런 사람이나 물건을 이르는 말.
번하번(番下番) 상번과 하번을 아울러 이르는 말.

삼방 낳은 아이의 태를 묻기 전에 보관해두는 방.

경직(京職) 조선시대에, 서울에 있던 여러 관아의 벼슬을 통틀어 이르던 말.

요여(腰輿) 장례가 끝난 후 혼백과 신주를 모시고 돌아오는 작은 가마.

미거(未擧)하다 철이 없고 사리에 어둡다.

조만(早晚) 이름과 늦음을 아울러 이르는 말.

우병교(右兵校) 큰 고을의 군사를 거느리던 우두머리.

문부(文簿) 나중에 자세하게 참고하거나 검토할 문서와 장부.

임소(任所) 지방 관원이 근무하는 곳.

철가도주(撤家逃走) 가족을 모두 데리고 살림을 챙기어 도망감.

구격나래(具格拿來) 죄인에게 수갑과 차꼬를 채우고 칼을 씌워 잡아오던 일.

초솔(草率)하다 거칠고 엉성하여 볼품이 없다.

짚보고 죄인을 태워 가려고 거적을 둘러친 보교.

지덕(地德) 땅이 만물에게 주는 편의.

잼처 어떤 일에 바로 뒤이어 거듭.

실섭(失攝) 몸조리를 잘 하지 못함.

반이(搬移) 짐을 날라 이사함. 또는 세간을 운반하여 집을 옮김.

격장(隔墻) 담 하나를 사이에 두고 이웃함.

불천지위(不遷之位) 예전에, 큰 공훈이 있어 영원히 마당에 모시기를 나라에서 허락한 신위.

치지(差池)하다 들쭉날쭉하여 가지런하지 아니하다.

속에 대감이 몇개 들어앉았다 순진하지 않고 능글맞아 여러가지를 모두 알고 있다.

불필타구(不必他求) 남에게서 구할 필요가 없다는 뜻으로, 자기 것으로
    넉넉함을 이르는 말.
쩍말없다 썩 잘 되어 더 말할 나위 없다.
태거(汰去) 잘못이 있거나 필요하지 않은 관원을 가려내어 쫓아버림.
수삽(羞澁)하다 몸을 어찌하여야 좋을지 모를 정도로 수줍고 부끄럽다.
용심 남을 시기하는 심술궂은 마음.
용모파기(容貌疤記) 어떠한 사람을 잡기 위하여 그 사람의 용모와 특징
    을 기록함.
원려(遠慮) 먼 앞일까지 미리 잘 헤아려 생각함.
출반좌(出班坐)하다 여럿이 모인 자리에서 특별히 썩 앞으로 나와 앉다.
의궤(儀軌) 의례의 본보기.
나좃대 납채 때 신부 집에서 불을 켜는 물건. 갈대나 새나무를 한 자 길이
    로 잘라 묶어 기름을 붓고 붉은 종이로 싸서 만든다.
발떠쿠 발떠퀴. 사람이 가는 곳에 따라 생기는 길흉화복의 운수.
보학(譜學) 족보에 관한 지식이나 학문.
배돌다 한데 어울리지 않고 조금 동떨어져 행동하다.
남침(覽寢) 신혼부부가 첫날밤을 지낸 다음날 친척이나 친구가 모여 음
    식을 함께 먹으며 즐기는 일.
종공론(從公論) 여러 사람의 의견을 따름.
누당(淚堂) 관상에서 눈 아래 오목하게 들어간 곳을 이르는 말.
겁운(劫運) 재앙이 낀 운수.
어미(魚尾) 관상에서, 눈꼬리의 주름을 이르는 말.
평지돌출(平地突出) 평지에 산이 우뚝 솟는다는 뜻으로, 보잘것없는 집
    안에서 인물이 남을 비유적으로 이르는 말.

판상 그 판에 있는 모든 것 가운데 가장 나은 것.

난만(爛漫)하다 주고받는 의견이 충분히 많다.

도거머리 머리털이 부수수하게 일어선 사람을 놀림조로 이르는 말.

요공(要功) 자기의 공을 스스로 드러내어 남이 칭찬해주기를 바람.

직신거리다 짓궂은 말이나 행동으로 자꾸 귀찮게 굴다.

감복(甘鰒) 마른 전복을 물에 불려 꿀, 기름, 간장 따위를 쳐서 만든 음식.

회심(悔心) 잘못을 뉘우치는 마음.

신낭(腎囊) 고환.

남의집살다 남의 집안일을 하여주며 그 집에 붙어살다.

액내(額內) 같은 무리.

장대다 마음속으로 기대하며 잔뜩 벼르다.

신후사(身後事) 죽고 난 뒤의 일. 곧 장사 지내는 일을 이른다.

전방(廛房) 물건을 늘어놓고 파는 가게.

건목 물건을 만들 때에 다듬지 않고 거칠게 대강 만드는 일. 또는 그렇게 만든 물건.

작사청(作事廳) 길청.

떡국이 농간하다 재질은 부족하지만 오랜 경험으로 일을 잘 감당하고 처리해나감.

불급(不及)되다 약속하거나 기약한 시간에 마치지 못하다.

말살스럽다 인정이 없이 모질고 쌀쌀하다.

순령수(巡令手) 대장의 전령과 호위를 맡고, 깃발을 받들던 군사.

사중구생(死中求生) 죽을 수밖에 없는 처지에서 한가닥 살길을 찾음.

관문(關文) 조선시대에, 동등한 관부 상호간 또는 상급 관부에서 하급 관부로 보내던 공문서.

복인(服人) 일년이 안 되게 상복을 입는 사람.

가석(可惜)하다 몹시 안타깝다.

알천 재산 가운데 가장 값나가는 물건.

영당(影堂) 한 종파의 조사나 한 절의 창시자, 또는 덕이 높은 중의 화
　　　　상畵像을 모신 집.

의수(依數)하다 거짓으로 꾸민 것이 그럴듯하다.

침책(侵責) 간접적으로 관계되는 사람에게 책임을 추궁함.

여간행장(旅間行裝) 여행 중에 가지고 다니는 물건.

젓수다 신과 부처에게 빌다.

심감(心坎) 사람의 가슴뼈 아래 한가운데의 오목하게 들어간 곳.

흉당(胸膛) 가슴 한복판.

면검(免檢) 뜻밖의 사고로 죽은 시체의 검시를 면제함.

시장(屍帳) 시체를 검안한 증명서.

현록(懸錄) 장부에 기록함.

감쪼으다 글이나 물건 따위를 윗사람이 살펴볼 수 있게 하다.

망유기극(罔有紀極) 기율에 어그러짐이 심함.

근포(跟捕) 죄인을 찾아 쫓아가서 잡음.

안동(眼同)하다 사람을 데리고 함께 가다.

급족(急足) 예전에, 급한 소식을 전하는 심부름꾼을 이르던 말.

강상죄인(綱常罪人) 예전에, 삼강오륜에 어긋나는 행위를 한 죄인을 이
　　　　르던 말.

외자하다 친숙하여 어느 정도 터놓고 말하게 되다.

남부여대(男負女戴) 남자는 지고 여자는 인다는 뜻으로, 가난한 사람들
　　　　이 살 곳을 찾아 이리저리 떠돌아다님을 비유적으로 이르는 말.

물덤벙술덤벙 아무 일에나 대중없이 날뛰는 모양.
손방 아주 할 줄 모르는 솜씨.
졸연히 갑작스럽게.
현수(懸殊)하다 현격하게 다르다.
혼뜨검 단단히 혼남. 또는 그런 일.
일재복(日再服) 같은 약을 하루에 두 번 먹음.

용어풀이 07 — 화적편 1

우심(尤甚)하다 더욱 심하다.

폐막(弊瘼) 고치기 어려운 폐단.

수자리 국경을 지키던 일.

소연(騷然)하다 떠들썩하니 야단법석이다.

하삼도(下三道) 삼남. 충청도, 전라도, 경상도 세 지방을 통틀어 이르는 말.

회일(晦日) 음력으로 그 달의 마지막 날.

인끔 사람의 가치나 인격적인 됨됨이.

신주(神主) 개 물려 보내겠다 하는 짓이 칠칠하지 못하고 흐리터분함을 비유적으로 이르는 말.

교의(交椅) 의자.

시위(侍衛) 임금이나 어떤 모임의 우두머리를 모시어 호위함. 또는 그런 사람.

한양(閑養)하다 한가로이 몸과 마음을 안정하여 휴양하다.

의호(宜乎) 마땅하게.

덩둘하다 매우 둔하고 어리석다.

청심박이 푸른 솜으로 심지를 박은 쇠기름의 초.

십팔반무예(十八般武藝) 십팔기. 중국에서 들어온 열여덟 가지 무예.

뒤쪽되다 엇나가거나 반대가 되다.

홍제원(洪濟院) 인절미 성질이 느긋하고 끈질김을 비유적으로 이르는 말.

속장(束裝) 행장을 갖추어 차림.

솥발 옛날 솥 밑에 달린 세 개의 발. 셋이 사이좋게 나란히 있는 모양을 비유할 때 쓴다.

번라(煩羅)하다 조용하지 못하고 수선하다.

두발부리 머리털을 끌어잡고 휘두르며 싸움.

합창(合瘡) 종기나 상처에 새살이 돋아나서 아묾.

궂히다 죽게 하다.

여탐꾼 예탐꾼. 미리 탐지하는 사람.

무릎맞춤 두 사람의 말이 어긋날 때 제삼자를 앞에 두고 전에 한 말을 되풀이하여 옳고 그름을 따짐.

무간(無間)하다 서로 허물없이 가깝다.

장공속죄(將功贖罪) 죄지은 사람이 공을 세워 그 대가로 죄를 면함.

용신(容身) 이 세상에 겨우 몸을 붙이고 살아감.

도끼집 연장을 제대로 쓰지 않고 도끼 따위로 건목만 쳐서 거칠게 지은 집.

제백사(除百事) 한 가지 일에만 전력하기 위해 다른 일은 다 제쳐놓음.

잘달다 하는 짓이 잘고 인색하다.

떠대다 어떤 사실의 물음에 대하여 거짓으로 꾸며 대답하다.

노느몫 물건을 여럿으로 갈라 노느는 몫.

건공잡이 허공에 떠들리거나 몸의 중심을 잃고 거꾸로 박히는 것.
엄부럭 어린아이처럼 철없이 부리는 억지나 엄살 또는 심술.
새알 볶아먹을 놈 자기 이익에만 눈이 어두운 자질구레한 인간이라는 뜻
       으로, 극단한 이기주의에 빠져 있는 사람을 욕으로 이르는 말.
발기집다 들추어내다.
잠뿍 기껏 쳐서.
뱀뱀이 예의범절이나 도덕에 대한 교양. 뱀뱀은 '배움배움'의 준말이다.
건너다보니 절터다 내용을 다 보지 않고 겉으로만 보아도 거의 틀림없을
       만한 짐작이 든다는 말.
사날 비위 좋게 남의 일에 참견하는 일.
쩍지다 상대하기가 만만치 않거나 힘겹다.
발간적복(發奸摘伏) 숨겨져 있는 정당하지 못한 일을 밝혀냄.
경가파산(傾家破産) 재산을 모두 털어 없애 집안이 형편없이 기울어짐.
여공불급(如恐不及) 어떤 일을 하라는 대로 실행하지 못할까 하여 마음
       을 졸임.
밤 잔 원수 없다 남에게 원한을 품고 있다가도 때가 지나면 차차 덜해지
       고 다 잊기 쉽다는 말.
태주 마마를 앓다가 죽은 어린 계집아이의 귀신. 다른 여자에게 신이 내
      려서 길흉화복을 말하고, 온갖 것을 잘 알아맞힌다고 한다.
보살할미 머리를 깎지 않고 절에서 사는 여자 신도.
때다 죄지은 사람이 잡히다.
용심처사(用心處事) 마음을 써 알뜰히 일을 처리함.
담쑥다 쏙 빼닮다.
틀개 남의 일을 훼방하는 것.

부액(扶腋) 곁부축. 겨드랑이를 붙잡아 걷는 것을 도움.
한훤(寒暄) 날씨의 춥고 더움을 말하는 인사.
보름보기 '애꾸눈이'를 놀림조로 이르는 말.
무불통지(無不通知) 무슨 일이든지 환히 통하여 모르는 것이 없음.
슬명하다 수수하고 훤칠하게 걸맞다.
용수 싸리나 대오리로 만든 둥글고 긴 통. 술이나 장을 거르는 데 쓴다.
가랑니 서캐에서 깨어 나온 지 얼마 안 되는 새끼 이.
취종(取種) 생물의 씨를 받음.
궁흉(窮凶)스럽다 아주 음침하고 흉악한 데가 있다.
천(薦)을 트다 경험이 없는 일에 처음으로 손을 대다.
발천(發闡) 싸이거나 가려져 있던 것이 열리어 드러남.
단상(短喪) 삼년상의 기한을 줄여 한 해만 상복을 입는 일.
논다니 웃음과 몸을 파는 여자를 속되게 이르는 말.
무비일색(無比一色) 비길 데 없이 아주 뛰어난 미인을 이르는 말이나 여기서는 견줄 것 없이 다 똑같다는 의미로 쓰임.
난장개 장형을 당해 개처럼 마구 맞은 사람을 비유적으로 이르는 말.
활량 한량閑良의 변한말. 일정한 직사가 없이 놀고먹던 말단 양반 계층.
세사금삼척(世事琴三尺) '세상 일은 석 자 거문고에 실어 보낸다'는 시조창의 하나.
전더구니 '전'을 속되게 이르는 말. 물건의 위쪽 가장자리가 조금 넓적하게 된 부분.
물고 뽑은 것 같다 생김새나 됨됨이가 깨끗함을 이르는 말.
성군작당(成群作黨) 무리를 이루어 패거리를 만듦.
거랄수작 실속없이 겉으로 주고받는 말.

실찍하다 섬찍하다. 갑자기 소름이 끼치도록 놀랍다.

딩딩하다 무르지 않고 아주 단단하다.

교기(驕氣) 남을 업신여기고 잘난 체하며 뽐내는 태도.

헌 갓 쓰고 똥 누기 체면을 세우기는 이미 글렀으니 좀 염치없는 짓을 한다고 해도 상관이 없다는 말.

너미룩내미룩하다 서로 상대편으로 일이며 책임을 떠넘기어 미루다.

조방꾸니 오입판에서, 남녀 사이의 일을 주선하고 잔심부름 따위를 하는 사람.

십만장안(十萬長安) 인구 십만이 사는 장안이라는 뜻으로, 예전에 사람이 매우 많이 살던 서울을 이르던 말.

배때가 벗다 행동이나 말이 매우 거만하고 건방지다.

생쥐 입가심할 것도 없다 가난하여 먹을 게 없고 살림이 몹시 궁하다는 말.

하늘에 방망이 달고 도리질을 하다 분수를 모르고 우쭐대다.

똥깨 똥집. '몸무게'를 속되게 이르는 말.

주단(柱單) 사주단자.

날나다 짚신 따위가 닳아서 날이 보이다.

주속(紬屬) 명주붙이.

착호성명(着呼姓名) 외람되게 별명을 지어 부름.

심상(尋常)하다 대수롭지 않고 예사롭다.

고비원주(高飛遠走) 높이 날고 멀리 달린다는 뜻으로, 자취를 감추려고 남이 모르게 멀리 달아남을 이르는 말.

번설(煩說)하다 떠들어 소문을 내다.

상참(常參) 의정을 비롯한 중신과 시종관이 매일 편전에서 임금에게 정사를 아뢰던 일.

사제(私第) 개인 소유의 집.

의차(衣次) 옷감.

경난(經難) 어려운 일을 겪음.

지다위하다 남에게 등을 대고 의지하거나 떼를 쓰다.

모전(毛廛) 과물전. 과실을 파는 가게.

수모(手母) 예전에, 남의 집에 살면서 잔치다꺼리를 하던 여자.

중바닥 '중촌中村'을 낮잡아 이르던 말. 중촌은 중인들이 살던 서울 성안의 한복판으로 지금의 을지로와 종로 사이에 해당한다.

당혼감 혼인할 나이가 된 처녀나 총각.

내주장(內主張) 집안일에 관하여 아내가 자신의 뜻을 내세움.

모교(毛橋) 조선시대에 과일을 팔던 '모전'이 형성되어 있던 다리.

까막과부 정혼한 남자가 죽어서 시집도 가보지 못하고 과부가 되었거나, 혼례는 하였으나 첫날밤을 치르지 못하여 처녀로 있는 여자.

우후(優厚)하다 다른 것에 비하여 썩 후하다.

정장(呈狀)질 관청에 소장을 내는 일.

주작부언(做作浮言) 터무니없는 말을 지어냄.

불성모양(不成模樣) 모양이 제대로 이루어지지 아니함.

헤살 일을 짓궂게 방해함.

취편(取便)하다 편리한 것을 취하다.

작은아씨 예전에, 지체가 낮은 사람이 시집가지 아니한 처녀를 높여 이르던 말.

과시(果是) 과연. 아닌게아니라 정말로.

자리끼 밤에 자다가 마시기 위해 잠자리의 머리맡에 준비해두는 물.

매두몰신(埋頭沒身) 머리와 몸이 파묻혔다는 뜻으로, 일에 파묻혀 헤어

　　　　　나지 못함을 이르는 말.
반실이 신체의 기능이 온전치 못하거나 변변치 못한 사람.
거둥(擧動) 임금의 나들이.
맏자라다 마디지고 옹골차게 자라다.
악지 잘 안 될 일을 무리하게 해내려는 고집.
망문과(望門寡) 망문과부. 까막과부.
역옥(逆獄) 역적 사건이나 반역 사건에 대한 옥사.
마구 난 창구멍 되는 대로 함부로 말하는 사람의 입을 이름.
끼억 있다 억척스럽고 고집스럽다.
거방지다 몸집이 거대하고 동작이 점잖아서 무게가 있다.
대강령(大綱領) 대강 자세하지 않은, 기본적인 부분만 따낸 줄거리.
세절목(細節目) 세목. 잘게 나눈 낱낱의 조항.
엄토(俺土) 겨우 흙이나 덮어서 간신히 장사를 지냄.
대살지다 몸이 야위고 파리하다.
배포(排布) 살림을 꾸리거나 차림.
민주스럽다 면구스럽다. 낯을 들고 대하기가 부끄러운 데가 있다.
산달 산이 있는 곳.
주사니것 명주로 만든 옷.
하욋술 '화햇술'을 속되게 이르는 말.
입찬소리 자기의 지위나 능력을 믿고 지나치게 장담하는 말.
어쌔고비쌔다 요구나 권유를 이리저리 사양하다.
장가처 정식으로 예를 갖추어 맞은 아내.
숙불환생(熟不還生) 한번 익힌 음식은 날것으로 되돌아갈 수 없어 그대
　　　　　로 두면 쓸데없다는 뜻으로, 장만한 음식을 남에게 권할 때 쓰

는 말.

근지(靳持) 선뜻 마음이 내키지 아니하여 미룸.

매원(埋怨) 원망을 품음.

뭇이 여기다 업신여기다.

쥐대기 여기저기서 마구 모으는 일.

밑짝 맷돌같이 아래위 두 짝이 있는 물건의 아래짝. 남의 아내를 곁말로 부르는 말.

수복이 조선시대에, 묘나 능, 원(園), 서원 따위의 청소하는 일을 맡아보던 구실아치.

딱장떼다 꼬치꼬치 캐어묻고 따져서 닦달질하다.

꾀솜꾀솜하다 '꾀음꾀음하다'의 속어. 달콤한 말로 남을 꾀어 호리다.

조당수 좁쌀을 물에 불린 다음 갈아서 묽게 쑨 음식.

문문하다 어려움 없이 쉽게 다루거나 대할 만하다.

미주리고주리 미주알고주알. 아주 잘고 소소한 데 이르기까지 죄다 드러내는 모양.

자량(自量) 스스로 헤아림.

구생(舅甥) 외삼촌과 생질을 아울러 이르는 말.

뜨주거리다 뜯적거리다. 남을 트집잡으려고 자꾸 짓궂게 건드리다.

등대(等對) 같은 자격으로 마주 대함.

살천스럽다 쌀쌀하고 매섭다.

산골 구리가 나는 데서 나는 청황색 쇠붙이. 뼈가 다치거나 부러졌을 때 접골약으로 복용함.

기구멍이 막히다 너무 어이없고 한심하다.

안채다 앞으로 들이치다.

허위단심 허우적거리며 무척 애를 씀.
해가(奚暇) 어느 겨를에.
어벌쩡 제 말이나 행동을 믿게 하려고 말이나 행동을 일부러 슬쩍 어물거려 넘기는 모양.
흥와조산(興訛造訕) 있는 말 없는 말을 지어내어 남을 비방함.
전수이 모두 다.
은휘(隱諱) 꺼리어 감추거나 숨김.
떡떡하다 글이나 말 따위가 순조롭지 못하다.
의리는 산 같고 죽음은 홍모(鴻毛) 같다 의리를 위하여 죽음을 가볍게 여긴다는 뜻. '홍모'는 기러기의 털이라는 뜻으로 매우 가벼운 사물을 이른다.
모군(募軍) 모군꾼. 공사판 따위에서 삯을 받고 일하는 사람.
신풍스럽다 신청부같다. 사물이 너무 적거나 모자라서 마음에 차지 아니하다.
벼르다 일정한 비례에 맞추어서 여러 몫으로 나누다.
도거리 따로따로 나누지 않고 한데 합쳐서 몰아치는 일.
진진(津津)하다 물건 따위가 풍성하게 많다.
부월(斧鉞) 출정하는 대장에게 통솔권의 상징으로 임금이 손수 주던 작은 도끼와 큰 도끼.
포달 암상이 나서 악을 쓰고 함부로 욕을 하며 대드는 일.
지지하천(至至下賤) 더할 수 없이 낮고 천함.
길목 길목버선. 먼길을 갈 때 신는 허름한 버선.
해끔하다 조금 하얗고 깨끗하다.
내근(內近)하다 부녀자가 거처하는 곳과 가깝다.

옷갓하다 웃옷을 입고 갓을 쓰다.

말코지 물건을 걸기 위하여 벽 따위에 달아두는 나무 갈고리.

마구리 길쭉한 물건의 양 끝에 대는 것.

방외색(房外色) 방외범색. 자기 아내 이외의 여자와 육체관계를 맺음.

천변수륙(天變水陸) 하늘이 물과 뭍으로 바뀐다는 뜻으로, 세상이 뒤집힐 만한 큰 변동을 이르는 말.

초대 어떤 일에 경험이 없이 처음으로 하는 사람.

제색(諸色) 각 방면.

색리(色吏) 감영이나 군아에서 곡물을 출납하고 간수하는 일을 맡아보던 구실아치.

화랑이 광대와 비슷한 놀이꾼의 패. 옷을 잘 꾸며 입고 가무와 행락을 주로 하던 무리로 대개 무당의 남편이었다.

용어풀이

08 화적편 2

성황(城隍) 서낭의 원말. 토지와 마을을 지켜준다는 신.

설만(褻慢)하다 하는 짓이 무례하고 거만하다.

백차일(白遮日) 치듯 흰옷 입은 사람들이 매우 많이 모인 모양을 이르는 말.

천중절(天中節) 천중가절. 좋은 명절이란 뜻으로, '단오'를 달리 이르는 말.

각심이 조선시대에 상궁이나 나인의 방에 속하여 잡역에 종사하던 여자 종.

여탐굿 집안에 경사가 있을 때 먼저 조상에게 아뢰는 굿.

조섭(調攝)하다 건강이 회복되도록 몸을 보살피고 병을 다스리다.

물경(勿驚)스럽다 너무 놀랍고 갑작스럽다.

요개(搖改)하다 흔들어서 고치다.

성관(星官) 굿을 주관하는 무당.

노박이 줄곧 계속하여.

치도곤을 먹이다 심한 벌을 주다.
청탁(淸濁) 청주와 탁주를 아울러 이르는 말.
탯덩이 아주 못생긴 사람을 낮잡아 이르는 말.
분봉상시(分奉常寺) 조선시대에 주로 국가의 제사와 시호 따위를 맡아보던 관아.
술장 술마당. 술자리가 벌어진 마당.
습시하다 삽시하다. 입맛이 깔깔하고 떫다.
둥구나무 크고 오래된 정자나무.
물매 기울기. 지붕이나 비탈길의 경사진 정도.
이아치다 거치적거려 방해가 되거나 손실을 입히다.
된시앗 남편이 얻은 몹시 악한 첩.
지궐 뜻밖에 신체상의 횡액을 당하는 것을 이르는 말.
등메 헝겊으로 가선을 두르고 뒤에 부들자리를 대서 만든 돗자리.
질삐 질빵. 짐을 걸어서 메는 데 쓰는 줄.
끗 피륙의 길이를 나타내는 단위.
첩지 예전에 부녀들이 예장할 때에 머리 위를 꾸미던 장식품.
덴겁하다 뜻밖의 일로 놀라서 허둥지둥하다.
해망쩍다 영리하지 못하고 아둔하다.
자살궂다 성미나 하는 짓이 싹싹하고 부드럽다.
시뜻하다 마음이 내키지 않아 시들하다.
호닥하다 물건의 값을 치르다.
들고나다 집안의 물건을 팔려고 가지고 나가다.
알거냥하다 모르면서도 아는 척하다.
접적하다 부끄럽다.

요요(了了)하다 뚜렷하고 분명하다.

배각(排却)하다 밀어내거나 거절하여 물리치다.

반계곡경(盤溪曲徑) 서려 있는 계곡과 구불구불한 길이라는 뜻으로, 일을 순리대로 하지 않고 옳지 않은 방법을 써서 억지로 함을 이르는 말.

어뜩비뜩하다 행동이 바르거나 단정하지 못하다.

갱기(更起) 다시 일어남.

오듭지진상 상투나 멱살을 잡고 번쩍 들어올리는 짓.

인총(人叢) 한곳에 많이 모인 사람의 무리.

이아(貳衙) 감영이 있는 곳의 군아.

아자제(衙子弟) 아버지를 따라 지방 관아에 묵고 있는 수령의 자제.

방장(方將) 방금. 곧 장차.

지가락 집게손가락.

삭은코 코를 몹시 다쳐서 골병이 들어 조금만 다쳐도 코피가 잘 나는 코.

이승(理勝) 모두 이치에 맞음.

어줍다 말이나 행동이 익숙지 않아 서투르고 어설프다.

해서(海西) 황해도.

오죽잖다 예사 정도도 못 될 만큼 변변하지 아니하다.

뒷전 굿을 끝맺는 마지막 거리로서 굿에 청했던 모든 신을 전송하는 과정.

지댓돌 건축물을 세우기 위해 잡은 터에 쌓은 돌.

와주(窩主) 도둑이나 노름꾼 소굴의 우두머리.

언죽번죽 조금도 부끄러워하는 기색이 없고 비위가 좋아 뻔뻔한 모양.

내명부(內命婦) 조선시대에 궁중에서 품계를 받은 여인을 통틀어 이르는 말.

둔취(屯聚) 여러 사람이 한곳에 모여 있음.

두루거리상 여럿이 둘러앉아 함께 먹도록 차린 상.

까부새 까불이.

반지빠르다 언행이 어수룩한 맛이 없이 얄밉게 민첩하고 약삭빠르다.

반쇠 온전히 채우지 아니한 자물쇠.

재없이 틀림없이.

준좌(蹲坐) 주저앉힘.

지가(知家) 높은 벼슬아치가 지나가는 길을 침범한 사람을 붙잡아서 길
가의 집에 한동안 맡겨두던 일.

모주 먹은 돼지 벼르듯 좋지 않게 여기는 대상에 대하여 혼자 성을 내고
게정스럽게 몹시 벼르는 모양을 비유적으로 이르는 말.

아객(衙客) 조선시대에, 지방 수령을 찾아와서 관아에 묵던 손님.

토포사(討捕使) 각 진영에서 도둑 잡는 일을 맡아보던 벼슬.

개신개신 게으르거나 기운이 없어 자꾸 나릿나릿 힘없이 행동하는 모양.

벽재(僻材) 매우 드물게 쓰이는 약재.

유수(有數)하다 손꼽을 만큼 두드러지거나 훌륭하다.

내박차다 강하게 거절하다.

옹송망송하다 정신이 흐리어 생각이 나다가 말다가 하다.

귀정(歸正) 그릇되었던 일이 바른길로 돌아옴.

파탈(擺脫)하다 어떤 구속이나 예절로부터 벗어나다.

생게망게하다 하는 행동이나 말이 갑작스럽고 터무니없다.

군색(窘塞)하다 필요한 것이 없거나 모자라서 딱하고 옹색하다.

흘미주근 일을 여무지게 빨리 끝맺지 못하고 흐리멍텅하게 질질 끄는
모양.

서총대(瑞葱臺)무명 서총대베. 품질이 낮고 길이가 짧은 무명베를 놀림
조로 이르는 말.
찰찰(察察)하다 지나치게 꼼꼼하고 자세하다.
우리다 달빛이나 햇빛 따위가 희미하게 비치다.
속공(屬公) 임자가 없는 물건이나 금제품, 장물 따위를 관부의 소유로 넘
기던 일.
주장(朱杖) 주릿대나 무기 따위로 쓰던 붉은 칠을 한 몽둥이.
자중(藉重) 중요한 것이나 권위 있는 것에 의거함.
승발(承發) 지방 관아의 구실아치 밑에서 잡무를 맡아보던 사람.
삼공형(三公兄) 조선시대에 각 고을의 세 구실아치. 호장, 이방, 수형리
를 이른다.
전지도지(顚之倒之) 엎드러지고 곱드러지며 몹시 급하게 서두르는 모양.
어보(御寶) 국새. 국가 문서에 사용하던 임금의 도장.
참새 굴레 씌우다 너무 지나치게 약빠르고 꾀가 많은 사람을 두고 하
는 말.
출기불의(出其不意) 일이 뜻밖에 일어남. 뜻밖에 나섬.
윤종(允從) 남의 말을 좇아 따름.
출모발려(出謀發慮) 계략을 생각하여 냄.
양주(兩主) 바깥주인과 안주인이라는 뜻으로, '부부'를 이르는 말.
전주르다 동작을 진행하다가 다음 동작에 힘을 더하기 위하여 한번 쉬다.
감류(監留) 관찰사인 감사와 유수를 아울러 이르던 말.
실본(失本) 본전에서 밑지거나 손해를 봄.
장막(將幕) 장수와 그가 거느리는 막하를 통틀어 이르는 말.
박부득이(迫不得已) 일이 매우 급하게 닥쳐와서 어찌할 수 없이.

기와깨미 기왓개미. 기와의 부스러진 가루.

종작없다 말이나 태도가 똑똑하지 못하여 종잡을 수가 없다.

베개 너머 송사가 옥합(玉盒)을 뚫는다 잠자리에서 아내가 남편에게 소곤소곤 일러바치거나 남에 대해서 불평하는 말을 그대로 믿고 큰일을 저지름을 비겨 이르는 말.

과만(過滿)하다 분수에 넘치다.

하가마 예전에, 기생이 머리에 쓰던 쓰개. 가운데가 움푹 들어가 있다.

몽두리(蒙頭里) 조선시대에, 궁중에서 기녀가 춤출 때에 입던 옷. 보통 초록색 두루마기와 비슷한데, 어깨와 가슴에 수를 놓고 붉은 띠를 매었다.

근지(根地) 자라온 환경과 경력을 아울러 이르는 말.

사천(私錢) 개인이 사사로이 가진 돈.

건강짜 별 이유없이 부리는 강짜.

들물 밀려들어오는 물이라는 뜻으로 '밀물'을 달리 이르는 말.

서경(署經) 고을 원이 부임할 때에 높은 벼슬아치들에게 고별하던 일.

토색(討索)하다 돈이나 물건 따위를 억지로 달라고 하다.

상인해물(傷人害物) 마음이 음흉하여 사람을 해치고 물건에 손해를 끼침.

물어미 물 긷는 일을 맡아 하는 여자 하인.

연명(延命) 조선시대에 원이 감사에게 처음 가서 취임 인사를 하던 의식.

북덕무명 품질이 나쁜 목화나 누더기 솜 따위를 자아서 짠 무명.

흔단(釁端) 서로 사이가 벌어져서 틈이 생기게 되는 실마리.

떼세 재물이나 힘 따위를 내세워 젠 체하고 억지를 쓰는 짓.

어마지두 무섭고 놀라서 정신이 얼떨떨한 판.

주적대다 주책없이 잘난 체하며 자꾸 떠들다.

신후지지(身後之地) 살아 있을 때 미리 잡아두는 묏자리.

먼가래 객지에서 죽은 사람의 송장을 임시로 그곳에 묻는 일.

흥뚱거리다 어떤 일에 정신을 온전히 쓰지 못하고 마음이 들떠 건들건들 행동하다.

하기(下記) 돈을 치른 내용을 적은 기록.

발빈(拔貧) 가난에서 벗어남.

따비밭 따비로나 갈 만한 좁은 밭. 따비는 풀뿌리를 뽑거나 밭을 가는 데 쓰는 농기구이다.

양례(襄禮) 장례.

유월이장(踰月而葬) 죽은 다음 달에 장사를 지냄.

뒤스럭스럽다 변덕을 부리며 부산하게 굴다.

삼물(三物) 석회, 황토, 가는 모래의 세 가지를 한데 섞어 반죽한 물질. 집을 짓거나 관의 언저리를 메우는 데 많이 쓰인다.

풍력(風力) 사람의 위력.

종제(從弟) 사촌의 아우.

관청색(官廳色) 조선시대에 수령의 음식물을 맡아보던 구실아치.

척제(戚弟) 성이 다른 일가 가운데 아우뻘이 되는 사람.

양서(兩西) 황해도와 평안도를 아울러 이르는 말.

연사(年事) 농사가 잘되고 못된 형편. 또는 농사가 되어가는 형편.

투필(投筆) 문필을 그만두고 무예에 종사함.

일면여구(一面如舊) 처음 만났으나 안 지 오래된 친구처럼 친밀함.

공송(公誦) 여럿의 의논이나 의견을 좇아 사람을 천거함.

별성(別星) 봉명 사신. 임금의 명령을 받고 외국으로 가던 사신.

산저담(山豬膽) 멧돼지의 쓸개를 한방에서 이르는 말.

연존장(年尊長) 서로 나이를 비교하였을 때, 스무살 이상 많은 어른.
맞갖다 마음이나 입맛에 꼭 맞다.
질둔(質鈍)하다 모양새가 투박하고 둔탁하다.
돌사닥다리 돌이나 바위가 많아 매우 험한 산길을 사닥다리에 비유하여 이르는 말.
가탈걸음 말이 불안정하게 비틀거리며 걷는 걸음.
쥐가다 쭈르르 가다.
어금버금 오고가는 행동이 큰 차이가 없는 모양.
발신(發身)하다 천하거나 가난한 처지를 벗어나 앞길이 훤히 트이다.
벽제(辟除) 지위가 높은 사람이 행차할 때, 구종, 별배가 잡인의 통행을 금하던 일.
선천(宣薦) 새로 무과에 급제한 사람 가운데에서 선전관의 후보자를 천거하던 일.
서교(西郊) 서울의 서대문 바깥.
막차(幕次) 의식이나 거둥 때에 임시로 장막을 쳐서, 왕이나 고관들이 잠시 머무르게 하던 곳.
단참 중도에서 쉬지 않고 곧장 계속함.
무람없다 몹시 가까워 어려워하는 티가 전혀 없다.
신관 '얼굴'의 높임말.
시묘(侍墓) 부모의 거상 중에 3년간 그 무덤 옆에서 움막을 짓고 삶.
망발 토 달다 무심결에 자기나 자기 조상에게 욕이 될 말을 함을 이르는 말.
핫애비 핫아비. 유부남.
조감(藻鑑) 사람을 겉만 보고도 그 인격을 알아보는 식견.

전(奠) 장례 전 영좌 앞에 간단한 술과 과일을 차려놓는 예식.

무리개 뚜쟁이 노릇을 하는 여자.

무렴(無廉)하다 염치가 없음을 느껴 마음이 부끄럽고 거북하다.

나무에 올려놓고 흔들다 남을 위험한 처지에 이끌어다 놓고 난처하게 만드는 경우를 비겨 이르는 말.

배위(配位) 남편과 아내가 다 죽었을 때에 그 아내를 높여 이르는 말.

능관(陵官) 능을 지키는 벼슬아치를 통틀어 이르는 말.

묵무덤 묵뫼. 오랫동안 돌보지 않아 거칠게 된 무덤.

곡장(曲墻) 능, 원, 묘 따위의 무덤 뒤에 둘러쌓은 나지막한 담.

세우 '몹시'의 방언.

기곳(忌故)날 기제사를 지내는 날.

겸삼수삼 겸삼겸삼. '겸두겸두'의 방언.

외동서(外同壻) 첩끼리 서로 부르는 말.

엇기다 에우다. 다른 음식을 먹음으로써 끼니를 때우다.

의사무사(擬似無似)하다 같은 것 같기도 하고 같지 않은 것 같기도 하다. 또는 어떤 일을 한 것 같기도 하고 안 한 것 같기도 하다.

오중몰기(五中沒技) 오시오중. 화살 다섯 발을 쏘아 다섯 번을 다 맞힘.

각궁(角弓) 소나 양의 뿔로 장식한 활.

꼭뒤잡이 뒤통수를 중심으로 머리나 깃고대를 잡아채는 짓.

심증(心症) 마음에 마땅하지 않아 화를 내는 일.

선전(線廛) 조선시대에 비단을 팔던 가게.

여리꾼 상점 앞에 서서 손님을 끌어들여 물건을 사게 하고 주인에게 삯을 받는 사람.

차면(遮面) 집의 내부가 바깥으로 드러나 보이지 않도록 앞을 가리는 장치.

다랍다 언행이 순수하지 못하거나 조금 인색하다.

사다듬이 싸다듬이. 몽둥이찜질.

학춤을 추이다 붙들어다 심문하고 닦달하여 혼을 내어주다.

넉적다 넉없다. 제 정신이 없이 멍하다.

핵변(覈辨) 사실에 근거하여 밝힘.

장통방(長通坊) 오늘날의 종로 2가 부근을 이름.

가리를 틀다 잘 되어가는 일을 안 되도록 방해하다.

남간(南間) 조선시대에 기결 사형수를 가두던 옥. 의금부 안의 남쪽에 있다.

산멱통 살아 있는 동물의 목구멍.

오간수(五間水) 예전에, 서울 동대문과 수구문 사이의 성벽에 뚫린, 쇠창살을 박은 다섯 개의 구멍으로 흘러내려가던 물. 매우 더러웠다고 전한다.

노닥다리 늙다리. '늙은이'를 낮잡아 이르는 말.

포병객(抱病客) 몸에 늘 병을 지니고 있는 사람.

초련 일찍 익은 곡식이나 여물기 전에 훑은 곡식으로 가을걷이 때까지 양식을 대어 먹는 일.

풋바심하다 채 익기 전의 벼나 보리를 미리 베어 떨거나 훑다.

입구입하다 구입하다. 겨우 벌어먹다. 또는 겨우 밥벌이가 되다.

자장붙이 여자들이 몸단장을 하는 데 쓰는 물건.

공초(供招) 조선시대에 죄인이 범죄 사실을 진술하던 일.

작야(昨夜) 어젯밤.

달야(達夜) 밤을 새움.

탑전정탈(榻前定奪) 신하가 제기한 의견에 대하여 왕이 그 자리에서 결정함.

반적(叛賊) 자기 나라를 배반한 역적.

처속(妻屬) '아내'를 낮잡아 이르는 말.

원정(原情) 사정을 하소연함.

소관(所管) 맡아 관리하는 바. 또는 그 범위.

절목(節目) 법률이나 규정 따위의 낱낱의 조나 항목.

병부(兵符) 조선시대에 군대를 동원하는 표지로 쓰던 동글납작한 나무패.

대장패(大將牌) 포도대장이 차던 패.

전령패(傳令牌) 조선시대에 좌우포도대장이 지니던 직사각형의 쪽패.

망단자(望單子) 벼슬아치를 발탁할 때 공정한 인사 행정을 위하여 세 사람의 후보자를 임금에게 추천하던 일인 '삼망三望'의 내용을 기록한 종이.

연부역강(年富力彊) 나이가 젊고 기력이 왕성함.

조용(調用) 벼슬아치로 등용함.

명소(命召) 조선시대에 임금이 의정 대신, 포도대장 등을 은밀히 궁궐로 불러들일 때에 사용하던 패.

강포의 욕 강간당하는 욕.

찬(贊) 관례의 절차를 주관하는 빈賓의 보좌를 맡아보던 사람. 빈의 자제 가운데 주인의 친척이 되는 사람을 뽑았다.

도리옥 조선시대에 정일품과 종일품 벼슬아치의 관모에 붙이던 옥관자.

댁대령(宅待令) 대갓집에 불려다니며 심부름 따위를 해주는 사람이 한 집에 늘 대령해 있다시피 붙어 있는 것을 이르는 말.

세혐(世嫌) 두 집안 사이에 대대로 내려오는 원한과 미움.

장파(狀罷) 원이 죄를 지었을 때, 그 도의 감사가 임금에게 장계를 올려 원을 파면시키던 일.
왼새끼를 꼬다 일이 꼬여 어떻게 될지 몰라 애를 태우다.
패초령(牌招令) 임금이 승지를 시켜 신하를 부르던 명령.
궁궈서다리 군기시 다리.
사자밥을 등에 짊어지고 다니다 사람은 언제 어디서 어떻게 죽을지 모른다는 말.
손톱 여물을 썰다 앞니로 손톱을 씹는다는 뜻으로, 곤란한 일을 당하여 혼자서만 애를 태우는 모양을 이르는 말.
몽두(蒙頭) 조선시대에 죄인을 잡아올 때 죄인의 얼굴을 싸서 가리던 물건.
당직청(當直廳) 조선시대에 의금부에 속하여 소송 사무를 맡아보던 관아.
내응(內應) 내부에서 몰래 적과 통함. 또는 적의 내부에서 몰래 아군과 통함.
판의금(判義禁) 판의금부사. 조선시대에 둔, 의금부의 으뜸 벼슬.
지의금(知義禁) 지의금부사. 조선시대에 의금부에 속한 정이품 벼슬.
동의금(同義禁) 동지의금부사. 조선시대에 의금부에 속한 종이품 벼슬.
호두각(虎頭閣) 조선시대에 의금부에서 죄인을 심문하던 곳.
지우금(至于今) 예로부터 오늘에 이르기까지.
굼벵이 천장(遷葬)하듯 굼벵이는 느리므로 무덤을 옮기자면 오래 걸린다는 뜻으로, 어리석은 사람이 일을 지체하며 좀처럼 성사시키지 못함을 비유적으로 이르는 말.
떼떼하다 뜨악하게 여기고 불평스럽게 투덜거리다.

허소(虛疎)하다 얼마쯤 비어서 허술하거나 허전하다.

자하(自下) 자하거행. 윗사람의 승낙이나 결재를 받지 아니하고 스스로
해나감.

강와(强窩) 몹쓸 큰 도적.

전가사변(全家徙邊) 전 가족을 변방에 강제로 이주시킴.

자현(自現) 예전에, 자기 스스로 범죄 사실을 관가에 고백하던 일.

방매(放賣)하다 물건을 내놓고 팔다.

작경(作梗)하다 못된 행실을 부리다.

살찐 놈 따라 붓는다 살찐 사람처럼 되느라 붓는다는 뜻으로, 실속없이
남이 하는 짓을 무리하게 모방함을 이르는 말.

택택하다 속이 가득 차서 눌러도 우그러들지 않을 정도로 탄탄하다.

불목하니 절에서 밥을 짓고 물을 긷는 일을 맡아서 하는 사람.

가을 중 쏘대듯 수확이 많은 가을철에 조금이라도 더 시주를 얻기 위하여
중이 바쁘게 돌아다닌다는 뜻으로, 여기저기 분주히 돌아다님
을 비유적으로 이르는 말.

진기(振氣) 기운을 떨쳐냄.

소래기 운두가 조금 높고 굽이 없는 접시 모양으로 생긴 넓은 질그릇.

전기(前期)하다 기한보다 앞서다.

명문뼈 명치뼈.

맥질 매흙질. 벽 거죽에 매흙을 바르는 일.

외얽이 나무로 만든 벽에 흙벽을 치기 위하여 가로세로 외를 얽는 일.

뇌후(腦後) 뒤통수.

묵솜 묵은 솜.

자취(自取) 잘하든 못하든 자기 스스로 만들어 그렇게 됨.

화독내 음식 따위가 눋다가 타게 되어 나는 냄새.

인책(引責) 잘못된 일의 책임을 스스로 짐.

일불(一不)이 살육통(殺六通) 한 가지 잘못으로 여섯 가지 일이 다 망쳐진다는 뜻으로, 한 가지 잘못으로 모든 것이 다 망쳐짐을 비유적으로 이르는 말.

살수(殺手) 창과 칼 따위를 가진 군사.

집다 손으로 반죽을 뜯어 떡, 전, 수제비 따위를 만들다.

어이다 다른 음식으로 끼니를 때우다.

입맷상 잔치 같은 때에 큰상을 차리기 전에 먼저 간단하게 차려 대접하는 음식상.

정과(正果) 온갖 과일.

수란(水卵) 달걀을 깨뜨려 수란짜에 담고 끓는 물에 넣어 흰자만 익힌 음식.

창면 끓는 물에 그릇째 넣어 익힌 얇은 녹말 조각을 갈쭉갈쭉하게 채를 쳐서 꿀을 탄 오미자 국물에 넣어 먹는 음식.

뮈쌈 마른 해삼을 물에 불려서 배를 가르고 쇠고기와 두부를 이겨 붙이고 달걀을 씌워 지진 음식.

복정(卜定)을 안기다 남에게 억지로 부담을 지우다.

장례사(掌隷司) 조선시대에, 형조에 속하여 노비 문서와 소송에 관한 일을 맡아보던 관아.

제청(祭廳) 제사를 지내기 위하여 마련한 대청.

예료(豫料) 예측.

사무한신(事無閑身) 별로 하는 일이 없는 한가한 사람.

용어풀이

09

화적편 3

고래실 바닥이 깊고 물길이 높아 기름진 논.

재감(災減) 재해를 입은 논밭에 대하여 세금을 덜어줌.

된내기 '된서리'의 방언.

수한병식(水旱竝食) 장마나 가뭄의 영향을 받지 않고 늘 농사를 지어 먹을 수 있음.

북섬이 북세미. 북데기. '검불'의 방언. 벼나 밀 따위의 낟알을 털 때 나오는 짚 부스러기, 이삭 부스러기 같은 찌꺼기.

모개용 큰 몫으로 쓰는 비용.

방곡(防穀) 곡식을 다른 곳으로 실어 내보내지 못하게 막음.

조포(租包) 벼를 담는 데 쓰는 포대. 짚으로 날을 촘촘히 속으로 넣고 결어 만든다.

베주머니에 의송(議送) 들었다 보기에는 허름한 베주머니에 기밀한 서류가 들었다는 뜻으로, 사람이나 물건이 외모를 보아서는 허름하고 못난 듯하나 실상은 비범한 가치와 훌륭한 재질을 지녔음을 비유적으로 이르는 말.

강(講) 받다 자기가 듣는 앞에서 글을 외어 바치게 하다.

장마다 망둥이 날까 '세상 물정이 자주 바뀐다는 사실을 모르는 어리석음'을 뜻하는 말.

과유(科儒) 과거를 보는 선비.

조선의 공도(公道)는 오직 과거뿐이다 조선 사회에서 입신양명할 수 있는 길은 오직 과거 시험뿐이란 말.

노사숙유(老師宿儒) 학식과 덕망이 깊은 나이 많은 선비.

낙방거자(落榜擧子) 과거에 떨어진 선비.

제술(製述) 시나 글을 지음.

식년(式年) 자子, 묘卯, 오午, 유酉 따위의 간지가 들어 있는 해. 3년마다 한 번씩 돌아오는데, 이해에 과거를 보이거나 호적을 조사하였다.

모우(冒雨) 비를 무릅씀.

행검(行檢) 품행이 점잖고 바름.

교초(翹楚) 여럿 가운데에서 뛰어남. 또는 그런 사람.

탕창(宕氅) 탕건과 창의를 아울러 이르는 말.

역려과로(逆旅過路) 여행을 다니다가 지나가는 길이라는 뜻으로, 우연히 잠깐 만나 직접 관련이 없는 관계를 이르는 말.

넘너리성 넘늘성. 점잔을 지키면서도 언행을 홍취 있고 멋지게 하는 성품.

거섭안주 채소 따위로 만든 거친 음식.

절척(切戚) 성과 본이 같지 아니하면서 가까운 친척.

상대접 품질이 좋지 아니하여 허드레로 쓰는 대접.

얼얼지육(鴯鴯之肉) 거위고기라는 뜻으로, 마음에 꺼림칙한 선물을 이르는 말.

현제판(懸題板) 과거를 보일 때 문제를 써서 내걸던 널빤지.

곤작(困作) 글을 애써가며 더디 지음.

설폐구폐(說弊救弊) 폐단을 말하고 그 폐단을 바로잡음.

조대(條對) 조목조목 받아 대답함.

납권(納卷) 조선시대에 과거를 볼 때 글장을 바치던 일.

창귀(倀鬼) 남을 못된 짓을 하도록 인도하는 사람을 비유적으로 이르는 말.

배상하다 좀스럽고 아니꼽다.

사구류(私拘留) 권세 있는 사람이 법에 의하지 아니하고 남을 사사로이 구
  금함.

행티 행짜를 부리는 버릇. '행짜'는 심술을 부려 남을 해롭게 하는 행위를
  이른다.

낙방거지 '낙방거자'를 놀림조로 이르는 말.

구렁이 제 몸 추듯 자기 자랑만 함을 비유적으로 이르는 말.

만부부당지용(萬夫不當之勇) 수많은 장부로도 능히 당할 수 없는 용맹.

항자(降者)는 불살(不殺)이라 아무리 중한 죄를 지었더라도 잘못했다고
  항복하는 자는 죽이지 않는다는 말.

황차(況且) 하물며.

삼공육경(三公六卿) 조선시대에 삼정승과 육조 판서를 통틀어 이르던 말.

항례(抗禮) 한편으로 치우치지 아니하고 동등하게 교제함.

계하수(階下囚) 섬돌 아래 꿇어앉힌 죄수.

서절구투(鼠竊狗偸) 쥐나 개처럼 몰래 물건을 훔친다는 뜻으로, '좀도둑'
  을 이르는 말.

양상군자(梁上君子) 들보 위의 군자. 도둑을 완곡하게 이름.

호드기 봄철에 물오른 버드나무 가지의 껍질을 고루 비틀어 뽑은 껍질이나

짤막한 밀짚 토막 따위로 만든 피리.

설산(設産) 살림을 차림.

꽃달임 진달래꽃이 필 때에, 그 꽃을 따서 전을 부치거나 떡에 넣어 여럿이 모여 먹는 놀이. 음력 3월 3일에 하였다.

협지(夾紙) 편지 속에 따로 적어 넣는 쪽지.

천침(薦枕) 첩이나 시녀 등이 잠자리에서 모심.

하처(下處) 사처.

총중(叢中) 떼를 지은 뭇사람.

칭탈(稱頉) 무엇 때문이라고 핑계를 댐.

하향(遐鄕) 중앙에서 멀리 떨어져 있는 지방.

제량갓 제주도에서 만들어내는 품질이 낮은 갓.

통량갓 통량을 단 좋은 갓. '통량'은 통영에서 만든 갓의 양태를 말함.

궁벽(窮僻)하다 매우 후미지고 으슥하다.

푸새김치 절이지도 아니하고 담가서 바로 먹는 김치.

안족(雁足) 기러기발. 거문고, 가야금, 아쟁 따위의 줄을 고르는 기구.

소간사(所幹事) 볼일.

시사(時仕) 아전이나 기생 등이 그 매인 관아에서 맡은 일을 함. 또는 그 일.

중씨 남의 둘째형을 높여 이르는 말.

곰배곰배 곰배임배. 계속하여. 자꾸자꾸.

가릉빈가(迦陵頻伽) 불경에 나오는, 사람의 머리를 한 상상의 새. 히말라야 산에 살며, 그 울음소리가 곱고, 극락정토에 둥지를 튼다고 한다.

균천광악(鈞天廣樂) 하늘의 신비로운 음악.

구소(九霄) 높은 하늘.

조실(祖室) 참선을 지도하는 직책. 또는 그 직책을 맡고 있는 중.

운권청천(雲捲晴天) '구름이 걷히고 하늘이 맑게 갬'이란 뜻으로, 병이나 근심 따위가 씻은 듯이 없어짐을 비유적으로 이르는 말.

부절(不絶)히 끊이지 아니하고 계속.

신중단(神衆壇) 불법을 모시는 화엄신장을 모시는 단.

제승방략(制勝方略) 조선시대에 오랑캐를 막기 위하여 함경도 팔진의 지세와 공수(攻守)의 방법을 적은 책.

진배(進排) 물품을 나라에 바침.

하서(下書) 주로 편지글에서, 웃어른이 주신 글월을 높여 이르는 말.

과문불입(過門不入) 아는 사람의 집 문 앞을 지나면서도 들르지 아니함.

자행자지(自行自止) 스스로 행하고 스스로 그친다는 뜻으로, 자기 마음대로 했다 말았다 함을 이르는 말.

친쪼다 가까이 모시고 지내다.

중인소시(衆人所視) 중목소시. 여러 사람이 다같이 보고 있는 형편.

얼른하다 얼씬하다.

율객(律客) 음률에 밝은 사람.

고인(故人) 오래전부터 사귀어온 친구.

탐탐(耽耽)하다 마음에 들어 매우 즐겁다.

발가리놓다 발기집어 훼방놓다.

행역(行役) 여행의 피로와 괴로움.

드리없다 경우에 따라 변하여 일정하지 않다.

미구(未久)에 얼마 오래지 않아.

잔고기 가시 세다 고기는 작은데 가시는 세서 먹기가 여간 성가시지 아니하다는 뜻으로, 몸집은 작으나 속은 야무지고 단단함을 이르는 말.

벽(癖) 무엇을 치우치게 즐기는 성벽.

땅띔 못하다 어떤 내막을 조금도 알아내지 못하다. '땅띔'은 무거운 물건을 들어 땅에서 뜨게 하는 일을 가리킨다.

두세두세 두런두런.

조고여생(早孤餘生) 어려서 어버이를 여의고 자란 사람.

추축(追逐) 친구끼리 서로 오가며 사귐.

장류(杖流) 장형과 유형을 아울러 이르는 말.

속바치다 죄를 면하기 위하여 돈을 바치다.

모정(茅亭) 짚이나 새 따위로 지붕을 이은 정자.

모 꺾다 모서리에서 옆으로 꺾다.

소승기다 조금 올리면서 옴츠러뜨리다.

잠착(潛着)하다 한 가지 일에만 정신을 골똘하게 쓰다.

주사립(朱絲笠) 주립. 융복을 입을 때 쓰던 붉은색의 갓.

직령(直領) 조선시대에 무관이 입던 웃옷. 갓이 곧고 빳빳하며 소매가 넓다.

운 어떤 일을 여럿이 함께 하는 바람.

접침접침 이리저리 여러 겹으로 접는 모양.

밑도드리 아악에 속하는 국악곡의 하나.

돌장 국악에서, 되돌아드는 악장.

어수눈 어섯눈. 사물의 한 부분 정도를 볼 수 있는 눈이라는 뜻으로, 지능이 생겨 사물의 대강을 이해하게 된 눈을 이르는 말.

천명(賤名) 천한 이름이란 뜻으로, 자기 이름을 겸손하게 이르는 말.

불초손(不肖孫) 손자가 조부모를 상대하여 자기를 낮추어 이르는 일인칭

대명사.

우조(羽調) 동양 음악에서 '우' 음을 으뜸음으로 하는 조. 다른 곡조보다 맑고 씩씩하다.

초중대엽(初中大葉) 초初, 이二, 삼三의 세 중대엽 가운데 첫째 중대엽. 국악 가곡의 원형 가운데 하나이다.

산매(山魅) 요사스러운 산 귀신.

제골 감이나 모양새가 제격으로 된 물건.

댕갈댕갈 조금 떨어진 곳에서 잇따라 나는 맑고 높은 소리.

상참(常參) 의정을 비롯한 중신과 시종관이 매일 편전에서 임금에게 정사를 아뢰던 일.

조참(朝參) 한 달에 네 번 중앙에 있는 문무백관이 정전에 모여 임금에게 문안을 드리고 정사를 아뢰던 일.

초기(草記) 서울 각 관아에서 행정에 그리 중요하지 아니한 사실을 간단히 적어 임금에게 올리던 상주문.

장파(狀罷) 원이 죄를 지었을 때, 그 도의 감사가 임금에게 장계를 올려 원을 파면시키던 일.

장남하다 '장성하다'를 속되게 이르는 말.

구애(拘碍) 거리끼거나 얽매임.

순장(旬葬) 죽은 지 열흘 만에 지내는 장사.

발음(發蔭) 조상의 묏자리를 잘 써서 그 음덕으로 운수가 열리고 복을 받는 일.

지가설(地家說) 풍수설.

모토(母土) 무덤의 구덩이를 팔 때, 바닥에 관이 놓일 자리를 깎아낸 흙.

치표(置標) 묏자리를 미리 잡고 표적을 묻어 무덤 모양으로 만들어둠. 또는 그 표적.

무등(無等) 더할 수 없을 정도로.

근념(勤念) 마음을 써서 돌보아줌.

참파토(斬破土) 무덤을 만들기 위하여 풀을 베고 땅을 팜.

입내 소리나 말로써 내는 흉내.

금정(金井) 뫼를 쓰기 위하여 판 구덩이.

건지가 많아야 국물이 난다 필요한 조건이 갖추어지면 그만큼 더 큰 성과가 이루어질 수 있음을 이르는 말.

차인(差人) 차인꾼. 남의 장사하는 일에 시중드는 사람.

외대 푸대접.

이보(耳報) 직접 보고 듣지 못한 일을 귀신이 와서 귀에 대고 일러주는 말로, 점을 쳐서 알아내는 일.

청의동자(靑衣童子) 신선의 시중을 든다는 푸른 옷을 입은 사내아이.

오래나무 '오리나무'의 방언.

주상(主喪) 죽은 사람의 제전祭奠을 대표로 맡아보는 사람.

도청도설(塗聽塗說) 길거리에 퍼져 떠다니는 뜬소문.

네뚜리 사람이나 물건 따위를 대수롭지 않게 여김.

반우(返虞) 장례 지낸 뒤에 신주를 집으로 모셔오는 일.

모루 대장간에서 불린 쇠를 올려놓고 두드릴 때 받침으로 쓰는 쇳덩이.

메 묵직하고 둥그스름한 나무토막이나 쇠토막에 자루를 박아 무엇을 치거나 박을 때 쓰는 물건.

알방구리 주로 물을 긷거나 술을 담는 데에 쓰는 작은 질그릇.

밑절미 사물의 기초가 되는, 본디부터 있던 부분.

범이 배고프면 가재도 뒤진다 범과 같은 맹수도 배가 고프면 하는 수 없이 가재라도 잡으려고 물 밑의 돌을 뒤진다는 뜻으로, 궁한 처지에 부닥치면 체면도 가리지 않게 됨을 비유적으로 이르는 말.

대기(大忌) 몹시 꺼리거나 싫어함.

장근(將近) '거의'의 뜻을 나타내는 말.

꾀까다롭다 괴상하고 별스러운 데가 있다.

무명소졸(無名小卒) 세상에 이름이 알려지지 않은 보잘것없는 사람.

숙설청(熟設廳) 나라의 잔치 때에 음식을 만들던 곳.

궂기다 윗사람이 죽다. 상사가 나다.

절치부심(切齒腐心) 몹시 분하여 이를 갈며 속을 썩임.

삭망(朔望) 상중에 있는 집에서 매달 초하룻날과 보름날 아침에 지내는 제사.

쑥 너무 순진하거나 어리석은 사람을 비유적으로 이르는 말.

일인지하(一人之下) 만인지상(萬人之上) 만백성을 내려다보고 오로지 한 사람을 올려다보는 영광스러운 자리라는 뜻으로, 조선시대 영의정을 일컫는 말이다.

교사(狡詐) 교활하게 남을 속임.

상배(喪配) '상처喪妻'를 높여 이르는 말.

무존장아문(無尊丈衙門) 병영에서는 존장도 없다는 뜻으로, 어른에게 버릇없이 함부로 구는 자리를 이르는 말.

조백(早白) 늙기도 전에 머리가 셈. 흔히 마흔살 안팎의 나이에 머리가 세는 것을 말한다.

쇠뿔도 각각 염주도 몫몫 무슨 일이나 각각 특성이 있으므로 일하는 방식도 서로 다름을 비유적으로 이르는 말.

관곡(款曲)하다 매우 정답고 친절하다.

명철보신(明哲保身) 총명하고 사리에 밝아 일을 잘 처리하여 자기 몸을 보신함.

후기(後氣) 참고 버티어가는 힘.

어좌어우(於左於右) 좌우간.

호장(戶長) 고을 구실아치의 우두머리.

무두무미(無頭無尾) 머리도 없고 꼬리도 없다는 뜻으로, 밑도 끝도 없음을 이르는 말.

강시(僵屍) 얼어 죽은 송장.

뒷글 배운 글을 다시 익히기 위하여 뒤에 다시 읽는 글.

야경벌이 밤에 돌아다니면서 벌이를 한다는 뜻으로, '도둑질'을 이르는 말.

땅파기 사리를 분간하지 못할 만큼 어리석은 사람. 또는 그런 사람과의 시비를 비유적으로 이르는 말.

총망(悤忙)하다 매우 급하고 바쁘다.

포서(布緖) 일이 풀려나갈 실마리.

중비(中費) 일을 성사시키는 데 드는 비용.

엄불리다 서로 한데 어울리다.

구처(區處) 변통하여 처리함.

좌향(坐向) 묏자리나 집터 따위의 등진 방위에서 정면으로 바라보이는 방향.

베전 포전布廛. 삼베를 팔던 가게.

병문(屛門) 동네 어귀의 길가.

모선(毛扇) 예전에 벼슬아치가 추운 겨울날에 얼굴을 가리던 방한구.

움퍼리 움파리. 움막.

곯다 담긴 것이 그릇에 가득 차지 아니하고 조금 비어 있다.

잔용 자질구레한 데에 드는 비용.

우사 우수리.

동 대다 도중에 떨어지지 아니하게 계속 잇대다.

적바림 나중에 참고하기 위하여 글로 간단히 적어둠. 또는 그런 기록.

바라 '파루'의 변한 말.

운김 남은 기운.

결발(結髮) 예전에, 관례를 할 때 상투를 틀거나 쪽을 찌던 일.

자기(自期)하다 마음속으로 스스로 기약하다.

화복(華服) 물을 들인 천으로 만든 옷.

반좌율(反坐律) 반좌법. 없는 사실을 거짓으로 꾸며 고발한 사람에게 고발 당한 사람이 받은 처벌과 같은 형벌을 가하던 제도.

가려(可慮) 걱정이 되어 마음이 편하지 못함.

뒤를 누르다 뒷일을 걱정하여 미리 다짐받다.

헛청 헛간으로 된 집채.

실답다 꾸밈이나 거짓이 없이 참되고 미덥다.

뜨물에도 아기가 든다 일이 여러 날 지연되기는 해도 반드시 이루어짐을 비유적으로 이르는 말.

따라지 삼팔따라지. 노름판에서 세 끗과 여덟 끗을 합하여 된 한 끗.

서시 노름판에서, 여섯 끗을 이르는 말.

엿방망이 투전이나 골패 노름의 하나. 세 짝 이내를 뽑아서 끗수가 많은 사람이 이긴다.

무대 골패나 투전에서, 열 끗이나 스무 끗으로 꽉 차서 쓸 끗수가 없어진 경우를 이르는 말.

도스르다 무슨 일을 하려고 별러서 마음을 다잡아 가지다.

여형약제(如兄若弟) 친하기가 형제와 같음.

향응(響應)하다 남의 주창에 따라 그와 같은 행동을 마주 취하다.

고동 일을 하는 데 가장 중요한 사항이나 계기.

폐현(陛見) 황제나 황후를 만나봄.

승전색(承傳色) 조선시대에, 내시부에서 임금의 뜻을 전달하는 일을 맡아 보던 벼슬.

신청(信聽)하다 믿고 곧이듣다.

휘항 휘양. 추울 때 머리에 쓰던 모자의 하나.

소불하(小不下) 적게 잡아도.

박착(薄着) 겨울옷을 썩 얇게 입음.

야경(夜警)스럽다 밤중에 떠들썩한 듯하다.

평명(平明) 해가 뜨는 시각. 또는 해가 돋아 밝아질 때.

엽렵(獵獵)하다 슬기롭고 민첩하다.

당보수(塘報手) 척후의 임무를 맡아보던 군사.

삼엄(三嚴) 군사 행동에 들어갈 때 북을 쳐서 알리는 세 번의 엄. 또는 그 셋째번 엄. 이것이 울리면 행군을 시작하였다.

쇠 멱미레 같다 고집이 몹시 센 사람을 비유적으로 이르는 말.

소교(素轎) 장례에서 상제가 타기 위하여 희게 꾸민 교자.

포망(布網) 상제가 쓰는, 베로 만든 망건.

천변지이(天變地異) 하늘과 땅에서 일어나는 자연계의 여러가지 변동과 이변.

점직하다 부끄럽고 미안하다.

생재기 종이나 피륙 따위의 성한 곳.

과화숙식(過火熟食) 지나가는 불에 음식이 익는다는 뜻으로, 어떤 사람을 위하여 한 것은 아니지만 그 사람에게 은혜가 됨을 비유적으로 이르는 말.

삿자리 갈대를 엮어서 만든 자리.

서답돌 '빨랫돌'의 방언.

번놓이다 번놓다. 잠을 자야 할 때에 자지 아니하고 그대로 지나가다.

여일(如一) 한결같이. 언제나. 매일.

자욱눈 발자국이나 낼 정도로 매우 조금 내린 눈.

들메 신이 벗어지지 않도록 신을 끈으로 발에 동여매는 일.

촌보리동지 어련무던하게 생긴 시골 사람을 낮잡아 이르는 말.

지릅 미립. 경험을 통하여 얻은 묘한 이치나 요령.

동탕(動蕩)하다 얼굴이 두툼하고 잘생기다.

정가하다 지나간 허물을 들추어 흉보다.

솔구이발(率口而發) 입에서 나오는 대로 경솔하게 함부로 말함.

함씨(咸氏) 조카님. 상대편 조카를 높여 이르는 말.

오뉘바꿈 서로 상대편의 오누이와 맺는 혼인.

피풍(皮風) 피부가 소름이 끼치듯이 볼록볼록한 것이 돋으며 가려운 피부병.

출장입상(出將入相) 나가서는 장수가 되고 들어와서는 재상이 된다는 뜻으로, 문무를 다 갖추어 장상의 벼슬을 모두 지냄을 이르는 말.

궂은고기 먹은 것 같다 병으로 죽은 짐승의 고기를 먹은 것처럼 꺼림칙한 느낌이 있음을 이르는 말.

건둥반둥하다 반둥건둥하다. 일을 다 끝내지 못하고 중도에서 성의없이 그만두는 모양을 이름.

논귀 논의 귀퉁이.

착목(着目) 어떤 일을 주의하여 봄.

장산(壯山) 웅장하고 큰 산.

행세건(行世件) 행세하느라고 하는 행동.

승창 직사각형 가죽조각의 두 끝에 네모진 다리를 대어 접고 펼 수 있게 만든, 휴대하기 편리한 의자. 예전에 벼슬아치들이 외출할 때 들려 가지고 다니면서 길에서 깔고 앉기도 하고 말을 탈 때에 디디기도 하였다.

본수(本倅) 본관本官. 고을의 수령을 이르던 말.

각자이위대장(各自以謂大將) 사람은 저마다 잘난 체한다는 뜻으로, 누구나 저 잘난 맛에 산다는 의미.

천라지망(天羅地網) 하늘에 새 그물, 땅에 고기 그물이라는 뜻으로, 아무리 하여도 벗어나기 어려운 경계망이나 피할 수 없는 재액을 이르는 말.

덴둥이 불에 데어서 얼굴이나 몸에 상처가 많이 난 사람을 낮잡아 이르는 말.

조지다 짜임새가 느슨하지 않도록 단단히 맞추어서 박다.

겨냥대 활이나 총을 쏠 때 목표물에 맞도록 어림을 잡다.

작이 아쉽게도 채 이르지 못하게.

삼두육비(三頭六臂) 머리가 셋, 팔이 여섯이라는 뜻으로, 힘이 엄청나게 센 사람을 이르는 말.

매운재 진한 잿물을 내릴 수 있는 독한 재.

잔풍(潺風) 고요하고 잔잔하게 부는 바람.

승천입지(昇天入地) 하늘로 오르고 땅속으로 들어간다는 뜻으로, 자취를 감추고 없어짐을 이르는 말.

필마단기(匹馬單騎) 혼자 한 필의 말을 탐.

공골말 털빛이 누런 말.

뱀 보다 잘못 대하다가 큰 봉변을 당하다.

생무지 어떤 일에 익숙하지 못하고 서투른 사람.

황부루 누런 바탕에 흰빛이 섞인 말.

심메꾼 심마니.

너덜 너덜겅. 돌이 많이 흩어져 있는 비탈.

도짓소 한 해 동안에 곡식을 얼마씩 내기로 하고 빌려 부리는 소.

불뚱가지 걸핏하면 얼굴이 불룩해지면서 성을 내며 함부로 말하며 화를 내
　　　　는 성질.

찍자 괜한 트집을 잡으며 덤비는 짓을 속되게 이르는 말.

등개다 일을 감당하지 못하고 쩔쩔매다.

가시어머니 장모.

족지족(族之族) 친척이 되는 관계.

곡성(曲城) 성문을 밖으로 둘러 가려서 구부러지게 쌓은 성.

옹성(甕城) 성문을 보호하고 성을 튼튼히 지키기 위하여 큰 성문 밖에 원형
　　　　이나 방형으로 쌓은 작은 성.

굿해먹은 집 같다 한참 법석이던 일이 있은 뒤 갑자기 고요해짐을 비유적
　　　　으로 이르는 말.

복명(復命) 명령을 받고 일을 처리한 사람이 그 결과를 보고함.

효두(曉頭) 먼동이 트기 전의 이른 새벽.

휼전(恤典) 정부에서 이재민을 구제하기 위하여 내리는 특전.

의윤(依允) 신하가 아뢰는 청을 임금이 허락함.

윤음(綸音) 임금이 신하나 백성에게 내리는 말. 오늘날의 법령과 같은 효력
　　　　을 지닌다.

용어풀이

10 화적편 4

밀유(密諭) 밀지. 임금이 비밀리에 내리던 명령.

봉서(封書) 임금이 종친이나 근신에게 사적으로 내리던 서신.

유리표박(流離漂泊) 일정한 집과 직업이 없이 이곳저곳으로 떠돌아다님.

해연(駭然)하다 몹시 이상스러워 놀랍다.

인순고식(因循姑息) 낡은 관습이나 폐단을 벗어나지 못하고 당장의 편안함만을 취함.

금즙(禁戢) 어떤 일을 하지 못하도록 금하거나 방해함.

차견(差遣) 사람을 시켜서 보냄.

고관(告官) 관청에 고함.

헌의(獻議) 윗사람에게 의견을 아룀.

수망(首望) 조선시대에, 벼슬아치를 임명하기 위하여 이조와 병조에서 올리는 세 사람의 후보자 가운데 한 사람.

낙점(落點) 조선시대에, 이품 이상의 벼슬아치를 뽑을 때 임금이 이조에서 추천된 세 후보자 가운데 마땅한 사람의 이름 위에 점을 찍던 일.

차자(箚子) 신하가 임금에게 올리던 간단한 상소문.

감(鑑)하다 어른이 살펴봄을 높여 이르는 말.

천려일득(千慮一得) 천번을 생각하여 하나를 얻는다는 뜻으로, 어리석은 사람이라도 많은 생각을 하면 그 과정에서 한 가지쯤은 좋은 것이 나올 수 있음을 이르는 말.

역연(歷然)하다 분명히 알 수 있도록 또렷하다.

사관청(仕官廳) 조선시대에, 포교가 포도대장의 사가 근처에 머물면서 공무를 보던 곳.

사폐(辭陛) 먼길을 떠날 사신이 임금께 하직 인사를 드림.

모주(謀主) 일을 주장하여 꾀하는 사람.

헌책(獻策) 일에 대한 방책을 드림.

전장(傳掌) 전임자가 후임자에게 맡아보던 일이나 물건을 넘겨서 맡김.

반복소인(反覆小人) 줏대없이 언행을 이랬다저랬다 하여 그 마음을 헤아릴 수 없는 옹졸한 사람.

하후하박(何厚何薄) 누구에게는 후하고 누구에게는 박하다는 뜻으로, 차별하여 대우함을 이르는 말.

묵주머니 말썽이 일어나지 않도록 잘 달래고 주무르는 일을 비유적으로 이르는 말.

고호(顧護) 마음을 써서 돌보아줌.

억대우 매우 덩치가 크고 힘이 센 소.

용통하다 사람이 변변하지 못하고 하는 짓이나 됨됨이가 어리석고 미련하다.

변모(變貌)없다 남의 체면을 돌보지 아니하고 말이나 행동을 거리낌없이 함부로 하는 태도가 있다.

백줴 '백주에'의 준말.

희룽희룽 버릇없이 자꾸 까부는 모양.

첨위(僉位) 제위. '여러분'을 문어적으로 이르는 말.

납월(臘月) 음력 섣달을 달리 이르는 말.

타매(唾罵)하다 아주 더럽게 생각하고 경멸히 여겨 욕하다.

미경사(未經事) 아직 경험해보지 못함. 또는 그런 일.

귀뚜리 귀뚜라미.

왕신 마음이 올곧지 아니하여 건드리기 어려운 사람의 별명.

하방(遐方) 서울에서 멀리 떨어진 지방.

수문수답(隨問隨答) 묻는 대로 거침없이 대답함.

진동걸음 매우 바쁘게 서두르는 걸음.

거듬거듬 대강대강 거둬 나가는 모양.

오부(五部) 조선시대에 한성을 다섯 부(동부, 서부, 남부, 북부, 중부)로 나눈 행정 구역. 또는 그 관아.

질지이심(疾之已甚) 몹시 미워함.

우복동(牛腹洞) 병화兵火가 침범하지 못한다는 상상 속의 마을. 경상북도 상주와 충청북도 보은 사이의 속리산에 있다고 한다.

외대다 사실과 다르게 일러주다.

출척(黜陟) 못된 사람을 내쫓고 착한 사람을 올리어 씀.

희떱다 실속은 없어도 마음이 넓고 손이 크다.

아쉬워 잡아 엄나무 몹시 아쉬울 때는 가시 돋은 엄나무라도 베게 됨을 이르는 말.

솔봉이 나이가 어리고 촌스러운 티를 벗지 못한 사람.

구군(舊軍) 어떤 일에 오래 종사하여 그 일에 익숙한 사람.

지원(至冤) 지극히 원통함.

애색하다 마음이 애처롭고 안타깝다.

입시 변변하지 아니한 것을 조금 먹음. 또는 그렇게 먹는 밥.

숫밥 손대지 않은 깨끗한 밥.

원역(員役) 벼슬아치 밑에서 일하던 구실아치.

등치고 배 문지르다 남에게 해를 끼쳐 자기의 잇속을 챙기면서 겉으로 위
로하고 달랜다는 말.

염반(鹽飯) 소금엣밥. 소금을 반찬으로 차린 밥이라는 뜻으로, 반찬이 변변
하지 못한 밥을 이르는 말.

원거인(原居人) 어떤 지방에 본디부터 사는 사람.

충수(充數) 일정한 수를 채움.

배반(杯盤) 흥취 있게 노는 잔치.

성설(盛設) 잔치 따위를 성대하게 베풂.

순상(巡相) 순찰사.

둔사(遁辭) 관계나 책임을 회피하려고 꾸며서 하는 말.

강작(强作) 억지로 함.

혐의(嫌疑) 꺼리고 미워함.

대론(臺論) 사헌부와 사간원에서 하던 탄핵.

불감청(不敢請)이언정 고소원(固所願)이라 감히 청하지는 못할 일이나 본
래부터 바라던 바를 뜻하는 말.

자리옷 잠잘 때 입는 옷.

삐치다 시달리어서 느른하고 기운이 없어지다.

촉상(觸傷) 찬기운이 몸에 닿아서 병이 일어남.

옹금(擁衾) 몸을 이불로 휩싸서 덮음.

이문목견(耳聞目見) 귀로 듣고 눈으로 본다는 뜻으로, 실지로 경험함을 이르는 말.
전감(前鑑) 거울로 삼을 만한 지난날의 경험이나 사실.
휘주근하다 후줄근하다. 옷 따위가 풀기가 빠져서 축 늘어져 있다.
토역(土役) 흙일.
수설불통(水泄不通) 물이 샐 틈이 없다는 뜻으로, 경비나 단속이 엄하여 교통이나 통신 또는 비밀 따위가 새지 못함을 이르는 말.
일가에서 방자한다 일가친척끼리 서로 허물을 잡고 탓하며 남에게까지 들추어내어 화근을 만든다는 뜻으로, 서로 돕고 화목하게 지내야 할 사람들이 화목하지 못함을 이르는 말.
자발적다 자발없다. 행동이 가볍고 참을성이 없다.
시쁘다 마음에 차지 아니하여 시들하다.
수세다 매우 세차다.
산후발(産後發) 산후 발한.
집증(執症) 병의 증상을 살펴 알아내는 일.
오뉴월 쇠불알 늘어지듯 매우 축 늘어지게 행동하는 사람이나 그런 성질을 지닌 사람을 비유적으로 이르는 말.
민주대다 몹시 귀찮고 싫증나게 하다.
헐숙(歇宿) 헐박. 어떤 곳에 대어 쉬고 묵음.
두민(頭民) 동네에서 나이가 많고 식견이 높은 사람.
연부년(年復年) 해마다.
거산(擧散) 집안 식구나 한곳에 살던 사람들이 모두 뿔뿔이 흩어짐.
자래(自來) 자고이래.
게 발 물어던지다 매우 외로운 처지에 놓여 있는 모양을 이르는 말.

임꺽정 ⑩ 화적편 4

1985년	8월 31일	1판 1쇄
1991년	11월 30일	2판 1쇄
1995년	12월 25일	3판 1쇄
2007년	8월 15일	3판 15쇄
2008년	1월 15일	4판 1쇄
2023년	5월 20일	4판 10쇄

지은이	홍명희
편집	김태희, 박찬석, 조소정, 이은경
디자인	오진경
제작	박흥기
마케팅	이병규, 이민정, 최다은, 강효원
홍보	조민희
출력	블루엔
인쇄	천일문화사
제책	J&D바인텍
펴낸이	강맑실
펴낸곳	(주)사계절출판사
등록	제406-2003-034호
주소	(우)10881 경기도 파주시 회동길 252
전화	031)955-8588, 8558
전송	마케팅부 031)955-8595	편집부 031)955-8596
홈페이지	www.sakyejul.net
전자우편	literature@sakyejul.com
블로그	blog.naver.com/skjmail
페이스북	facebook.com/sakyejul
인스타그램	instagram.com/sakyejul

ⓒ 홍석중 2008

값은 뒤표지에 적혀 있습니다. 잘못 만든 책은 구입하신 서점에서 바꾸어 드립니다.
사계절출판사는 성장의 의미를 생각합니다. 사계절출판사는 독자 여러분의 의견에 늘 귀 기울이고 있습니다.
이 책은 저작권법에 따라 보호받는 저작물이므로 무단 전재와 복제를 금합니다.

ISBN 978-89-5828-270-9 04810
978-89-5828-260-0 (세트)